Potsdamer Morde

Carla Maria Heinze, geboren in Kleinmachnow, kam nach dem Mauerbau auf abenteuerliche Weise nach West-Berlin. Später lebte sie viele Jahre im Rhein-Main-Gebiet. Als EU-Sicherheitsberaterin hatte sie dort auch mit krimineller Energie zu tun. Seit 2004 ist ihr Lebensmittelpunkt Stahnsdorf, ein Vorort von Berlin. Sie ist von ganzem Herzen Potsdam-Mittelmärkerin, genauso aber immer noch Berlinerin. Die Menschen, ihre Besonderheiten, die Orte und die Landschaft mag sie sehr. Credo: Wo man hintritt, ist Geschichte.

CARLA MARIA HEINZE

Potsdamer Morde

KRIMINALROMAN

emons:

© Emons Verlag GmbH
Cäcilienstraße 48, 50667 Köln
info@emons-verlag.de
Alle Rechte vorbehalten
Umschlagmotiv: © Roetting/Pollex/LOOK-foto
Umschlaggestaltung: Tobias Doetsch
Gestaltung Innenteil: César Satz & Grafik GmbH, Köln
Druck und Bindung: sourc-e GmbH, Köln
Printed in Europe 2025
Erstausgabe 2014
ISBN 978-3-95451-265-2
Originalausgabe
5. Auflage

Unser Newsletter informiert Sie
regelmäßig über Neues von emons:
Kostenlos bestellen unter
www.emons-verlag.de

Unser Newsletter informiert Sie
regelmäßig über Neues von emons:
Kostenlos bestellen unter
www.emons-verlag.de

Bei Warschau, bei Wien,
Bei Fehrbellin,
Ob Friedrich Wilhelm, ob alter Fritz,
Ob Leuthen, Lützen, Dennewitz,
Ein alter märkischer Edelmann
Ist immer dabei, ist immer voran.

Theodor Fontane, »Wanderungen durch die Mark Brandenburg«

Die Finger zeigten nach oben in den wolkenverhangenen Himmel. Zwei einzelne Finger, nicht mehr.

Prolog

Seine Hände glitten geschmeidig über das Tastenfeld. Noch eine letzte Transaktion, und dann hatte er sein Tagespensum geschafft. Heute war seine persönliche Rekordmarke erreicht. Er atmete tief durch. Das war besser als alles, was er vorher gemacht hatte, und es würde noch lange nicht zu Ende sein. Er lehnte sich zurück, verschränkte die Hände hinter seinem Kopf und lächelte, dabei flüsterte er die Worte. Nicht dass er gläubig gewesen wäre. Es war ein Ritual. Es gehörte dazu. Ein kalter Hauch strich durch den Raum. Aber er konnte das, was kommen musste, weder ahnen noch voraussehen. So etwas kam in seiner Kalkulation nicht vor.

»Und die Erde war wüst und leer, und es war finster, und Gott sprach: Es werde Licht! Und es ward Licht.«

Er loggte sich aus, erhob sich und verließ den Raum.

1

Ein Hauch von Gold überzog den schwarzen Panzer des Käfers. Das Insekt streckte suchend seine zarten Fühler in die Luft. Der Sonnenstrahl erreichte die Spitze des Flügels, und für einen Augenblick leuchtete der Engel im überirdischen Glanz. Dann verblasste der verwitterte Stein. Joachim Grothe kniff die Lider zusammen und blinzelte in die Sonne. Seine braunen Augen unter den rötlich hellen Wimpern tränten mal wieder. Mit dem Handrücken wischte er die Feuchtigkeit weg. Es war doch wärmer an diesem Oktobertag, als er heute Morgen angenommen hatte. Er knöpfte sein kariertes Baumwollhemd auf, darunter trug er ein dunkelblaues T-Shirt, das über den Jeans seinen untersetzten, muskulösen Körper umspannte.

»Joachim, kannst du mir helfen?« Enne von Lilienthal lehnte an einem Baumstamm. Sie zog ihren grünen Gummistiefel aus. Wie die Steinchen dort hineinkamen, blieb ein Rätsel. Ihre gelbe Windjacke hatte bessere Tage gesehen. Modisch nicht ganz up to date, hielt sie ihr dunkles, lockiges Haar mit der markanten weißen Strähne über der Stirn mit einem roten Schießgummi zusammen. Sie arbeitete an einer Grabplatte. Nur waren ihre Kräfte eher gering, wie bei ihrer zierlichen Gestalt und einer Körpergröße von kaum mehr als eins sechzig nicht anders zu erwarten. Ihre hellen grauen Augen, die interessiert alles registrierten, was um sie herum passierte, ließen die Spuren des beginnenden Alters in ihrem Gesicht vergessen. Genieße das Leben, heulen kannst du später, war ihr Lebensmotto. Auf einem weiter entfernt liegenden Abschnitt arbeiteten die anderen vom Förderverein Südwestkirchhof zusammen mit Reservisten der Bundeswehr und einer Jugendgruppe aus Stahnsdorf beim jährlichen Herbstputz.

»Blöde Efeuwurzeln«, murrte sie und zerrte an einer Ranke, die sich über die Grabplatte wand. Trotz der Schäden durch Alter und Verwitterung sah man, dass es sich hier um ein Kleinod der Steinmetzkunst aus den zwanziger Jahren des letzten Jahrhunderts handelte.

»Die Erde gibt, die Erde nimmt. Ihre Worte«, entgegnete Joachim.

»Vorlaut, wie?«, brummte Enne. Joachim kam mit der Baumschere. Er schnitt die dicken Efeuwurzeln durch. Sie richtete sich auf, holte aus der Jackentasche ein Taschentuch und lehnte sich gegen den Nachbargrabstein. Kreischend schrie über ihnen eine Elster. Joachim blickte hoch. Mit einem Satz sprang Enne zur Seite, geistesgegenwärtig ließ sich Joachim nach hinten fallen. Zentimeter von seinem Fuß entfernt senkte sich der schwere Stein zur Erde.

»Das glaub ich nicht«, keuchte er, »wie haben Sie das denn gemacht?«

»Keine Ahnung«, erwiderte sie fassungslos. »Alles marode hier.«

Joachim hockte sich hin. Er schaute auf den Erdboden. Dort, wo der Grabstein gestanden hatte, lagen welke Blätter. »Vertrocknetes Laub? Komisch, oder?«

Enne kniete sich neben ihn und schob die Blätter beiseite. »Wenn das eine alte Grabstelle ist, fress ich einen Besen.« Zur Demonstration drückte sie ihre Handfläche in das Erdreich. Die Hand hinterließ einen Abdruck. »Frisch zugeschüttet, noch nicht fest.«

Joachim fuhr sich durch das widerspenstige fuchsrote Haar, sodass es vom Kopf abstand. Er beugte sich über den Stein. »Fragmente, den Namen kann man kaum noch entziffern. Nur das noch«, er deutete auf die letzte Zeile: »Verstorben 8.11.1928«.

»Sag mal, ist das wirklich unser Arbeitsgebiet?«

»Natürlich.« Er zog den Arbeitsplan aus der Jeanstasche, entfaltete ihn und deutete auf eine Zeile: »Lilienthal und Grothe«. Sie streckte die Hand aus, aber er faltete das Blatt zusammen und steckte es zurück. Mit dem Fuß stupste er in die trockenen Blätter. »Meinen Sie, dass das Laub aufgeschüttet wurde?«

»Um das Niveau zu erhöhen?«

Er nickte. Wie auf Kommando sahen beide zu den anderen, deren Lachen man hören konnte.

»Ich könnt ja mal ein bisschen graben, oder?«, fragte er forsch.

»Mhm, ein bisschen kann nicht schaden«, bestätigte Enne. »Wer weiß, was da jemand vergraben hat.«

Joachim holte einen Spaten, Enne hatte sich hingekniet und murmelte beschwörend: »Falsche Welt, dir trau ich nicht.«

»Besprechen Sie jetzt das Grab?«, flachste er und harkte die Blätter beiseite. Sie kicherte. Er stieß den Spaten ins Erdreich.

»Hallo? Nicht mit vollem Körpereinsatz. Wer weiß, was da vergraben wurde.«

»Vielleicht ein Wildschwein?«, erwiderte er, »so wie die sich vermehren.«

»Ach, und die beerdigen sich jetzt auch selbst?« Sie stand auf und klopfte sich die Erde von den Knien. »Mit Gefühl und nicht wie ein Schaufelbagger, ja?«

»Jawoll, Chef«, erwiderte er und tippte mit zwei Fingern an die Schläfe.

»Die Sprachregelung lautet Chefin«, korrigierte sie ihn.

»Auch recht«, erwiderte er und fing an, die Erde neben das Grab zu schaufeln. Enne hatte sich auf die benachbarte Grabplatte gesetzt und sah ihm zu. Nach einer Weile stützte er sich auf den Spatenstiel: »Hatte ich Ihnen eigentlich schon erzählt, dass ich den Test für die Polizeischule in Oranienburg bestanden habe?«

»Nein. Wolltest du nicht Pilot werden?«

»Da ist man ja kaum zu Hause.«

»Bist du nicht schon zu alt für die Ausbildung?«

»Wieso?« Er räusperte sich. »Bin immer noch unter dreißig.«

»Also bist du durch den Pilotentest gefallen«, stellte sie fest.

»Hab mich gar nicht beworben.«

»Und was ist mit deinem Informatikstudium?«

»Der Prof ist 'n Langweiler.«

»Klar, Komiker sind selten an der Uni.« Joachim hatte bereits ein ein Meter mal zwei Meter großes Rechteck freigelegt. »Und wieso gerade zur Polizei?« Jetzt war sie doch neugierig geworden.

»Sie waren doch beim LKA in Berlin, oder?«

»Ach, jetzt bin ich schuld?« Enne beugte sich tiefer über die Grube.

»Nö, nich ganz«, brummte er und fuhr fort, Erde auszuheben.

»Nicht ganz bedeutet aber doch zum größten Teil«, erwiderte sie und nahm eine Handvoll Erde. »Hier müsste doch längst Sand sein.«

»Was machen Sie denn hier?« Erwin Schröter, der Friedhofs-gärtner, arbeitete sich wie ein Bulldozer durch die Büsche. Sein dicker Kopf, auf dem nur noch wenige Haare ein einsames Dasein fristeten, leuchtete puterrot. Er stemmte die Fäuste in die Seiten und schnarrte: »Unterlassen Sie das, aber sofort! Das ist Störung der Totenruhe.« Er griff nach dem Spaten. Joachim wich zurück und hielt den Stiel fest umklammert.

»Immer langsam, Herr Schröter«, erwiderte Enne, und ihr Ton duldete keinen Widerspruch.

»Sie …«, fing Schröter an. Sein Mund klappte zu. Er starrte in die Grube, dabei quollen seine Augen beinahe aus den Höhlen. An einer Stelle hatte sich das Erdreich gesenkt, und aus der lockeren Erde ragte etwas. Enne folgte seinem Blick. »Das muss ich sofort dem Chef melden.«

»Tun Sie das, Herr Schröter, ich rufe die Polizei.« Und ohne auf seine Antwort zu warten, zog sie ihr Handy aus der Jackentasche und tippte eine Nummer ein.

Schröter lief zum Verwaltungsgebäude, dabei brabbelte er: »Immer die Lilienthal, in alles muss die sich einmischen.«

»Schön, dass du mich gleich an der Nummer erkannt hast«, sagte Enne. »Dass du zu tun hast, liegt in der Natur der Dinge. Ich bin sicher, dass du gleich noch mehr zu tun haben wirst. Warum? Weil wir eben auf dem Südwestkirchhof menschliche Finger entdeckt haben.« Sie holte Luft. »Ja, natürlich weiß ich, dass auf Friedhöfen Skelette liegen. Hier handelt es sich um noch gut erhaltene Finger. Sieht so aus, als wenn die Verwesung gerade erst eingesetzt hat. Ich vermute, da ist noch mehr dran.« Sie hörte einen Moment zu, dann erwiderte sie: »Also bitte, senil bin ich noch nicht, natürlich ist es kein neues Grab, es handelt sich um ein steinaltes, und die Finger haben noch kein Ablaufdatum.« Sie nickte zu der Antwort, gab eine kurze Wegbeschreibung durch und beendete das Gespräch.

Joachim hatte sich auf den Spatenstiel gestützt und interessiert zugehört. »Mein Sohn Maik«, erklärte Enne knapp. »Arbeitet bei der Kripo in Potsdam.«

»Echt? Ich dachte, der macht was in den Studios in Babelsberg?«

»Völliger Blödsinn, wie kommst du denn darauf?«, erwiderte sie. Joachim drehte sich wortlos um, nahm seinen Spaten und ging zu der Stelle, wo sie ihre Arbeitsgeräte und Taschen abgelegt hatten. Enne sah ihm hinterher. Ein empfindliches Seelchen, dieser Joachim, dachte sie. Sie öffnete ihren kleinen Rucksack und nahm nacheinander eine Plastikdose und eine Thermoskanne mit zwei Plastikbechern heraus.

»Leberwurstbrot mit Spreewälder Gürkchen. Heißen Tee kann ich auch anbieten«, rief sie in seine Richtung. Er legte seine Werkzeuge zusammen und reagierte nicht.

»Du bist noch im Wachstum!«, rief sie munter.

Joachim hob den Kopf und brummte: »Manchmal sind Sie richtig zickig.«

»Komm, sei nicht so eine Mimose, Herr Grothe. Entschuldige, war nicht so gemeint.« Sie hielt ihm die Dose mit den Broten hin. Er zögerte, doch dann kam er und nahm ein Brot. Enne goss Tee in die Becher und hielt ihm einen hin.

»Frieden?«, fragte sie versöhnlich. Er verzog den Mund zu einem schiefen Lächeln, was sie als Einverständnis wertete. Sie setzten sich auf den umgestürzten Grabstein. Die Finger zeigten in den Himmel, aber das störte beide nicht.

Zeitgleich mit dem blau-weißen Polizeiauto bog der Friedhofsverwalter um die Ecke, Schröter im Schlepptau. Ein Jaguar XL älterer Bauart in Britischgrün stoppte hinter dem Polizeiwagen. Lässig schoben sich zwei lange Beine in Jeans heraus. Schwarze Schuhe glänzten im Sonnenlicht. Ein dunkler, kurz geschnittener Schopf folgte, die Gesichtszüge regelmäßig, die Nase friderizianisch länglich und hellwache graue Augen unter buschigen Augenbrauen. Kriminalhauptkommissar Maik von Lilienthal wirkte in seiner dunklen Piloten-Lederjacke mit blauem Hemd und grüner Krawatte auf den ersten Blick wie ein Herrenmodel. Er blieb stehen und musterte seine Umgebung, dann ging er zu der Menschenansammlung, die sich um die Grube gebildet hatte. Dass er den linken Fuß leicht nachzog, fiel kaum auf.

Schröter deutete hinüber zu Lilienthal. Der Verwalter nickte und lief hastig mit kleinen Schritten zum Kommissar.

»Maiblatt«, stellte er sich vor. »Ich bin der Verwalter des Südwestkirchhofs. Habe eben durch Herrn Schröter von dem Fund erfahren. Unglaublich!« Dabei schüttelte er heftig seinen Kopf, auf dem die grauen Strähnen sorgfältig wie festgeklebt lagen, und rückte nervös an seiner randlosen Brille.

»Ich werde das gleich überprüfen lassen.« Seine Stimme klang seltsam gequetscht. Gedrungen und verhuscht, wirkte er in seinem schwarzen Anzug wie eine Nebelkrähe, die aus dem Nest gefallen war.

»Von Lilienthal, Kripo Potsdam«, unterbrach ihn der Kommissar und zeigte seinen Dienstausweis. Ein stämmiger Polizist in Uniform vom Wach- und Wechseldienst aus Teltow kam auf sie zu.

»Wachtmeister Krüger«, stellte er sich Lilienthal vor und legte die Hand grüßend an die Mütze. Dann drängelte er sich durch die Umstehenden. Vor der Grube zückte er sein Notizbuch und wandte sich an den zunächst Stehenden: »Was sind das für Finger?« Sein Stift deutete nach unten.

Lilienthal trat hinter ihn und tippte ihm auf die Schulter. »Krüger, schicken Sie die Leute weg und sichern Sie das Areal, die Fragen dürfen Sie mir überlassen.« Sein Ton duldete keinen Widerspruch. Der Wachtmeister steckte das Notizbuch zurück in die Uniformjacke und raunzte die Umstehenden an: »Wegtreten. Der Tatort wird kriminaltechnisch untersucht.« Er lief zum Polizeiauto und kam mit einem rot-weißen Absperrband zurück, wieselte um die Grube herum und sicherte großräumig die Fundstelle.

Lilienthal hatte sich bereits niedergekniet und betrachtete die Finger, die aus dem Sand ragten. Er holte sein Handy aus der Jackentasche und sprach kurz hinein. Als er sich aufrichtete, sah er etwas weiter weg seine Mutter neben Joachim Grothe stehen. Er klopfte sich sorgfältig die Hosenbeine ab und ging zu ihnen.

»Die Katze lässt das Mausen nicht«, sagte er spöttisch. »Weshalb wurde das Grab freigelegt?«, wandte er sich dann an Joachim.

»Es ergaben sich einige Auffälligkeiten«, antwortete Enne an seiner Stelle. Über ihrer Nasenwurzel hatte sich eine scharfe Falte gebildet. Joachim beobachtete beide aufmerksam.

»Gut, die Einzelheiten werden nachher zu Protokoll genommen. Bis die Untersuchung abgeschlossen ist, bitte zur Verfügung halten«, sagte Lilienthal, wandte sich um und ließ beide stehen. Enne biss sich auf die Lippen. Sie hasste es, wenn er mit ihr in diesem Ton sprach. Aus den Augenwinkeln verfolgte sie, wie er mit verschiedenen Leuten vom Friedhof redete.

Ein hoch aufgeschossener Mann drängte sich durch die Zuschauer, hob das Absperrband und stellte seine schwarze Tasche auf den Boden. Ohne auf die anderen zu achten, kniete er nieder und beugte sich über die Grube. Seine kurzen flachsfarbenen Haare leuchteten im Sonnenschein. Als er Lilienthal bemerkte, blickte er hoch: »Wo bleibt die KTU? Soll ich das hier allein ausbuddeln?«

»Ist bereits unterwegs«, erwiderte Lilienthal. Der Rechtsmediziner stemmte sich hoch, nahm seine Brille ab und putzte sie so sorgfältig, als wenn es im Augenblick nichts Wichtigeres gäbe.

»Und, was meinen Sie, Dr. Enderlein?«, fragte Lilienthal.

»Was ich meine? Soll das ein Witz sein? Vorerst sehe ich nur zwei Finger. Bevor ich nicht weiß, was da noch alles dran ist, kann ich gar nichts meinen.« Enderlein setzte die Brille auf und starrte den Kommissar mit Eulenaugen an.

Inzwischen war der weiße Kastenwagen der Kriminaltechnik eingetroffen. Routiniert und professionell packten die Beamten ihre Gerätschaften und liefen zu der Grube. »Werden wir jetzt schon als Totengräber eingesetzt?«, flachste einer von ihnen.

Der Trupp der Ehrenamtlichen war zum Verwaltungsgebäude gegangen. Vorgezogene Kaffeepause, hatte Schröter angekündigt. Enne hatte sich nicht angeschlossen. Sie blieb etwas weiter entfernt stehen und sah zu, wie sich die Männer der Kriminaltechnik weiße Schutzanzüge überzogen, Gummihandschuhe überstreiften und sich vorsichtig um die flache Grube herum niederließen. Sie atmete tief ein. Spur aufnehmen hatte sie das früher genannt. In der Vergangenheit war das ihr Markenzeichen gewesen, die Atmosphäre eines Tatortes in sich aufzusaugen. Das konnte man nicht ablegen. Das lag im Blut.

Die Männer markierten mit Stöcken die Ecken des Areals. Einer hatte sich der Länge nach auf den Bauch gelegt und blickte in die Grube. Mit einem Vergrößerungsglas suchte er das Areal ab. Als er sich hochstemmte, nickte er den beiden anderen zu. Der Jüngere scannte mit einem Laser von verschiedenen Standpunkten aus den Tatort ein. Mit diesem 3-D-Scan wurde innerhalb von Minuten eine dreidimensionale Erfassung aller wichtigen Details vorgenommen, die dann später auf dem PC rekonstruiert werden konnten. Die Kriminaltechniker fingen an, mit Plastikschäufelchen das Erdreich flach von der Seite her Schicht für Schicht abzutragen und durchzusieben. Behutsam schabten sie die Erde um die Hand herum weg. Der Rechtsmediziner fingerte nervös in seiner Manteltasche, zog eine zerdrückte Packung Zigaretten hervor, nahm eine heraus und steckte sie sich zwischen die Lippen. Unwirsch drehte er sich um. Lilienthal hatte ihm auf die Schulter getippt.

»Rauchverbot, Waldbrandstufe vier.«

Enderlein musterte ihn aus schmalen Augen, nahm die Zigarette aus dem Mund und steckte sie hinters Ohr. »Eins zu eins, Lilienthal«, sagte er und ging zurück zur Grube. Ein Stück blaues Plastik lugte aus dem Sand. Nach und nach kam ein unförmiges Paket zutage. Aus der einen Seite ragte die Hand hervor. Der Chef der KTU wandte sich an den Kommissar: »Solche Plastiksäcke kann man in jedem Supermarkt kaufen.«

Lilienthal nickte und ging in die Hocke. Von der Oberfläche rieselte Erde, als die Kriminaltechniker vorsichtig die Enden der Plane auseinanderzogen. Eine Wolke hatte sich vor die Sonne geschoben. Von einem nahen Ahornbaum segelte ein gelbes Blatt hinunter in die Grube.

Der Körper war nackt. Noch nicht in Verwesung übergegangen. Die behaarten Beine lagen angewinkelt seitlich geneigt. Der untere Teil des Rumpfes schimmerte dunkel. Erst bei genauem Hinsehen sah man, dass er mit Blut verkrustet war. Ein Arm war über die Brust gelegt, und in der Hand steckte etwas. Der andere Arm war so gebogen, dass er nach oben zeigen musste. In der einsetzenden Stille hörte man deutlich ein Meisenpärchen zwitschern. Der Rechtsmediziner war in die Grube gestiegen und untersuchte den Leichnam. Seine Bewegungen waren schnell und routiniert.

Er holte sein Diktiergerät hervor und sprach konzentriert seinen Kommentar darauf. Er wandte sich an Lilienthal: »Die Genitalien wurden abgetrennt und in die Hand gedrückt, die über der Brust liegt.«

»Unübersehbar«, murmelte der. »Wie lange liegt der Körper schon?«

Der Rechtsmediziner ignorierte die Frage und dozierte: »Die Umgebungstemperatur habe ich bereits gemessen, jetzt messe ich die Rektaltemperatur.« Er schob den Körper in eine Seitenlage. Lilienthal krauste die Nase. Enderlein übertrug die Daten auf ein Blatt Papier. Anhand des Normogramms konnte er später eine erste Einschätzung der Leichenliegezeit vornehmen. »Aber, um Ihre Frage zu beantworten«, er blickte prüfend auf den Körper, »die Totenstarre ist eingetreten, ich würde sagen, der liegt hier mindestens acht Stunden. Präzise kann ich die Liegezeit nur über die Fäulnisstadien beantworten. Resultate gibt es erst, wenn der auf meinem Tisch liegt.«

»Ihre Zeit möchte ich haben«, murmelte Lilienthal.

Enderlein wandte sich an die Leute der KTU: »Mordfälle, bei denen das Opfer zerstückelt wurde, sind relativ selten. Also bitte immer mit der nötigen Vorsicht, meine Herren.«

»Mach du deinen Job, Doc, wir machen unseren, okay?«, entgegnete einer. Enderlein stieß empört Luft durch die Nase. Lilienthal grinste.

Versteckt hinter einer Eibenhecke sah Enne Joachim stehen. Plötzlich keuchte er, drehte sich um und erbrach sich. Sie ging zu ihm und gab ihm ein Taschentuch. Verlegen wischte er sich über das Gesicht. »Danke«, murmelte er.

»Nicht dafür«, meinte sie mitfühlend und zauberte eine silberne Taschenflasche aus ihrer Jackentasche. »Hier, trink einen Schluck, das beruhigt die Magennerven.«

Seine Hände zitterten, als er die kleine Flasche nahm. Er trank, verschluckte sich und hustete. »Was ist das denn?«

»Selbstgebrannter«, sagte sie stolz, »was ganz Feines.« Er gab ihr die Flasche zurück. Sie wischte über das Mundstück und trank auch. Genüsslich leckte sie sich die Lippen, verschloss die Flasche und steckte sie zurück in ihre Tasche. Sie strich ihm über den Rücken: »Das geht jedem so, wenn man zum ersten Mal eine Leiche sieht, daran musst du dich gewöhnen, wenn du weiter vorhast, zur Kripo zu gehen.«

»Leiche ist gut«, krächzte Joachim, »und wo ist der Kopf?«

2

Maik stand vor der alten Backsteinvilla. Als er auf den Klingelknopf drückte, blieb der wie üblich stecken. Drinnen schrillte es anhaltend. Die Tür wurde aufgerissen, und seine Mutter rief aufgebracht: »Wer zum Teufel …?« Sie hielt inne, als sie ihn erkannte. »Wolltest du nicht die Klingel reparieren lassen?«

»Wofür habe ich eigentlich einen Sohn?«, parierte sie.

»Mit diesen Händen?« Er hielt die Handflächen demonstrativ nach oben.

»Hast du deinen Schlüssel vergessen?«, fragte sie übergangslos.

Er verdrehte genervt die Augen.

»Ich bin nur mal vorbeigekommen, Mutter.«

»Na, dann komm rein. Ist der Besuch privat oder offiziell?«

»Bier ist Bier und Schnaps ist Schnaps«, entgegnete er eine Spur kühler als nötig und hängte seine Lederjacke an der Garderobe auf. »Die Situation heute Morgen auf dem Kirchhof hat mir auch nicht gefallen.«

»Mit der Situation hatte das nichts zu tun, Maik, eher wie du mit mir umgegangen bist.«

»Nie Privates mit den Ermittlungen vermischen. Deine Worte.«

»Schwamm drüber«, entschied sie, um Versöhnung bemüht. »Du hast so einen hungrigen Blick, ich habe noch ein Stück Rehkeule direkt vom Förster, kann ich schnell warm machen. Rotkohl und Klöße sind auch noch da.«

»Ist das nicht das Tier mit den großen braunen Augen, das Bambi heißt? Und das kann man essen?«

»Musst du nicht«, rief sie bereits aus der Küche.

»Na, wenn du mich so schön bittest, kann ich nicht Nein sagen«, antwortete er und ging ins Wohnzimmer. Sein Handy meldete eine Nachricht.

»Gibt es was Neues von der Friedhofsleiche?«, fragte Enne, als sie ihm wenig später mit einem Tablett folgte, auf dem ein Teller den aromatischen Geruch von dampfendem Fleisch, Rotkohl und vier Kartoffelklößen verbreitete. Daneben stand ein Becher Kaffee. Sie stellte alles auf den Esstisch, nahm Besteck und eine Stoffserviette aus der Anrichte und setzte sich ihm gegenüber. »Guten Appetit«, sagte sie einladend.

»Und du isst nichts?«

»Ich bleibe bei Kaffee«, erwiderte sie.

»So spät noch? Ist das gesund in deinem Alter?« Maik schob sich eine mit Fleisch und Klößen voll bepackte Gabel in den Mund. »Obwohl, besser Koffein als Nikotin«, nuschelte er undeutlich, schluckte und sagte dann: »Dass du dir das Rauchen abgewöhnt hast, das glaube ich beinahe nicht. Als Kind habe ich immer gedacht, die Zigarette ist an deinem Mund festgewachsen.«

In kürzester Zeit hatte er den Teller leer gegessen. Aufatmend lehnte er sich zurück und wischte sich mit der Serviette über den Mund. »Sehr lecker, Mutter. Einen Kaffee könnte ich jetzt auch vertragen«, meinte er zufrieden. Er stand auf, nahm das benutzte Geschirr und ging in die Küche. Wieder zurück mit einem Becher Kaffee, steuerte er auf einen großen Sessel zu, ließ sich hineinfallen und streckte seine langen Beine aus.

»Was sagt die Rechtsmedizin?«, fragte Enne erwartungsvoll.

»Die Untersuchungen dauern noch an. Aber so viel ist klar: männliche Leiche.«

»Konnte man deutlich sehen.«

»Ach, du hast spioniert?«

Enne schwieg diplomatisch.

»Der Kopf wurde mit einem scharfen Werkzeug abgetrennt, wie von einem Spezialisten. Nach dem Körperbau zu urteilen, handelt es sich um einen Mann Anfang bis Mitte vierzig in guter körperlicher Verfassung, circa eins zweiundachtzig groß.«

»Was heißt ›von einem Spezialisten‹?«, unterbrach Enne ihn.

»Auch ein Fleischer kann präzise schneiden, nicht nur ein Chirurg, das ist ein weites Feld, Herr Kommissar.«

»Willst du nun was hören, oder weißt du wieder alles besser?«

Sie schwieg gekränkt.

»Eher von einer medizinisch versierten Person, laut Rechtsmedizin«, fuhr er fort. »Das Geschlechtsteil wurde nicht wirklich abgetrennt, eher gewaltsam abgerissen. Aber eben hat mir Enderlein eine SMS geschickt.«

Enne beugte sich neugierig vor.

»Das Blut wies einen hohen Kohlenmonoxidgehalt auf, und man hat Spuren des umgebenden Erdreiches gefunden.«

»Wo genau?«

»In den Bronchien.«

»Er hat sein Opfer lebendig vergraben?«

»Alles deutet darauf hin.«

»Und wann wurde es zerteilt?«

»Post mortem, der Tod war bereits eingetreten.«

»Ich brauch 'nen Schnaps. Willst du auch einen?«

»Nee, lass man, Muttern, keine harten Sachen.«

Sie ging in die Küche und kam mit einem Glas und einer Flasche Calvados zurück, füllte das Glas bis zum Rand und trank es in einem Zug leer. »Konntet ihr über die Fingerabdrücke etwas herausfinden?«

»Fehlanzeige.«

»Schade, über AFIS waren wir seinerzeit regelrecht glücklich. Das heißt aber im Klartext, der Tote war nicht straffällig.«

»Erkennungsdienstlich nicht erfasst«, berichtigte sie Maik.

»Und was ist mit dem Kopf?«

»Die KTU wird morgen das ganze umgebende Gelände auf dem Südwestkirchhof absuchen.«

Enne betrachtete nachdenklich ihr Glas. »Die erste Frage ist: Warum hat der Mörder sein Opfer in der Erde ersticken lassen? Das ist grausam, und daraus ergibt sich gleich die nächste Frage: Warum gerade dort? Der Südwestkirchhof ist nicht irgendein x-beliebiger Friedhof, er ist bekannt, da liegen viele Prominente. Da finden Führungen statt, es gibt Publikumsverkehr, nicht nur trauernde Angehörige. Und warum die Verstümmelungen?« Sie fuhr nachdenklich mit dem Finger über den Rand des Glases. »Wurden Blut- oder Gewebespuren in der Umgebung gefunden?«

»Die KTU ist noch am Auswerten«, murmelte Maik und rutschte tiefer in den Sessel. Er verschränkte die Hände hinter dem Kopf und schloss die Augen. Enne stand auf und ging zum Fenster. Es war eine klare Nacht. Durch die vertrockneten Gräser rund um den Gartenteich leuchtete eine Lampe und warf ihr warmes Licht auf die Wasseroberfläche.

»Vergraben, ersticken, dann wieder ausgraben«, sie drehte sich um, »das ist doch sinnlos.«

»Viel interessanter ist: Warum wurde das Geschlechtsteil abgeschnitten?«

»Erniedrigung«, antwortete sie, ging zurück zum Tisch und goss sich noch ein Glas voll. Für eine Weile hingen beide ihren Gedanken nach. Plötzlich sagte sie: »Kann sein, muss aber nicht.«

»Wie bitte?«, murmelte er.

»Irreführung«, sagte sie. »Es hat so etwas Melodramatisches.« Plötzlich spürte sie wieder dieses Kribbeln, wenn ein Fall anfing, sie in den Bann zu ziehen.

»Wie meinst du das?«, fragte Maik.

»Die Hand, wie eine Inszenierung.«

»Und wer ist das Publikum?«

»Wenn ich das wüsste, wären wir weiter. Aber wenn dem so ist«, sie goss sich noch einen Schnaps ein, nippte aber nur daran, als sie seinen vorwurfsvollen Blick bemerkte, »dann spricht eine Menge dafür, dass der Mörder anfangen wird, Fehler zu machen.« Sie verschloss die Flasche und schob sie ein Stück weg. Maik gähnte herzhaft.

»Lorenz feiert heute seine erste Vernissage in Potsdam«, sagte er.

»Wieso bist du nicht dabei?«

»Ich brauche einen klaren Kopf.« Er erhob sich. »Gewährst du mir Asyl?«

»So ist das eben, wenn man mit einem Maler zusammenwohnt.«

»Lorenz ist ein alter Freund aus Kindertagen. Das weißt du sehr gut, Mutter. Seine Mittel sind beschränkt, wie das so ist bei Künstlern. Darum wohnen wir zusammen. Außerdem hat jeder seinen eigenen Freundeskreis, und im Gegensatz zu einigen dominanten Müttern respektieren wir beide die Gewohnheiten des anderen.«

»Ach, ich bin dominant?«, entgegnete sie angriffslustig.

»Das ist noch untertrieben«, konterte er und erhob sich.

»Spiel nicht zu lange mit deinen Spielsachen«, rief sie ihm spöttisch hinterher.

»Und du vergiss dein Strickzeug nicht«, erwiderte er bereits von der Treppe. Sie hörte ihn im Obergeschoss rumoren.

Enne trank ihr Calvadosglas aus. Sie überlegte: Ohne Kopf konnte die Identifizierung lange dauern. Leichenhunde waren zwecklos, auf einem Friedhof wimmelte es ja nur so von Leichenteilen. Sie ging zum Sekretär, öffnete die Schreibklappe und zog eine Schachtel Zigaretten und ein Feuerzeug hervor, nahm eine heraus und zündete sie an; dann öffnete sie die Terrassentür und trat hinaus. Gierig sog sie den Rauch ein und blies ihn in die kalte Herbstnacht. Das ist mein Fall, dachte sie. Beim LKA in Berlin hatte sie als besessen gegolten, wenn es um die Aufklärung eines Mordfalles ging. Und dann – mit fünfundsechzig Jahren ab in den Ruhestand. Das hatte sie aus der Bahn geworfen. Sie sehnte sich geradezu nach ihrem alten Büro, dem muffigen Geruch nach Putzmitteln und dem nervenden Geräusch der lauten Klimaanlage. Diese besondere Hektik, wenn die ersten Auswertungen begannen, fehlte ihr mehr, als sie gedacht hatte. In den ersten Wochen nach ihrer Pensionierung war sie jeden Morgen zur gleichen frühen Stunde aufgewacht. Jedes Mal wenn das Telefon klingelte, hatte sie gehofft, dass man sie bat, wieder ins Amt zu kommen. Aber niemand brauchte sie mehr. Enne drückte die halb geraucht Zigarette auf den Steinen aus, hob den Stummel auf und ging zurück ins Haus. Morgen werde ich mir das Areal genauer ansehen, nahm sie sich vor. Sie musste diplomatisch vorgehen. Maik reagierte jetzt schon wie eine gereizte Kobra, wenn es um seine Arbeit ging.

Um sieben Uhr früh polterte Maik die Treppe herunter. Enne belegte bereits Brötchen mit Prager Schinken und Emmentaler.

»Morjen«, nuschelte er, trank einen Schluck Kaffee und stopfte sich im Stehen das Brötchen in den Mund, sah auf die Küchenuhr, murmelte irgendetwas, das wie »Danke« klang, und lief zur Tür.

»Hältst du mich auf dem Laufenden?«, rief sie ihm hinterher.

»Das ist nichts für schwache Nerven«, antwortete er schon von draußen.

Enne ging nach oben, duschte, zog sich an und räumte großzügig auf. Hausarbeit war noch nie ihr Ding gewesen. Dann machte sie sich auf den Weg zum Südwestkirchhof.

In den Gärten leuchtete das herbstliche Laub in rotgoldenen Tönen. Sie lief gern an den alten villenartigen Häusern der Bahnhofstraße vorbei. Inzwischen wurden immer mehr von den großen Grundstücken geteilt und neu bebaut. Die kopfsteingepflasterte Bahnhofstraße hatte ursprünglich zum S-Bahnhof Stahnsdorf geführt. Jetzt gab es den Bahnhof nicht mehr. Was hatten sie im Förderverein dafür gerungen, den alten S-Bahn-Anschluss wiederzubekommen. Der Stahnsdorfer Südwestkirchhof und die Friedhofsbahn waren ein Paar Schuhe, die gehörten zusammen. Bereits 1902 hatte sich die Synode wegen einer Eisenbahnlinie an die Eisenbahnverwaltung gewandt. Und 1908 erklärte sich die Eisenbahnverwaltung bereit, den Betrieb und die Unterhaltung einer Friedhofsbahn von Wannsee nach Stahnsdorf auf eigene Kosten zu übernehmen. Am 2. Juni 1913 wurde die Stahnsdorfer Bahn eingeweiht. Auch Ennes Großeltern hatten damals Land in Stahnsdorf erworben und waren von Berlin-Wilmersdorf nach Stahnsdorf gezogen. Die Anbindung an Berlin war gut, und man lebte beschaulich vor den Toren der Metropole. Aber mit dem Mauerbau am 13. August 1961 kam das Aus für die Strecke. Die Anlagen wurden demontiert, und das Bahnhofsgebäude, das unter Denkmalschutz stand, wurde wegen angeblicher Einsturzgefahr abgerissen. Wehmütig dachte Enne, wie praktisch dieser S-Bahn-Anschluss nach Berlin wäre. Aber die Politiker hatten sich anders entschieden. Der Anschluss von Stahnsdorf an den S-Bahn-Ring sollte nun über Teltow erfolgen. Wann? Das stand in den Sternen.

Enne erreichte den großzügig angelegten Vorplatz und betrat den Friedhof. Das Torhäuschen hinter dem Eingang war nicht besetzt, und die Gärtnerei gegenüber hatte heute geschlossen. Rasch lief sie die Hauptallee entlang. Vor dem großen Christusdenkmal von Ludwig Manzel blieb sie wie immer kurz stehen. Dieses monumentale Relief mit den leidenden Menschen, die sich um den segnenden Christus drängten, berührte sie jedes Mal aufs Neue. Auf dem evangelischen Südwestkirchhof wurden von Anbeginn an auch Andersgläubige bestattet. Es gab eine große Anzahl von Grabanlagen, auf denen Menschen jüdischen Glaubens bestattet wurden. In den Totenbüchern, die sich im Archiv der Friedhofsverwaltung befanden, stieß man außerdem auf Personen, die offenbar eine Sonderrolle einnahmen. Sie wurden als christlich, evangelisch, seltener als katholische Konvertiten oder als Dissidenten in den Archivalien angegeben. Es waren Angehörige der Schicksalsgemeinschaft der von den Nationalsozialisten »rassisch« Verfolgten, Glaubensjuden und Nichtglaubensjuden, die ihre Zugehörigkeit zum Judentum im Sinne der 1935 in Kraft getretenen Nürnberger Rassengesetze besaßen, über die das Unglück wie eine Naturkatastrophe hereingebrochen war. Die in Stahnsdorf Bestatteten zählten mit einigen Ausnahmen nicht zu den Deportierten und in den Vernichtungslagern Umgekommenen.

Sie bog ab. Die Kronen der alten Kiefern wiegten sich knarrend im Wind. Vor ihr lief ein rotbraunes Eichhörnchen über den Weg, hielt inne und starrte sie aus schwarzen Knopfaugen an. Von Weitem sah sie das rot-weiße Absperrband um die Fundstelle im Wind flattern. Hinter ihr knackte es. Sie drehte sich um. Joachim kam aus einem Quergang direkt auf sie zu.

»Was machst du denn hier?«, fragte sie überrascht. »Hast du mir nachspioniert?«

»Erraten«, grinste er.

»Na, dann ist ja gut.« Enne mochte Joachim. Er wirkte so verletzlich mit seinem hungrigen Blick nach Anerkennung. »Weißt du, die Umgebung unseres Leichenfundes interessiert mich.«

Die meisten Grabsteine waren alt und verwittert, teilweise umgestürzt, sodass man kaum etwas entziffern konnte.

»Hier ist das Grab eines Prominenten«, hörte sie Joachims Stimme weiter entfernt.

»Auf diesem Friedhof wimmelt es nur so von Promis, welcher ist es denn?«

Seine Antwort ging im Vogelgezwitscher unter.

»Ich gehe jetzt in die Verwaltung. Kommst du mit?«, rief sie. Er kam direkt hinter ihr zwischen zwei großen Eibenbüschen hervor. Gemeinsam liefen sie zurück zum Hauptweg, der weiche Waldboden verschluckte ihre Schritte.

»Hatten Sie schon mal Ratten im Haus?«, fragte er unvermittelt.

»Nein, habt ihr welche?«

»Ich habe vorhin eine im Keller gesehen. So 'ne graue mit einem langen nackten Schwanz, die war weg wie der Blitz.«

»Kammerjäger«, riet Enne.

»Kostet aber, oder?«

Sie nickte. »Wann geht es los auf der Polizeischule?«

»Im Frühjahr, und danach will ich Profiler werden.«

»Profiler gibt es bei uns nicht, das ist eine amerikanische Bezeichnung. Fallanalytiker heißt es.«

»Waren Sie das mal?«

Enne nickte. »Aber das wird man nicht so hoppla-hopp.«

»Ich dachte, das könnte man gleich anschließen.«

Enne lachte. »Nee, mein Bester. Erst kommt der ganz normale Polizeidienst, dann das Fachhochschulstudium, danach brauchst du Praxis, und dann, wenn du bis dahin durchgehalten hast, kommt on top eine fünfjährige Ausbildung.«

»Und wie lange dauert das insgesamt?«

»Na, so mit fünfzehn Jahren musst du rechnen.«

»Da bin ich ja steinalt.«

»Der Weg ist das Ziel«, erwiderte sie ironisch.

Schröter stand hinter dem Tresen, als Joachim für Enne die Tür zum Verwaltungsgebäude öffnete.

»Sie schon wieder?«, blaffte Schröter statt einer Begrüßung.

»Guten Morgen, Herr Schröter«, erwiderte Enne und ignorierte seine Unhöflichkeit. »Ich würde gern die Friedhofsunterlagen einsehen. Mich interessiert, wer in dem Grab bestattet wurde, in dem gestern die Leiche gefunden wurde. Vielleicht ergibt sich da ein Zusammenhang.«

»Sie meinen das Totenbuch?«

»Genau.«

»Welcher Jahrgang?«

»1928, lieber Herr Schröter. Sie müssen wissen, ich unterstütze die Ermittlungen der Polizei.« Enne lächelte zuckersüß.

»Frau von Lilienthal, jede Bestattung wird im Beerdigungsbuch eingetragen, und für jede Bestattung existiert zudem ein Einzelblatt, dessen Nummer mit der laufenden Nummer im Totenbuch übereinstimmt. Da müssen Sie sich schon etwas genauer ausdrücken.«

Enne unterdrückte den aufkeimenden Wunsch, ihm sehr herzlich und unmissverständlich die Meinung zu sagen.»Auf dem Grabstein stand 8.11.1928.«

Schröter überlegte, dann stützte er die Hände auf den Tresen und sagte mit boshafter Freude:»Soweit ich mich erinnere, sind Sie nicht mehr im Dienst, Frau von Lilienthal.« Sein Lächeln triefte geradezu vor Freude darüber, dass ihm dieser Umstand soeben eingefallen war.»Wenn Sie kein weiteres berechtigtes Interesse angeben können, darf ich Ihnen die Unterlagen nicht herausgeben.«

»Und was ist ein weiteres berechtigtes Interesse, lieber Herr Schröter?« Enne lächelte immer noch, auch wenn es ihr schwerfiel.

»Verwandte, Vorfahren, wissenschaftliche Arbeit, so was halt.«

»Schade«, seufzte sie.»Ich hatte so mit Ihrer Hilfe gerechnet.«

»So sind die Vorschriften, und an die muss ich mich halten.« Schröter platzte beinahe vor Selbstzufriedenheit.

»Eine Frage noch, Herr Schröter: Wer hat eigentlich den Plan für den Arbeitseinsatz gemacht?«

»Wieso? Hat Ihnen Ihr Abschnitt nicht gefallen?« Schröter grinste.»Na, ist ja kein Geheimnis. Herr Maiblatt erstellt den Plan, und ich berate ihn.«

»Was würde Herr Maiblatt nur ohne Sie anfangen, Herr Schröter? Vielen Dank«, lächelte Enne herzlich. Kaum fiel die Tür hinter ihnen ins Schloss, änderte sich ihr Gesichtsausdruck.»Arroganter Typ«, zischte sie empört. Joachim blickte überrascht auf, er hielt ein Faltblatt für Besucher des Kirchhofs in der Hand, das er heimlich mitgenommen hatte.

»Hier steht was über das Promigrab, das ich vorhin gefunden habe.«

»So?«, fragte Enne nicht sonderlich interessiert.»Wer ist es denn?«

»Hugo Distler.«

»Nie gehört.«

»Geboren 1908 in Nürnberg und verstorben 1942 in Berlin«, las Joachim vor.»War Komponist, hauptsächlich von geistlicher Chormusik, und Leiter des Staats- und Domchors zu Berlin. Der hat eine berühmte geistliche Chormusik komponiert. Den

Totentanz.« Dabei zog er die letzten Worte theatralisch in die Länge.

»Und was hat das mit unserer Leiche zu tun?«

»Das bedeutet ›der Tanz ins Jenseits‹. Das spricht doch Bände!« Seine Augen funkelten vor Begeisterung.

3

Enne hatte schlecht geschlafen. Der gestrige Tag war ein Reinfall ersten Grades gewesen. Maik hatte sich nicht gemeldet, das Telefon war stumm geblieben. Nicht mal eine kleine E-Mail war in ihrem Postfach aufgetaucht. Wahrscheinlich mochte sie niemand mehr. »Altes Wrack«, murmelte sie, als sie sich aus dem Bett quälte und jeder Muskel empört aufschrie. Das letzte Glas Calvados musste schlecht gewesen sein. Sie duschte ausgiebig, schlüpfte in ihre Jeans und zog einen dunkelblauen Kaschmirpullover an. Unten in der Küche trank sie nur ein Glas Wasser und verzichtete großzügig auf ihr obligatorisches Wurstbrötchen. Wenn sie nur daran dachte, drehte sich ihr der Magen um. Frische Luft, das Einzige, was half, wusste sie aus alter Erfahrung. Sie nahm ihre Jacke, und da das Thermometer nur wenige Grad über null anzeigte, stülpte sie sich eine Pudelmütze über ihre widerspenstigen Locken. Automatisch ging sie zum Südwestkirchhof. Einzelne Sonnenstrahlen lugten durch die Bäume und streuten goldene Pünktchen auf den Waldboden. Die Vögel begleiteten sie wie eine Eskorte.

Gleich hinter dem Eingang sah sie es. Die starke Vermehrung der Wildschweine war für den Kirchhof eine Katastrophe. Aufgewühlte Erde zog sich quer über die Blumenrabatten. An der Nordseite, zur ehemaligen Alten Potsdamer Landstraße hin, hatte die Verwaltung vor ein paar Monaten einen doppelten, zwei Meter hohen Zaun gesetzt, um die Rotten draußen zu halten. Doch vor Kurzem hatten Mitarbeiter große Löcher im neuen Zaun entdeckt, sauber herausgeschnitten mit einer Drahtschere. Missverstandene Tierliebe. Die Mittel, die zur Verfügung standen, reichten hinten und vorne nicht, um die Schäden zu beheben, und Spendengelder flossen auch nur spärlich. Dass der Südwestkirchhof unter Denkmalschutz stand und zu den zehn berühmtesten Friedhöfen Europas zählte, war vielen Berlinern und Brandenburgern unbekannt.

Hinter ihr knackte es. Enne blieb stehen. Sie sah sich um. Dann hörte sie ein Grunzen. Nur weg, dachte sie in aufsteigender Panik und rannte los. Zweige schlugen ihr ins Gesicht, ihr Fuß knickte um, sie stolperte, fiel, versuchte hochzukommen und plumpste zurück. Halb verdeckt durch einen Zweig starrten sie leblose Augen an. Das verklebte Haar, mit Tannennadeln durchsetzt, hing wie eine schmierige Haube um den Schädel. Aus den eingefallenen Wangen stach die Nase spitz hervor, der Mund stand offen. Aus einem Nasenloch kroch ein schwarzer Käfer, dicke grüne Fliegen krabbelten über die erstarrten Züge. Auf einem Grabstein, darauf eine Schale, umrankt von üppigem Blumenschmuck aus Stein, thronte der Kopf. Wie aufgepfropft. Wie ein Ausstellungsstück. Ihr Magen revoltierte. Sie drehte sich zur Seite, stemmte sich hoch und humpelte, so schnell sie konnte, zum Weg zurück, zog ihr Handy aus der Jacke und tippte mit bebenden Fingern eine Nummer ein.

»Maik, ich habe den Schädel gefunden, hier auf dem Friedhof«, flüsterte sie, als er sich meldete.

»Ich komme«, sagte er und legte auf. Dann rief sie den Kirchhofsverwalter an.

»Herr Maiblatt, durch Zufall habe ich den Schädel gefunden. Bitte kommen Sie zum Block Reformation, Gartenblock II.«

Wenig später hörte Enne das Surren des kleinen Elektromobils, das dem Kirchhof wegen der vielen Besucher seit Kurzem zur Verfügung stand. Maiblatt schwang sich erstaunlich behände aus dem Fahrzeug. Er war bereits korrekt gekleidet. Schwarzer Anzug, weißes Hemd, schwarze Krawatte – Dienstkleidung. Schröter hatte er gleich mitgebracht. Der zog seine Mütze ab. So viel Respekt vor dem Tod musste sein. Enne deutete in die Richtung, in der sie den Schädel gefunden hatte, erklärte, dass es ihr nicht gut ginge, und verabschiedete sich. Sie wollte auf keinen Fall Maik begegnen.

Dr. Enderleins Laune lag knapp über dem Gefrierpunkt. Steifbeinig lief er zu der Fundstelle und stellte seine Tasche ab. Das Rheuma, sein altes Leiden, mochte diese feuchte, kalte Herbstluft nicht. Kritisch sah er sich den Erdboden um den Grabstein herum an.

»Da werden unsere Pfadfinder nicht viel finden«, murrte er. »Die Wildschweine hätten auch den Schädel angefressen, wenn der nicht auf der Schale liegen würde.«

»Darum lag er auch dort«, erwiderte Lilienthal lakonisch.
Schröter, der hinter ihm stand, nickte. »Wurde auch langsam
Zeit, so 'ne Leiche ohne Kopp is doch nüscht Halbes und nüscht
Janzes«, meinte er philosophisch.
»Kennen Sie das Gesicht?«, wandte sich Lilienthal an den Friedhofsverwalter. Maiblatt schüttelte den Kopf, auch Schröter verneinte. Mittlerweile waren die Kollegen von der Kriminaltechnik
eingetroffen. Mit einer Pinzette zog einer einen Gegenstand aus
der Mundöffnung und reichte ihn Lilienthal, der sich inzwischen
Latexhandschuhe übergestreift hatte. Es war eine kleine Rolle aus
Pergament. Vorsichtig legte Lilienthal sie auf ein Tablett, das man
ihm reichte, und rollte sie auseinander. Er ging in die Hocke und
versuchte zu entziffern, was dort stand. Kopfschüttelnd steckte
er das Papier in einen Plastikbeutel. »Werner!«, rief er hinüber
zum Chef der Kriminaltechnik und hielt den Beutel in die Höhe.
»Nimm bitte Fingerabdrücke, Speichelspuren, Blut et cetera, das
volle Programm, und alles am besten bis vorgestern.«
»Bis zum Abend kannst du mit ersten Ergebnissen rechnen, die
Analysen dauern länger, das weißt du ja.«
Lilienthal nickte. Er sah sich um. Maiblatt lehnte mit Schröter
abseits an einem Brunnen, dessen Rand über und über mit Moos
bedeckt war. Lilienthal schlenderte hinüber zu den beiden. »Wer
hat eigentlich Zutritt zu diesem Abschnitt des Friedhofs?«
»Alles ist öffentlich zugänglich. Herr Schröter schließt das Tor
jeden Morgen um halb sieben auf, und jetzt im Oktober wird in
der Regel gegen achtzehn Uhr geschlossen.«
»Sie wissen also nie, ob sich noch Leute auf dem Friedhof
befinden?«
»Nein, das wissen wir nicht. Die Zeiten der Überwachung sind
Gott sei Dank vorbei.« Maiblatts Wangen färbten sich rosa.
Lilienthal ging weiter zu Dr. Enderlein. »Ich brauche ein Fahn-
dungsfoto. Könnten Sie bitte den Mund des Schädels schließen.«
»Das Gewebe ist bereits zerstört, dadurch wird mehr beschädigt,
als Sie verantworten können«, fauchte Enderlein.
»In dem Zustand können wir das Gesicht ja kaum der Öffent-
lichkeit präsentieren, oder, Doktor?«, entgegnete Lilienthal kühl.
Der Rechtsmediziner versuchte halbherzig, die Mundöffnung

zu schließen, was nicht gelang. Lilienthal ging hinüber zu den Kriminaltechnikern und brachte ein durchsichtiges, dünnes Plastikband mit, als er zurückkam. »Vielleicht können Sie damit etwas justieren?« Enderlein sah angewidert auf das Band, nahm es und wickelte es gekonnt um Kopf und Kiefer. Jetzt schloss sich der Mund etwas. Lilienthal winkte den Fotografen herbei, einen ausgemergelten Mann kurz vor der Pensionsgrenze mit einem dicken Schal um den Hals. Der Ältere nickte und machte sich an die Arbeit.

»Brauchen Sie mich noch, Herr Kommissar?« Maiblatt war hinter ihn getreten. »Ich habe gleich wichtige Termine.«

»Im Augenblick nicht, aber ich brauche nähere Informationen über die Verstorbenen, auf deren Grab wir den Kopf gefunden haben.«

»Da muss ich erst in den alten Unterlagen nachsehen«, erwiderte Maiblatt reserviert. Lilienthal griff in seine Tasche und gab ihm seine Visitenkarte. »Rufen Sie mich an, wenn Sie es herausgefunden haben, jederzeit.« Der Verwalter nickte und verabschiedete sich. Lilienthal entsorgte die Latexhandschuhe in einem Abfallsack der Kriminaltechnik, nickte den Kollegen zu und ging zu seinem Jaguar.

»Muss ganz schön Kohle haben, der Herr«, sagte einer von den Technikern.

»Die Karre ist doch steinalt«, spottete ein anderer.

»Neid ist eine Todsünde«, sagte Schröter empört und folgte seinem Chef.

Lilienthal stieß mit dem Fuß die Tür zu seinem Büro auf. In der einen Hand hielt er einen Kaffeebecher, in der anderen mehrere Papiere. Die Tür krachte gegen die Wand.

»Tor!«, rief jemand.

»Was machen Sie denn hier?« Er musterte den jungen Mann, der plötzlich vor ihm stand, unfreundlich.

»Ich bin der Neue«, grinste der.

Lilienthal ließ sich hinter seinem Schreibtisch auf den Stuhl fallen und betrachtete ihn. Sternenaugen unter blonden Locken, ein muskulöser Oberkörper spannte sich unter einem dunkelblauen

Pullover, nur die kurzen Beine in den hellen Cordhosen passten proportional nicht dazu. Der trägt ja noch Pampers, dachte Lilienthal. Der andere schwang sich auf den Besucherstuhl vor seinem Schreibtisch.

»Von meiner Höhe lassen Sie sich mal nicht irritieren. Hauptsache, der Kopf ist in Ordnung, und da funktioniert alles reibungslos.«

»Das ist ja wohl das Mindeste«, erwiderte Lilienthal kühl.

Die Tür öffnete sich, und Dr. Körner schob seine Massen herein. Mit über zwei Metern und hundertsechzig Kilo Lebendgewicht hieß der Kriminalrat bei den Kollegen hinter vorgehaltener Hand nur King Kong. Er klatschte in seine Schaufelhände: »Da ist er ja. Darf ich vorstellen? Leonhard Kalumet, Abschlussbester auf der Polizeiakademie. Jurastudium mit erstem Staatsexamen, aber das hast du ja auch, Maik.«

»Ich bin Volljurist«, erwiderte Lilienthal frostig.

»Ihr neuer Chef stammt aus altem märkischen Adel, Herr Kalumet.«

»Seit Langem verarmt«, murmelte Lilienthal.

»Warum hat es Sie zur Polizei gezogen, Herr Kalumet?«

»Die Kriminologie hat an der Uni leider einen geringen Stellenwert, ich wollte nah am Geschehen bleiben.«

»Das können Sie haben«, lächelte Körner. »Kalumet gehört ab heute zu deinem Team, Maik.«

»Kalumet kommt aus dem Lateinisch-Französischen und wird Kalümä gesprochen«, korrigierte Lilienthal.

Körner grinste von einem Ohr zum anderen. »Ein Kalümä können wir hier immer gut gebrauchen, oder?« Er verließ mit erstaunlich leichten Schritten den Raum.

»Den Namen ›Friedenspfeife‹ fanden meine hugenottischen Vorfahren nicht besonders eindrucksvoll, aber danke für die Korrektur. Die meisten sprechen meinen Namen falsch aus.«

»Und warum korrigieren Sie das nicht selbst? Vornehme Zurückhaltung oder eher profan feige?« Lilienthal blickte den Neuen boshaft an.

»Endlich mal jemand, der meinen Charakter auf Anhieb korrekt einschätzt«, konterte Kalumet. »Aber woher kennen Sie meinen Namen?«

»Um das gleich von Anfang an klarzustellen: Die Fragen stelle immer nur ich. Aber um in diesem Fall Ihre Neugierde zu befriedigen, Elisabeth Kalumet ist eine Freundin meiner Mutter, alteingesessene Potsdamer Familie. Bestehen da Verbindungen?« »Die Welt ist ein Dorf«, grinste der Neue. »Das ist meine Tante, ich wohne bei ihr, bis ich eine bezahlbare Bleibe gefunden habe. Nicht ganz einfach in dieser Stadt.«

»Weltkulturerbe, das hebt die Preise. In Osnabrück hätten Sie es preiswerter haben können. Aber abgesehen von Ihren französischen Vorfahren, haben Sie auch schon praktische Erfahrungen im Polizeidienst?«

»In Offenbach und Frankfurt am Main jeweils ein halbes Jahr.«

»Na, besser als nichts«, seufzte Maik. Er nahm die Papiere, in denen er gerade gelesen hatte, und gab sie dem neuen Kollegen: »Unser aktueller Fall. Ein verstümmelter Körper. Heute früh wurde der Kopf gefunden. Arbeiten Sie sich ein. Um halb zehn ist Besprechung.«

Der Schock steckte Enne immer noch in den Gliedern. Sie war nach Hause gelaufen, hatte zwei Aspirin genommen und sich ins Bett gelegt, die Decke über die Ohren gezogen und versucht zu schlafen. Was nicht gelang. Warum musste ausgerechnet sie diesen blöden Kopf finden? Maik ging natürlich davon aus, dass sie danach gesucht hatte. Das würde sie auch denken in seiner Situation.

Irgendwann bekam sie Hunger, taute sich eine Portion Hühnerbrühe auf und füllte einen Teller, den sie aufaß. Das beruhigte die Magennerven. Dann surfte sie im Internet und versuchte zuletzt das aktuelle Sudoku in der »Zeit« zu knacken, was nicht klappte und ihre Laune nur noch mehr verschlechterte. Und jetzt hockte sie mit angezogenen Beinen in ihrem Sessel und grübelte. Das Opfer auf einem Friedhof zu vergraben, war clever, aber warum hatte der Mörder den Schädel wie ein Schaustück deponiert? Churchill, ihr grau getigerter Kater, miaute kläglich. »Ach, du armes Katervieh, keiner kümmert sich um dich.« Sie gab ihm etwas zu fressen und streichelte ihn. Sofort fing er an, wie eine kleine Dampfmaschine zu schnurren. »Na, Sir, heute schon Krieg gegen die Ostfront geführt?«, flüsterte Enne. Auf dem Nachbargrundstück lebte ein junger schwarzer Kater, und Churchill musste mächtig um sein Revier kämpfen.

Draußen wurde es langsam dunkel. Churchill bewegte die Ohren, lief zur Tür und blieb abwartend davor stehen. Seine Schwanzspitze zuckte leicht hin und her. Sie hörte die Haustür klappen, Maik kam herein. »Abend«, sagte er und hielt den Haustürschlüssel hoch. Er ließ sich in einen Sessel fallen.

»Hunger?«, fragte sie.

»Nee, lass mal, ich hatte vorhin Pizza. An der kaue ich immer noch.«

Sie ging in die Küche und kam mit Gläsern, einer Flasche Rotwein und einem Korkenzieher zurück. Maik öffnete die Flasche und goss die Gläser voll. »Barolo«, meinte er anerkennend und trank einen Schluck.

»Gibt es Neuigkeiten?«, fragte Enne.

»Tja«, meinte er gedehnt, »ich weiß nicht, ob ich überhaupt noch etwas erzählen darf.«

»Maik, es war wirklich ein Zufall, und so wie das Ganze arrangiert wurde, *sollte* man den Kopf finden.«

»Du vielleicht«, entgegnete er missgelaunt. Beide schwiegen eine Weile. Dann zog er ein zusammengefaltetes Blatt Papier aus seiner Hosentasche und hielt es ihr hin. »Das hier ist eine Fotokopie. Im Original war es eine kleine Pergamentrolle und steckte im Mund des abgetrennten Kopfes. Kannst du mit dem Text etwas anfangen?«

Enne nahm das Papier und las: »Weh euch«, konnte sie entziffern, der Rest der Zeile war verwischt. In der zweiten Zeile fehlten die ersten Wörter, dann stand dort: »entstelltes Angesicht, dass ihr darob« – die letzten Worte waren wieder unleserlich. Nur der Schluss war deutlich zu lesen: »Dass ihr in künft'gen Tagen versteint, verödet liegt«.

»Kommt mir irgendwie bekannt vor«, meinte sie nachdenklich.

»Ich hatte gehofft, du würdest es kennen«, sagte er bedauernd und erhob sich. »Ich muss noch mal ins Präsidium.«

»Warte«, bat sie und ging zum Sekretär. »Hier ist eine Liste der umliegenden Gräber. Joachim und ich haben sie zusammengestellt.« Über seiner Nasenwurzel bildete sich eine steile Falte.

»Was soll das, Mutter? Lass deine Finger aus den laufenden Ermittlungen. Und dieser dicke Bubi ...« Den Rest schluckte er hinunter.

»Ich dachte, das könnte von Interesse sein, und so unerfahren bin ich ja nun auch wieder nicht«, erwiderte Enne gekränkt.

»Eben«, murmelte er.

Sie versuchte, ihren aufsteigenden Ärger zu unterdrücken. »Joachim hat sich bei der Polizei beworben.« Aber kaum dass sie es ausgesprochen hatte, wusste sie, dass es ein Fehler war.

»Der? Der hat uns gerade noch gefehlt.« Maik ging zur Tür.

»Wer kannte alles den Arbeitsplan?«, rief sie ihm hinterher.

»Ist längst auf meiner Liste«, gab er unfreundlich zurück. Als die Tür ins Schloss fiel, zerknüllte Enne das Blatt und warf es in den Papierkorb. Mach doch, was du willst, dachte sie beleidigt.

4

»Wo ist der Bericht von der Rechtsmedizin?« Lilienthal wühlte in den Papieren, die auf seinem Schreibtisch lagen.

Kalumet schob ihm den Umschlag hin.

»Wurde das Gebiss bereits digitalisiert?«

»Ja, steht schon in der aktuellen Ausgabe des Mitteilungsblattes der Berliner Zahnärzte. Die ist heute rausgekommen.«

Lilienthal überflog die eng beschriebenen Seiten. Männlich, Verwesung im Anfangsstadium, vierzig bis fünfundvierzig Jahre, dichtes dunkelblondes Haar, Augenfarbe braun, Gesichtszüge regelmäßig, Dermis hell mit starker Pigmentierung, Ohren leicht abstehend, Gebiss in gutem Zustand, fünf und sechs rechts oben zwei Implantate. Großflächiges Hämatom auf dem Hinterkopf, keine Schädelknochenverletzung erkennbar. Die Zunge wurde herausgetrennt. Lilienthal blickte hoch. Kriminalassistentin Heike Mohn hatte den Kopf durch die Tür gesteckt.

»Treffer«, sagte sie gut gelaunt und strich eine Strähne ihres schulterlangen blonden Haares aus der Stirn. »Ein Zahnarzt aus Zehlendorf hat das Gebiss identifiziert.«

»Soll sofort herkommen«, befahl Lilienthal.

»Er kann nicht, hat gleich eine größere OP, steht aber danach zur Verfügung.«

»Wie jetzt? Wir ermitteln in einem Tötungsdelikt, haben Sie ihm das nicht gesagt?«

»Natürlich, aber er bat nachdrücklich um ein persönliches Gespräch in seiner Praxis.« Heike legte ihm die Notiz hin und ging. Die engen Jeans betonten ihre schlanke Figur. Kalumet sah ihr fasziniert nach.

Lilienthal blickte nachdenklich auf den Notizzettel, dann loggte er sich in die Datenbank von Europol ein und tippte den Namen vom Zettel ab. Markus Wiedemann, geboren am 22.1.1963 in Schönow, Uckermark, las er. Studium am Institut für Zahnmedizin, Charité, Examen, Promotion 1989. Unverheiratet, keine Kinder. Dahinter ein Kürzel: BStU. Er fuhr mit der

Maus auf die Abkürzung. Die Aufforderung »Passwort eingeben« blinkte auf.

»Abschneiden bedeutet Bestrafung«, hörte er Kalumet sagen. Lilienthal blickte irritiert auf.

»Die Zunge«, erklärte Kalumet und deutete auf den Bericht der Rechtsmedizin. Lilienthal griff danach. Da stand es: starke Blutungen in der Mundhöhle. »Der hat noch gelebt«, ergänzte Kalumet.

»Warum haben Sie mir das nicht gleich gesagt?«, fauchte Lilienthal. »Entschuldigung«, murmelte der Neue. Lilienthal griff nach seiner Lederjacke. »Versuchen Sie mal mehr über diesen Zahnarzt herauszufinden. Reine Routine, das werden Sie doch können, oder?«

Lilienthal parkte vor einer Gründerzeitvilla in der Clayallee. Clay, Stellvertreter von General Eisenhower, wurde von der West-Berliner Bevölkerung geliebt für seinen Einsatz für die Berliner Luftbrücke 1948/1949. Von seiner Mutter wusste Lilienthal, dass die damalige Kronprinzenallee danach seinen Namen erhalten hatte. Am Eingang verkündete ein imposantes Messingschild: »Dr. Markus Wiedemann, Zahnarzt und Implantologe, Sprechstunden nach Vereinbarung«. Die Milchglasfenster der ersten Etage leuchteten hell. Nobel, dachte er, lief die Stufen der Eingangstreppe hinauf und klingelte. Der Türöffner summte. Dunkler, gewachster Dielenboden, stuckverzierte Decken, und wie herabgestiegen aus dem griechischen Olymp stand plötzlich die göttliche Aphrodite vor ihm. Dunkles Haar fiel ihr in Wellen über die Schultern.

»Herr Dr. Wiedemann erwartet Sie bereits«, sagte sie, nachdem er sich vorgestellt hatte. Sie ging voraus, und unter dem weißen, engen Kittel zeichneten sich vollendete weibliche Formen ab. Ihm blieb beinahe der Atem weg. Vor der letzten Tür blieb sie stehen und bedeutete ihm, kurz zu warten.

»Herr von Lilienthal von der Kriminalpolizei Potsdam«, meldete sie ihn an, und ihre Stimme tönte in seinen Ohren wie eine dunkle Glocke. Auf ihren Wink hin trat er ein. Fenster bis zum Boden, auch hier dunkle, gewachste Dielen und in der Mitte eine rehbraune Ledergarnitur, die beinahe den ganzen Raum ausfüllte.

Markus Wiedemann, schlank, braun gebrannt, hochgewachsen, mit hellen Haaren, kam auf ihn zu.

»Ich hatte bis eben eine wichtige Kieferoperation und konnte nicht zu Ihnen kommen. Danke, dass Sie sich herbemüht haben.« Er deutete auf einen Sessel. »Kaffee, Tee oder ein Glas Wasser?« Wiedemann zeigte Manieren.

»Nein danke.« Lilienthal zog das Foto des Toten aus seiner Jackentasche und hielt es dem anderen hin. »Kennen Sie diesen Mann?«

Wiedemann nahm das Bild und betrachtete es, dann sagte er: »Auf dieser Aufnahme kann man ihn kaum erkennen.« Die Tür öffnete sich, und Aphrodite glitt herein. Sie reichte ihrem Chef eine Karteikarte, der blickte darauf und nickte ihr zu. »Vor circa einem Jahr habe ich diesem Mann zwei Implantate eingesetzt.«

»Und wie heißt er?«

»Der Name wird Ihnen kaum weiterhelfen.«

Lilienthal war irritiert. »Das lassen Sie bitte mich entscheiden«, antwortete er kühl.

Das stereotype Lächeln auf dem Gesicht des Zahnarztes erlosch, als hätte man einen Schalter umgelegt. Er stand auf, ging zu einem Eckschrank, öffnete die oberste Tür und fragte: »Ich habe hier einen Single-Malt-Whisky, Bushmills aus Irland, möchten Sie ein Glas?«

»Ich bin im Dienst.«

»Das hört sich ja an wie im Film, Herr Hauptkommissar«, lachte Wiedemann, aber es klang nicht die Spur fröhlich. Er kam mit einem Fingerbreit gefüllten Glas zurück und setzte sich wieder.

Lilienthals Handy summte, er murmelte eine Entschuldigung und meldete sich. Schweigend hörte er zu. Dann klappte er es zusammen und steckte es ein. »Wie lautet der Name des Toten?«, wandte er sich erneut an Wiedemann.

Der Zahnarzt lehnte sich zurück. »Der Mann auf dem Foto heißt Dietger Alsrath«, antwortete er. »Mit Ralf, seinem Bruder, war ich befreundet. Die beiden waren Zwillinge, hochbegabt, charakterlich aber unterschiedlich wie Tag und Nacht. Wir gingen auf dieselbe Schule in Babelsberg. Nach dem Abitur musste ich mich für drei Jahre bei der NVA verpflichten, erst danach hatte ich einen festen Studienplatz in Aussicht.« Er musterte Lilienthal. »Sie müssen wissen, ich komme aus einer Arztfamilie. Mein Vater war Zahnarzt, mein Großvater Chirurg an der Charité. Kinder von Akademikern hatten im Arbeiter- und Bauernstaat selten eine Chance, sofort einen Studienplatz zu bekommen, die wurden zuerst eingenordet.« Wiedemann schwieg für einen Moment. Lilienthal wartete. Dann fuhr der Zahnarzt fort: »Ralf verpflichtete sich auch für drei Jahre bei der NVA, aus Freundschaft, aber dann kam alles anders.« Die letzten Worte flüsterte er.

Lilienthal beugte sich vor. »Was wurde anders, Herr Dr. Wiedemann?«

Der Arzt nippte an seinem Glas, stellte es vorsichtig zurück auf das Tischchen und setzte sich aufrecht. »Dietger verschwand kurz nach dem Fahneneid. Ralf und seine Mutter wurden Tag und Nacht verhört, man glaubte ihnen nicht, dass sie nicht wussten, wo er abgeblieben war. Selbst ich wurde vernommen.« Wiedemann hatte alles mit monotoner Stimme wie auswendig gelernt vorgetragen. Er vermied es, Lilienthal in die Augen zu sehen. »Ralf kam nach Bautzen, die Anklage lautete Beihilfe zur Republikflucht. Aber sie konnten nichts beweisen. Er kam in die Baukompanie. Sie wissen, was die Baukompanie war?«, fragte er, und in seiner Stimme schwang leichte Aggressivität mit.

»Wehrdienstverweigerung?«

»Eine Wehrdienstverweigerung wie im Westen mit zivilem Ersatzdienst gab es in der DDR nicht. Jeder musste seinen Beitrag zur Friedenssicherung leisten.« Wiedemann lachte trocken auf. »Die Rekruten, die den Dienst an der Waffe aus ethischen oder religiösen Gründen verweigerten, kamen in die Spatenkompanie.«

»Wie bitte?«

»Die Embleme auf dem Kragen und den Schulterstücken glichen zwei Spaten«, erklärte Wiedemann. »Die Dienstzeit war länger, und danach einen Studienplatz zu bekommen, war aussichtslos. Ich absolvierte meine Dienstzeit ohne besondere Vorkommnisse und studierte anschließend Zahnmedizin. Ralf und ich haben uns aus den Augen verloren. Vor einem Jahr stand sein Bruder Dietger plötzlich in meiner Praxis.«

»Sie absolvierten Ihre Dienstzeit ohne besondere Vorkommnisse?«, insistierte Maik.

»Was meinen Sie?«

»Ich denke, das wissen Sie.«

»Ich bin kein Hellseher, Herr Kommissar?«

»Sie übten auch noch eine andere Tätigkeit aus.«

»Ach natürlich, Ihr Telefonat«, sagte Wiedemann müde. Er beugte sich vor und blickte Maik scharf an. »Gut, das vereinfacht die Sache. Darf ich fragen, wo Sie sozialisiert sind?«

»Spielt das in diesem Fall eine Rolle?«, entgegnete Lilienthal kühl.

»Es geht um Verstehen.«

»Sie waren während Ihrer NVA-Zeit Informeller Mitarbeiter der Staatssicherheit, das ist aktenkundig. Sie haben Berichte über Ihre Kameraden verfasst. Auch über Ihre Freunde.«

»Was soll das denn jetzt?« Wiedemann begann sich in Rage zu reden. »Ich habe mich für Ihre Ermittlungen freiwillig zur Verfügung gestellt, bitte vergessen Sie das nicht. Jetzt kommen Sie und graben alte Geschichten aus. Was soll das denn? Sie haben überhaupt keine Ahnung von den damaligen Verhältnissen.«

»Der Tote auf dem Bild ist Dietger Alsrath. Die beiden Brüder waren eineiige Zwillinge?«, fragte Lilienthal und ignorierte den Ausbruch des Zahnarztes. Wiedemann nickte. »Warum sind Sie so sicher, dass es wirklich Dietger war?«

»Finden Sie es heraus«, antwortete Wiedemann kalt und erhob sich.

Lilienthal fuhr auf der Potsdamer Chaussee Richtung Wannsee. Das Gespräch hatte ihn nicht kaltgelassen. Was ging es diesen arroganten Typen an, wo er sozialisiert war? Zwanzig Jahre nach der Wende, und immer noch dieses »Wo kommst du her, Ost oder West?«-Denken. Er war im Waldfrieden geboren, einem alten Berlin-Zehlendorfer Krankenhaus, gebaut von der evangelischen Freikirche der Siebenten-Tags-Adventisten. Bei seiner Geburt lebte der größte Teil seiner Familie wenige Kilometer entfernt und doch so weit weg, hinter der Mauer, dem sozialistischen Schutzwall, wie es in der DDR hieß. Nachdem Willy Brandt, damals

Regierender Bürgermeister von Berlin, mit der Regierung der DDR ein Passierscheinabkommen ausgehandelt hatte, besuchte seine Mutter ihre Eltern. Anfangs trafen sie sich bei Bekannten in Ost-Berlin, später, als das Viermächte-Abkommen über Berlin von 1971 und 1972 den Besuchsverkehr regelte, hatte seine Mutter ihn regelmäßig zu den Großeltern nach Stahnsdorf mitgenommen. Für ihn als Berliner Kind eine fremde Welt. Die Besuche waren ihm hauptsächlich wegen der Aufregung über die Schikanen am Grenzkontrollpunkt Drewitz in Erinnerung geblieben. Die akribischen Taschenkontrollen der Grenzer. Das arrogante Ausfragen. Einmal, es war in der Weihnachtszeit, musste seine Mutter sich in einem separaten Raum des Kontrollpunktes bis auf die Haut ausziehen. Als er die Angst in ihren Augen sah, fing er an zu weinen und wurde in einen anderen Raum geführt, was seine kindliche Panik nur verdoppelte.

Lilienthal atmete tief durch. Vor ihm bogen Autos auf die Auffahrt zum ehemaligen West-Berliner Grenzkontrollpunkt Dreilinden, um zum Berliner Ring Richtung Hamburg oder Leipzig abzubiegen. Er fuhr unter der S-Bahn-Brücke hindurch. Gleich dahinter lag der Große Wannsee, wo sich die Masten der Segelboote des vornehmen Potsdamer Jachtclubs im Wind bewegten. Auf der anderen Seite, am Kleinen Wannsee, konnte er versteckt hinter alten Bäumen die Dächer der pompösen Gründerzeitvillen erahnen. Die vierspurige Königstraße ließ ein zügiges Fahren zu. Er überholte den gelben Doppeldecker, der zur Pfaueninsel abbog. Der Wind wirbelte Herbstlaub auf, als er am Glienicker Schloss vorbei auf die Glienicker Brücke fuhr. Hier hatte sich Prinz Carl von Preußen mitten in der märkischen Streusandbüchse seinen Traum von einer italienischen Villa in südlich anmutender Landschaft verwirklicht. Auch diesen Park hatte Peter Joseph Lenné, wie viele andere in Potsdam und Berlin, angelegt, und nach den Entwürfen von Schinkel wurde in »Glienicke« antik gebaut. Dunkel schimmerte das Stahlgerüst der Brücke. Jedes Mal, auch wenn die Wiedervereinigung schon Jahre zurücklag, fielen ihm die Filme über den Agentenaustausch während des Kalten Krieges ein.

Austausch!

Er trat auf die Bremse, hörte hinter sich lautes Quietschen, dann Türenschlagen. Jemand klopfte heftig an sein Seitenfenster. Eine korpulente Halbglatze in schwarzer Lederjacke starrte ihn aus Schweinsäuglein wütend an.

»Bekloppt, wa?«

Lilienthal zückte seinen Polizeiausweis und hielt ihn dicht an die Scheibe.

»Beeindruckt mir jetze aba kolossal«, röhrte die Halbglatze, wandte sich ab und lief zurück zu ihrem Auto, knallte die Tür zu und fuhr mit quietschenden Reifen an dem Jaguar vorbei Richtung Potsdam.

Der Name wird Ihnen wahrscheinlich nicht weiterhelfen, hatte Wiedemann gesagt. Dann hatte Alsrath zuletzt einen anderen Namen gehabt, und Wiedemann kannte ihn. Verdammt, warum war er nicht früher darauf gekommen? Lilienthal fuhr zurück. In Deutschland war man krankenversichert, ob privat oder in einer Ersatzkasse. Auf der Karteikarte oder im Computer musste der Patientenname stehen, unter dem sich Alsrath hatte behandeln lassen. Er tippte die Kurzwahl in sein Handy und rief Kalumet an. »Der Teilnehmer ist zurzeit nicht erreichbar«, plapperte die Computerstimme. Lilienthal sprach eine kurze Zusammenfassung des Gesprächs mit Wiedemann auf die Mailbox und bat um Rückruf. Kurze Zeit später hielt er vor der Praxis und parkte in der Einfahrt. Er lief die Stufen hinauf und klingelte anhaltend. Niemand öffnete. Wütend ging er zurück zu seinem Auto, stieg ein und fuhr zum zweiten Mal die Strecke nach Potsdam.

»Enderlein wollte kommen, hätte Neuigkeiten, hat er am Telefon gesagt«, informierte Lilienthal Kalumet und Heike Mohn. Lilienthal und Kalumet konsumierten Kaffee im Dauereinsatz. Vor der Mohn stand nur eine Diät-Cola.

Enderlein schob seine ausgemergelte Gestalt durch die Tür. Eine Zigarette hing ihm im Mundwinkel. Bevor jemand etwas sagen konnte, nahm er sie heraus und steckte sie hinters Ohr. »Bei mir herrscht Andrang wie zum Winterschlussverkauf. Alle meine Patienten wollen ihr Innenleben vor mir ausbreiten. Ich muss gleich wieder runter, Tabula rasa machen«, verkündete er mit seiner rauen Raucherstimme ohne eine Begrüßung.

»Möchten Sie einen Kaffee?«, fragte Kalumet höflich. Enderlein schüttelte den Kopf und zog angewidert einen Mundwinkel nach unten. Er nahm einen Stuhl und setzte sich. »Koffein wirkt auf die Großhirnrinde, Hemmung der Phosphodiesterase, dadurch bleibt Adrenalin im Körper länger erhalten«, dozierte er. Enderlein war berüchtigt für seine wissenschaftlichen Erläuterungen, ob man sie hören wollte oder nicht. Er fummelte einen Zettel aus seiner Jacke: »Das dürfte Sie sicherlich mehr interessieren. Sie erinnern sich, dass unserer Friedhofsleiche die Genitalien abgeschnitten und anmutig in die Hand gedrückt wurden?« Der Mohn schoss die Röte ins Gesicht. »Es handelt sich hierbei nicht um das Organ des Toten.«

Die drei starrten ihn verblüfft an. Enderlein war mit der Resonanz seiner Worte zufrieden.

»Das bedeutet …«

»Dass es noch eine zweite Leiche gibt«, fiel die Mohn Lilienthal ins Wort.

»Richtig, Kollegin. Beim besten Willen kann ich mir einen Mann ohne seine …«, er machte eine künstliche Pause, »Hoden und Penis nicht frisch und lebendig vorstellen. Außerdem habe ich in der fremden Schambehaarung auch Faserspuren gefunden. Möglicherweise handelt es sich um Teppichboden, und unter den Fingernägeln des Opfers befanden sich Erde und Sporen, die nicht mit denen an der Fundstelle übereinstimmen.«

»Fundort nicht gleich Tatort«, murmelte Lilienthal.

»Sieht so aus, Herr Hauptkommissar«, grinste Enderlein. Er schob die kalte Zigarette zwischen die Lippen, rückte seinen Stuhl zurück und verließ den Raum.

»Das sind ja interessante Neuigkeiten, die uns unser Herr Rechtsmediziner verkündet hat. Aber ein totes Stück Organ, keine dazugehörende Leiche, wo sollen wir da ansetzen?«

»Kleinanzeigen?«, murmelte Kalumet.

»Wir sind hier nicht im Comedy Quatsch Club, Herr Kalumet. Bitte, Kollegin Mohn«, nahm Lilienthal ihre unterbrochenen Gespräche wieder auf. Heike Mohn blickte auf ihre Notizen.

»Die Verstorbenen, die in dem Grab unter der Blumenschale liegen, habe ich überprüft. Ein Zusammenhang zu unserem Mordopfer war nicht zu erkennen. Das bringt uns wohl nicht weiter. Aber daneben ...« Sie machte eine Pause. »Da befindet sich das Grab von Ernst Gennat. Gennat leitete in den ersten Jahrzehnten des letzten Jahrhunderts das Polizeipräsidium am Alex. Er war der Gründer der Inspektion M.«

»Das weiß doch jeder bei der Kripo«, unterbrach sie Lilienthal. »Der dicke Gennat. Berühmt wegen seiner Ermittlungsmethoden. Aber auch wegen seiner Essgewohnheiten. Jeden Tag musste seine Sekretärin, Gertrud Steiner, kiloweise Kuchen kaufen. Bevorzugt Stachelbeerkuchen. Sogar Heinrich Mann, Charlie Chaplin und Edgar Wallace besuchten ihn in seiner Mordinspektion. Aber, Kollegen, was wir aus diesem Fundort ableiten können: Unser Mörder führt uns vor. Er hat einen verschrobenen Hang zur Komik. Und er muss sich auf dem Friedhof bestens auskennen.«

»Wegen Gennat habe ich mich für Mord entschieden«, warf Kalumet ein.

»Steht nicht in Ihren Akten.«

»Da habe ich ja noch mal Glück gehabt«, erwiderte Kalumet.

»Auch wegen Unfleiß, wie Gennat, die Uni verlassen?«

»Dass Sie aber auch alles verraten müssen«, griente Kalumet.

»Hier dürfen Sie sich beweisen, Herr Kollege. Das Wichtigste waren Gennats sieben Regeln für eine konstruktive Ermittlungsarbeit. Gennat hatte damit eine Aufklärungsquote von fünfundneunzig Prozent, davon träumen wir heute nur.«

»Mit mir wird sich das ändern«, warf Kalumet ein.

Heike Mohn hatte dem Geplänkel der beiden Männer kopfschüttelnd zugehört. »Können wir weitermachen?«, fragte sie genervt. Lilienthal nickte. »Außerdem, und das finde ich besonders wichtig, der rechte Arm wurde so gebogen, dass die Hand mit den Fingern nach oben weisen musste.«

»Eine rechtsrituelle Geste beim Leisten eines Eides?«, fragte Lilienthal.

»Ich denke, dass das so aussehen sollte, ja.«

»Ich schwöre, so wahr mir Gott helfe«, ergänzte Kalumet.

»Die letale Dosis Koffein liegt bei oraler Aufnahme bei fünf bis dreißig Gramm für einen Erwachsenen«, sagte Heike Mohn auf einmal mit ernster Miene. Die beiden Männer blickten sie verblüfft an.

»Enderlein-Virus?«, fragte Lilienthal vorsichtig.

»Nee, Chemie-Grundlagen«, erwiderte sie und kicherte. Kalumet lachte übertrieben laut mit. Sie standen alle unter Strom, das war Lilienthal bewusst, und hin und wieder löste das solche Reaktionen aus. Er klopfte mit dem Bleistift auf die Tischplatte: »Weiter, was gibt es bei Ihnen, Herr Kalumet?«

Vor dem Neuen lag ein vollgeschriebenes Blatt. »Dass Markus Wiedemann informeller Mitarbeiter der Staatssicherheit war, hatte ich Ihnen bereits am Telefon gesagt. Nachdem Sie mir dann noch den Namen unseres Opfers und den seines Bruders auf die Mailbox gesprochen haben, habe ich weiterrecherchiert und bin zur Bundesanstalt für die Unterlagen des Staatssicherheitsdienstes der ehemaligen Deutschen Demokratischen Republik nach Berlin gefahren.«

»BStU als Erklärung für die Behörde reicht völlig aus«, unterbrach ihn Lilienthal.

»Danke«, erwiderte Kalumet förmlich. »Die bei der BStU haben ein ziemliches Tamtam gemacht«, fuhr er fort. »Das ginge nur über einen Beschluss der Staatsanwaltschaft, die die Akte anfordern müsste, damit wir sie einsehen könnten.«

»Das hätte ich Ihnen gleich sagen können«, meinte die Mohn.

»Ich hab es einfach mal darauf ankommen lassen und denen klargemacht, das läuft auf Zurückhalten von Beweismaterial hinaus, und dass wir in einem Tötungsdelikt ermitteln.«

»Die Kollegen müssen sich auch an die Vorschriften halten, Herr Kalumet«, erwiderte Lilienthal scharf. »Wie in Frankfurt und Offenbach ermittelt wird, weiß ich nicht, aber ich lege Wert auf gute Zusammenarbeit mit allen, ob Bundes- oder Landesbehörden.« Einen Moment legte sich Stille über die Runde. Dann sagte Lilienthal versöhnlicher: »Haben Sie etwas herausgefunden?«

»Mir wurde die Akte übergeben, aber ich durfte sie nur dort einsehen«, erwiderte Kalumet. Er sah auf seinen Spickzettel. »Wiedemann war ein kleines Licht. Schon während seiner Zeit bei der FDJ und dann später in der Nationalen Volksarmee verfasste er Berichte. Sie beschränkten sich auf geringfügige Vorkommnisse, und soweit ich nach Akteneinsicht erkennen konnte, ist niemand ernstlich zu Schaden gekommen.«

»Niemand ernstlich zu Schaden gekommen? Wenn ich das höre, dann kommt mir der Kaffee hoch. Nichts wissen wollen, weggucken, das war die Devise. Keiner traute dem anderen.« Heike Mohn sah Kalumet empört an.

»Entschuldigung?« Der Neue war verwirrt.

Die Mohn strich sich die Haare aus der Stirn und starrte auf die Tischplatte. »Entschuldigung«, murmelte sie.

Zögernd fuhr Kalumet fort: »Danach habe ich noch mal mit Hoffmann, dem Sachbearbeiter von der Abteilung AU, das bedeutet Auskunft, telefoniert und ihn auf die Brüder Alsrath angesprochen. Er erzählte mir Folgendes: Ralf kam nach dem Verschwinden seines Bruders Dietger nach Bautzen und danach in die Baukompanie.«

»Hat mir Dr. Wiedemann bereits erzählt. Ist das alles?«, unterbrach ihn Lilienthal. Kalumet funkelte ihn an. Heike sah erstaunt zu ihrem Chef. So ruppig kannte sie ihn gar nicht.

»Ralf Alsrath wurde ein Vierteljahr später von dort abkommandiert«, ergänzte Kalumet.

»Tut das was zur Sache?«, fragte Lilienthal desinteressiert.

»Und warum?« Heike beugte sich interessiert vor.

»Er wurde freigestellt und bekam einen Studienplatz. Als ich Hoffmann fragte, warum, antwortete er mir, das kam von ganz oben.«

»Was heißt ganz oben? Der liebe Gott oder wer?« Lilienthal lächelte süffisant.

»Hoffmann hat mir darauf erklärt, dass in der Praxis alle Entscheidungen betreffend das Ministerium für Staatssicherheit vom Politbüro der SED ausgingen«, antwortete Kalumet.

»Über Mielke«, ergänzte Heike. »Mit Ausnahme der Abteilung ZK. Die war für die Umsetzung der Parteitagsbeschlüsse in den bewaffneten Organen und für die Genehmigung von Personalentscheidungen verantwortlich.« Kalumet blickte sie erstaunt an.

»Ralf Alsrath studierte Chemie«, fuhr er fort. »Ich habe mir das Thema seiner Diplomarbeit notiert: Der chemische Stoff Sarin und seine Herstellung zur Friedenssicherung.«

»Sarin ist eines der drei klassischen Nervengifte. Die wurden während des Zweiten Weltkriegs in Deutschland entwickelt«, erklärte Lilienthal.

»Er untersuchte die Auswirkungen von Sarin, mit Schwerpunkt auf ABC-Waffen.«

»Ein Schelm, wer Böses dabei denkt«, meinte Lilienthal nun doch interessiert. »Soweit mir bekannt, wurde Sarin bis in die sechziger Jahre in gewaltigen Mengen durch die Großmächte in Ost und West produziert. Es kann gasförmig über die Atemwege und über die Augen oder flüssig durch die Haut in den Körper gelangen. Ein richtiges Teufelszeug.«

»Gleich nach dem Studium wurde er nach Fürstenwalde beordert. Sein Arbeitgeber war die NVA«, sagte Kalumet und faltete seine Notizen zusammen.

»Ich wette, der hat mit denen einen Deal gemacht und sich verpflichtet, bei der NVA zu bleiben, dadurch bekam er den Studienplatz«, meinte Lilienthal interessiert. »Da steckt mehr dahinter. Der Bruder verschwindet, alle gehen davon aus, dass er abgehauen ist. Ralf kommt nach Bautzen, dann zur Baukompanie und dann ganz easy zur NVA. Wie reimt sich das zusammen?«

»Stand in den Unterlagen eine Firma oder ein Institut?«, fragte Heike.

»Hinter dem Einsatzort Fürstenwalde standen drei Buchstaben: BCD.«

»Bewaffnung und chemische Dienste.«

Die beiden Männer sahen Heike erstaunt an. »Ich habe mich während der Ausbildung mit dem MfS befasst.« Sie vermied es, die Kollegen anzublicken.

Kalumet räusperte sich: »Ich hab auch ein bisschen in Google gesucht. In der Nähe von Fürstenwalde saßen die Russen – in Falkenhagen, heute ein kleiner Ort mitten in einem Naturschutzgebiet, damals alles streng geheim. In der Bunkeranlage lag der vorgelagerte Gefechtsstand des Vereinigten Oberkommandos der Warschauer-Pakt-Staaten. Atomsicher gebaut, alles schön unter der Erde, durch Luftaufklärung nicht einsehbar, mitten im Wald, in der Nähe des Oderbruchs und ganz nah an Berlin. Die Anlage wurde von den Sowjets bis zum Beginn der neunziger Jahre genutzt.

Angeblich wussten weder unser Bundesnachrichtendienst noch die NATO Einzelheiten.«

»Und unser lieber Ralf kam nach Fürstenwalde, und Fürstenwalde liegt nur wenige Kilometer von Falkenhagen entfernt«, murmelte Lilienthal nachdenklich.

5

»Kein Mensch verschwindet einfach. Jeder hinterlässt Spuren. Versuchen Sie es beim Bundesnachrichtendienst, die hatten ihre Finger doch überall drin. Und nicht zu vergessen, die Stasi war auch im alten Westen präsent«, ordnete Lilienthal an. »Unser Täter hat einen Hang zum Skurrilen. Vielleicht ergibt sich aus den umliegenden Gräbern ein weiterer Hinweis. Sprechen Sie mit dem Kirchhofsverwalter. Wichtig ist oft, was nicht gesagt wird. Lassen Sie mal ihren Bauch sprechen.«

»Danke«, antwortete Kalumet säuerlich. »Polizeischule, Kriminalistik, zweites Semester, und übrigens, mein Bauch spricht öfter mit mir, meistens morgens.«

»Das deutet auf eine geregelte Verdauung hin. Aber um noch mal auf den Einsatzplan der Ehrenamtlichen zurückzukommen, das war kein Zufall, dass meine Mutter gerade an der Stelle gearbeitet hat.«

»Ihre Mutter sollte die Leiche finden?«

Lilienthal nickte. »Meine Mutter leidet unter berufsbedingter Neugierde. Geht den Dingen gern auf den Grund. Jemand anderes hätte das Laub unter dem Stein und das frisch aufgeschüttete Erdreich ignoriert.«

Kalumet erhob sich. »Ist das alles?«, fragte er.

»Fürs Erste ja, oder sind Sie bereits überfordert?«, erwiderte Lilienthal genüsslich. Heike schüttelte den Kopf über dieses Männerritual. Sie nahm ihre Unterlagen und verließ den Raum.

Körners Sekretärin Hella Rosenfeld nickte in Richtung Chefbüro. »Er wartet schon«, sagte sie zu Lilienthal.

Körner hockte hinter seinem Schreibtisch wie eine Endmoräne: kantig, schroff und nicht zu vereinnahmen. Die Schreibtischplatte vor ihm war leer bis auf ein einzelnes beschriebenes Blatt.

»Setz dich, Maik.« Er deutete auf den Besucherstuhl. »Kommt ihr voran?« Lilienthal erstattete Rapport. Körner unterbrach ihn mit keinem Wort. Sonst unterbrach er gern und häufig und diskutierte die verschiedenen Möglichkeiten durch. Aber heute? Nichts.

»Dass der Gennat auch auf dem Südwestkirchhof liegt, war mir nicht bekannt«, war alles, was er einwarf. Als Lilienthal sich erhob und verabschiedete, starrte Körner bereits auf das beschriebene Blatt, das vor ihm lag.

»Der Alte ist heute so schweigsam.« Lilienthal blieb abwartend vor dem Schreibtisch stehen. Die Sekretärin zuckte nur mit den Schultern. Loyal wie ein Rottweiler, dachte er und lief hinüber in sein Büro. Er nahm seine Jacke und war bereits an der Tür, als das Telefon klingelte. Unwillig ging er zurück und meldete sich.

»Das Totenbuch ist verschwunden«, meldete sich Kalumet.

»Was heißt verschwunden?«

»Weg, der Band und auch die dazugehörenden Karteikarten sind verschwunden.«

»Wieso Karteikarten?«, fragte Lilienthal verblüfft.

»Die haben hier eine phantastische Archivierung. Neben den chronologisch geführten Totenbüchern existieren noch Karteikarten, sortiert von 1909 bis 1929 und von 1930 bis heute, und die sind alphabetisch geordnet. Aber genau die, die wir suchen, fehlen.«

»Geben Sie mir mal den Maiblatt.« Lilienthal hörte ein Murmeln, dann wurde der Telefonhörer weitergereicht. »Schröter«, krächzte es aus dem Hörer.

»Herr Schröter, was ist bei Ihnen los? Warum verschwinden ausgerechnet diese Unterlagen?«

»Verstehe ich auch nicht, Herr Kommissar«, lamentierte Schröter.

»Wann wurde das festgestellt?«

»Eben, als Ihr Kollege die Unterlagen einsehen wollte.«

»Ich möchte Herrn Maiblatt heute um siebzehn Uhr im Präsidium sprechen, richten Sie ihm das bitte aus.«

»Geht nicht.« Schröter hustete, sodass Lilienthal den Hörer weit vom Ohr halten musste.

»Das ist eine Vorladung.« Lilienthal klang wie zehn Grad minus.

»Herr Maiblatt hat Urlaub.«

»Wie jetzt?«, fragte Lilienthal ungläubig.

»Ich habe es auch erst heute früh erfahren.«

»Und wie lange?«

»Keine Ahnung«, erwiderte Schröter kläglich. Lilienthal verabschiedete sich knapp und legte auf. Wieso war Maiblatt auf einmal im Urlaub? Er sah auf seine Uhr. Verdammt, so spät schon. Er musste los. Sein Handy summte. Lilienthal seufzte, als er die Nummer erkannte.

»Wollt nur mal hören, wie es dir geht«, sagte Enne fröhlich.

»Gut.«

»Gibt es etwas Neues?«

»Nein.«

»Ich habe gehört, das Totenbuch ist verschwunden.«

Jetzt musste er doch grinsen. »Wer hat dir das wieder erzählt?«

»Buschtrommeln«, antwortete sie und kicherte.

Lilienthal überlegte. Er brauchte einen Insider. »Kannst du dich in der Verwaltung einmal umhören?«

»Natürlich«, erwiderte sie sofort. »Aber erwarte nicht zu viel. Seit ich das Grab und auch noch den Schädel gefunden habe, sind die Damen und Herren des SWK mir gegenüber reserviert.«

Kein Wunder, dachte Lilienthal. »Ruf mich an, wenn du etwas herausgefunden hast«, sagte er und legte auf.

Lilienthal fuhr nach Berlin-Zehlendorf. Seinen alten Jaguar hatte er in einer Garage in einem Vorort Londons entdeckt. Als kleiner Junge hatte er von so einem Auto geträumt. Ende der neunziger Jahre war er einer der glücklichen Auserwählten, die bei Scotland Yard hospitieren durften. Für kleines Geld hatte er das alte Auto erworben und zusammen mit seinem Freund Lorenz nach Potsdam überführt, jede freie Minute dann an dem Auto gebastelt, und jetzt schnurrte der Motor wie eine Nähmaschine. Der Benzinverbrauch war entschieden zu hoch, aber Lilienthal hing an dem Auto. Er fand einen Parkplatz, was beinahe ein Wunder war auf der zugeparkten Clayallee. Er ging die wenigen Meter zu der Zahnarztpraxis und klingelte. Aphrodite tauchte ihn in ein Lächeln, das alle Verheißungen der Welt enthielt, als sie die Tür öffnete. »Heute ist keine Sprechstunde. Der Doktor hat einen Termin in der Zahnklinik in Charlottenburg, Herr von Lilienthal«, gurrte sie und sah ihn mit ihren nachtschwarzen Augen an. »Aber kommen Sie doch herein.«

Er folgte ihr zum Empfangstresen. Sie stützte ihre Hände auf der Platte ab, und er konnte nicht anders, musste auf ihren üppigen Busenansatz schauen, der sich bei jedem Atemzug hob und senkte. Lilienthal riss sich von dem Anblick los, räusperte sich und fragte: »Ich brauche die Karteikarte von Dietger Alsrath.«

»Karteikarte? Wir haben keine Karteikarten, Herr Hauptkommissar. Unsere Patientendatei läuft über den Computer.«

»Als ich gestern mit Ihrem Chef sprach, kamen Sie herein und gaben ihm eine Karteikarte«, entgegnete er eine Spur ungehalten.

»Ach, das meinen Sie«, kicherte Aphrodite. »Das sind unsere Notizkärtchen.« Sie griff unter die Arbeitsplatte und hielt ihm eine kleine weiße, linierte Karte entgegen.

»Dann zeigen Sie mir bitte die Patientendaten von Herrn Alsrath auf dem Bildschirm.« Seine Stimme hatte jede Wärme verloren.

Aphrodite schob die Lippen vor zu einem Schmollmund. »Tut mir leid, Herr Kommissar, aber gerade eben ist mein Computer abgestürzt, und der Techniker kommt erst morgen, und andere Unterlagen habe ich nicht.« Sie hatte sich aufgerichtet und einige Zentimeter vom Tresen entfernt.

»Der Patient, von dem wir sprechen, heißt doch Dietger Alsrath?« Lilienthal musste sich bereits Mühe geben, höflich zu bleiben.

»Ich weiß leider nicht, worüber Sie mit dem Herrn Doktor gesprochen haben.«

Lilienthal fand die Frau nicht mehr verführerisch. Ihre Augen erinnerten ihn irgendwie an eine Kuh. Er legte seine Visitenkarte auf den Tresen. »Richten Sie Herrn Dr. Wiedemann aus, dass er mich umgehend anrufen soll.« Er drehte sich auf dem Absatz um und ließ bewusst die schwere Tür hinter sich ins Schloss fallen. Die hat mich so was von vorgeführt, dachte er wütend, als er die Eingangstreppe hinunterging. Auf dem Hof, an der Seite zum Nachbargrundstück, hinter einem Holzverschlag verborgen, standen Mülltonnen. Er öffnete die Tür des Verschlages und riss den Deckel der Papiertonne auf.

»Die Müllabfuhr war gerade da.« Die Arzthelferin stand oben auf dem Absatz der Eingangstreppe und sah mit unbewegtem Gesicht zu ihm herunter. Betont lässig ging Lilienthal zurück zur Straße.

Seine Recherchen hatten nichts gebracht. In der Datenbank des Landeskriminalamtes hatte Kalumet keinen Eintrag unter dem Namen Dietger Alsrath gefunden. Der Beamte beim Bundesnachrichtendienst in Pullach hatte ihn darauf hingewiesen, dass er ein Amtshilfeverfahren beantragen müsse. Sonst könnten ja Hinz und Kunz kommen, hatte er Kalumet am Telefon abgefertigt. Von Zusammenarbeit hatten die Pullacher noch nie besonders viel gehalten. Das war ein verschworener Klüngel seit ihrem Bestehen, dachte Kalumet. Das Telefon gab Laut. Er meldete sich.

»Herr Kalumet, können wir uns treffen?«

»Herr Hoffmann?«, fragte Kalumet.

»Ja, natürlich«, kam es unwirsch zurück.

»Gut, wo und wann?«, fragte Kalumet.

»Café Einstein. Kennen Sie das?«

»Unter den Linden?«

»Nein, die alte Henny-Porten-Villa in der Kurfürstenstraße in Schöneberg.«

»Das finde ich.«

»In einer Stunde. Ich erwarte Sie dort.«

Der hat vielleicht einen Ton drauf, dachte Kalumet. Er rief seinen Chef an. »Haben Sie Maiblatts Aufenthalt herausgefunden?«, fragte Lilienthal.

»Sorry, niemand weiß, wo der Friedhofsverwalter sich aufhält.«

»Na toll«, knurrte Lilienthal, »alles muss man allein machen«, und verschwieg, dass er bereits seine Mutter gebeten hatte, sich umzuhören. »Dann fahre ich noch mal zum Friedhof.« Plötzlich fiel ihm auf, dass Kalumet ihn angerufen hatte. »Was wollten Sie eigentlich?« Kalumet berichtete von dem Anruf des Sachbearbeiters von der Behörde für die Stasiunterlagen und wo sie sich treffen wollten.

»Anfängerglück«, murrte Lilienthal. »Die Mutter aller Einsteins. Da gibt es das beste Wiener Schnitzel von ganz Berlin.«

Kalumet beendete schnell das Gespräch, bevor sein Chef es sich anders überlegen konnte. Er griff seine Jacke und lief hinaus zum Parkplatz, wo sein Auto stand. Sein altersschwacher roter Polo hatte heute keine Lust, erst beim dritten Mal sprang der Motor an. Kalumet gab die Straße und den Namen des Cafés in das

Navi ein und fuhr los. Auf der AVUS war wieder mal stockender Verkehr, und weiter Richtung Berlin-Schöneberg klebte ein Lkw hinter dem anderen auf der Stadtautobahn. Er nahm die Ausfahrt Innsbrucker Platz und fuhr über die Potsdamer Straße bis zur Ecke Kurfürstenstraße, bog ab und fand ein Stück hinter dem Restaurant einen Parkplatz. Kalumet lief die ausgetretenen Steinstufen zum Hauseingang hoch und öffnete die schwere Eingangstür. Stimmengewirr schlug ihm entgegen. Als er sich im Foyer umsah, tippte ihm jemand auf die Schulter.

»Sind Sie mit Herrn Hoffmann verabredet?«, fragte eine brünette, schlanke Kellnerin, deren lange weiße Schürze sich um ihre Beine schmiegte. Kalumet nickte erstaunt.

»Herr Hoffmann erwartet Sie in der Bibliothek«, erklärte die Kellnerin und wies ihm den Weg. Nur wenige weiß eingedeckte Tische standen in dem separaten Raum. An den Wänden Bücherschränke mit alten in Leder gebundenen Folianten, die dem Raum ein großbürgerliches Ambiente gaben. Hoffmann saß am Fenster und erhob sich, als Kalumet hereinkam. Er wies auf den Stuhl ihm gegenüber. Hoffmann trug eine Nickelbrille, die seinem schmalen, hageren Gesicht etwas Raubvogelhaftes verlieh. Das schüttere aschblonde Haar war militärisch kurz geschnitten und akkurat gescheitelt.

»Möchten Sie etwas essen?« Die brünette Kellnerin stand vor ihrem Tisch.

»Draußen auf Ihrer Tafel bieten Sie Apfelstrudel mit Schlagobers an. Das hätte ich gern und dazu eine Melange«, bestellte Kalumet.

»La dolce vita«, sagte Hoffmann ironisch.

»Sie mögen es nicht?«, erwiderte Kalumet und lächelte sein Gegenüber freundlich an. Hoffmann stieß die Luft durch die Nase und betrachtete Kalumet aus schmalen Augen. Dann beugte er sich vor: »Kommen wir zur Sache. Ich denke, ich habe hier etwas für Sie.«

Die Kellnerin kam und servierte den Apfelstrudel und die Melange. »Bitte schön, wohl bekomm's, der Herr.«

»Stört es Sie, wenn ich esse?«, fragte Kalumet. Hoffmann sah angewidert auf den dampfenden Strudel mit Rosinen, Mandeln, Zucker und Zimt, der einen zarten Duft von Äpfeln verströmte und auf dem als Krönchen die steife Sahne thronte. Er beugte sich vor.

»Ich war heute früh im Archiv.« Hoffmann sprach so leise, dass Kalumet sich anstrengen musste, ihn zu verstehen. »Ein pensionierter Kollege hilft dort aus. Arbeitet dort bereits seit über dreißig Jahren.« Also bereits zu DDR-Zeiten, rechnete Kalumet nach. »Ich erwähnte den Namen Alsrath und fragte, ob er den kennen würde.« Hoffmann trank einen Schluck Kaffee, musterte die anderen Gäste im Raum. Dann fuhr er fort: »Der Kollege verneinte. Ich warf einen Köder aus.« Hoffmanns blasses Gesicht bekam Farbe. »Der Name wäre im Zusammenhang mit einem Mord gefallen, erwähnte ich beiläufig. Danach ging ich zurück in mein Büro. Wenig später rief mich der ehemalige Kollege an.« Kalumet hatte inzwischen den Apfelstrudel vertilgt und schob den Teller zur Seite. Komm endlich auf den Punkt, dachte er. »Wir trafen uns vor der Behörde auf der Straße. Ein Alsrath war ihm bekannt, erzählte er mir. Im Februar 1950 wurde das Ministerium für Staatssicherheit der DDR gegründet, und ein Gregor Alsrath war bereits damals mit dabei.« Hoffmann schwieg.

»Und?«, fragte Kalumet.

»Und?«, echote Hoffmann spöttisch. »Vielleicht ist Ihr Alsrath mit dem anderen verwandt«, sagte er belehrend.

»Gibt es eine Akte?«

Hoffmann hustete und lehnte sich zurück, seine Miene blieb ausdruckslos. »Zufrieden, die Herren?«, ließ sich hinter ihnen die Kellnerin vernehmen.

»Köstlich«, antwortete Kalumet. »Ich möchte bitte zahlen.«

»Mehr kann ich nicht für Sie tun«, murmelte Hoffmann.

»Nehmen Sie noch mal Kontakt mit Ihrem pensionierten Kollegen auf und fragen ihn, ob es Unterlagen darüber gibt«, erwiderte Kalumet und erhob sich. »Danke für die Information. Sie wissen ja, wo Sie mich erreichen.« Hoffmann nickte, legte einen Schein auf den Tisch und verließ den Raum.

6

Lilienthal fuhr auf der Potsdamer Allee durch Stahnsdorf. Seit der Wende 1989 hatte sich die Einwohnerzahl der Gemeinde verdoppelt. Der Ort, attraktiv in direkter Nähe zu Berlin und keine zehn Minuten von der Landeshauptstadt Potsdam entfernt, war inzwischen eine der kinderreichsten Gemeinden in der Bundesrepublik. Rund um den Dorfplatz mit der alten Dorfkirche hatten wohlhabende Bürger die historischen Höfe restauriert und sich dort niedergelassen. Ohne Frage war das aus unbehauenen Feldsteinen errichtete kleine Gotteshaus das älteste Gebäude des ehemaligen Stanesdorp, das nach alten Chroniken um das Jahr 1230 geweiht worden war. Maik fuhr an der Kaiserpagode vorbei, einem original nachgebauten chinesischen Palast, und bog vor dem Ortsausgang rechts in die Bahnhofstraße ein. Gegenüber dem ehemaligen Bahnhofsvorplatz parkte er. Glockengeläut klang herüber. Vor ihm liefen Menschengruppen mit Blumengestecken. Der Friedhof bot Baumbestattungen an. Für die Nachkommen war das nicht schlecht, überlegte Lilienthal. Zurzeit keine feste Bindung und bisher kinderlos – mit seinen sechsunddreißig Jahren daran zu denken, war das morbid? Ihn fröstelte, obwohl die Sonne schien.

Nach der Scheidung seiner Eltern hatte er mit seiner Mutter in einer Wohnung in Tempelhof mit hohen stuckverzierten Decken und Ofenheizung gewohnt. An seinem siebenten Geburtstag hatte ihm seine Mutter ein Fahrrad geschenkt, und natürlich musste er es sofort ausprobieren. Ausgelassen war er losgefahren, und seine Mutter war hinter ihm hergelaufen. Übermütig war er abgesprungen, Bremsen war was für Weicheier. Die scharfkantige Stellschraube hatte sich wie ein Messer in seinen Oberschenkel gebohrt, und das Blut floss in Strömen über seine neuen weißen Kniestrümpfe. Sekunden später stand sie neben ihm. Sie hatte ihren Schal vom Hals gerissen, das Bein notdürftig abgebunden und ihn ins Wenckebach-Krankenhaus gebracht. Die Vena femoralis war durchtrennt worden, und die Ärzte hatten ihm wegen des hohen Blutverlustes kaum eine Chance gegeben. Seine Mutter war nicht von seiner Seite gewichen, und immer wenn er die Augen schließen wollte, hatte sie ihn gerufen, seine Hand gehalten und ihn von der anderen Seite zurückgeholt. Sein Bein fing an zu schmerzen. Lilienthal verscheuchte die Gedanken. Auf der Fahrt hierher hatte seine Mutter ihn angerufen. Kein Mensch in der Verwaltung wusste, wo der Friedhofsverwalter war. Die Maiblatts leben zurückgezogen und sind kinderlos, hatte sie noch hinzugefügt. Er hatte gemerkt, dass sie sich darüber ärgerte, nicht mehr herausgefunden zu haben.

Nachdem Lilienthal kurz in der Verwaltung gewesen war, hatte er jetzt beinahe den ganzen Friedhof durchquert. Zeitlos schön hatte man die Wohngebäude der Friedhofsmitarbeiter gebaut und sie der Architektur der anderen Gebäude auf dem Areal angepasst. Er klingelte am Verwalterhaus. Drinnen rührte sich nichts. Er lief um das Gebäude herum. Hinten befand sich ein kleiner Garten. Als er nach oben schaute, bewegte sich eine Gardine. Er ging zurück und klingelte diesmal Sturm. Die Tür wurde aufgerissen. Mausgraues, glattes Haar umrahmte ein müdes Gesicht. Ihre Jugend war Vergangenheit. Er fragte die Frau nach Herrn Maiblatt.

»Ist nicht da.«

»Sind Sie Frau Maiblatt?«

»Ja.«

»Wo finde ich Ihren Mann?«

»Keine Ahnung.« Die Antwort kam zu schnell. Lilienthal hörte von oben eine Diele knarren. Er schob sich an der Frau vorbei und lief die Treppe hinauf. Vor ihm stand der Friedhofsverwalter. Dunkle Schatten lagen unter seinen Augen, und das Gesicht glänzte vor Schweiß in einer ungesunden gelblichen Farbe.

»Geht es Ihnen nicht gut?«, fragte Lilienthal ihn. »Aber warum lassen Sie sich verleugnen? Das ist doch kein Grund.«

»Nein, es geht mir nicht gut«, murmelte Maiblatt. Er ging an Lilienthal vorbei langsam die Treppe hinunter. Seine Frau hatte alles wortlos mitangesehen und verschwand in der Küche. Lilienthal folgte Maiblatt in ein Zimmer. Bücherwände, ein wuchtiger Schreibtisch mit Löwenfüßen und diverse Sessel standen in dem Raum. Eine Wand war von einem Wandteppich bedeckt, der eine höfische Jagdszene zeigte. Die Figuren wirkten plastisch. Lilienthal ging interessiert hin und fasste vorsichtig das Gewebe an.

»Ein Erbstück. Stammt aus der Pariser Werkstatt der Gobelins«, erklärte Maiblatt. Stolz schwang in seiner Stimme. »Wolle und Seide, Herr Hauptkommissar.«

Genug des Geplänkels, fand Lilienthal und eröffnete die erste Runde: »Sie sehen mitgenommen aus.« Maiblatts Augenlid zuckte. Er nahm die Brille ab, putzte sie umständlich und setzte sie auf. Warum ist der so unruhig, überlegte Lilienthal.

»Entschuldigen Sie«, antwortete Maiblatt, »aber ich bin immer noch völlig durcheinander.« Das Zucken seines Augenlids hatte sich verstärkt. »Wissen Sie, Joachim Grothe hat mir erzählt, wonach gesucht wird.«

»Ach, das wissen Sie, dass wir nach dem Totenbuch suchen?«

»Ja, und mir war klar, dass das Folgen für mich haben würde.« Die Tür öffnete sich, und seine Frau kam herein. »In dem Grab wurde ein entfernter Verwandter meines Mannes begraben«, mischte sie sich in das Gespräch.

»Ein Onkel von mir«, murmelte Maiblatt.

»Und warum haben Sie mir das nicht gesagt?« Lilienthal fühlte sich vorgeführt. Maiblatt räusperte sich.

»Herr von Lilienthal, Sie müssen wissen, meine Familie war bereits im letzten Jahrhundert ausgesprochen gut situiert«, erklärte er pathetisch. »Ein Bischof und zwei Pröpste kamen aus unserer Familie.« Ausgeprägter Standesdünkel, registrierte Lilienthal. »Ich habe diesen Onkel nie kennengelernt, aber meine Mutter hat mir von ihm erzählt. Sie hing an ihrem jüngeren Bruder.«

Maik verspürte ein Kribbeln. Der wollte ablenken, ihn zutexten, auf keinen Fall die Wahrheit sagen.

»Mein Onkel wurde zu Unrecht beschuldigt, etwas gestohlen zu haben«, fuhr Maiblatt salbungsvoll fort. Das war es also, was ihm peinlich war, überlegte Lilienthal. Bei den Honoratioren in der Familie war das beinahe drollig.

Lilienthal spürte, im Augenblick kam er nicht weiter, die Eheleute würden nichts preisgeben. Er verabschiedete sich, und Maiblatt begleitete ihn bis zur Tür. »Ich habe nichts genommen,

Herr Hauptkommissar, das müssen Sie mir glauben«, murmelte er zum Abschied.

Lilienthal lief den Pfad, den er gekommen war, zurück, bog aber falsch ab. Die Wege auf dem Friedhof liefen nicht parallel, sondern in Bögen. Wenn man sich nicht auskannte, konnte man sich leicht verirren. Er kam am italienischen Friedhof vorbei. Jetzt hatte er sich völlig verfranzt. Nach dem Ersten Weltkrieg hatten Italien und England hier Flächen erworben, um Ehrenfriedhöfe für ihre in deutscher Kriegsgefangenschaft verstorbenen Armeeangehörigen einzurichten. Auf dem italienischen Friedhof lagen eintausendsechshundertfünfzig Soldaten und Offiziere, und bei den Engländern waren es kaum weniger.

Er rekapitulierte noch einmal, was die Maiblatts ihm erzählt hatten. Konnte der Diebstahl des Onkels mit dem Mord zusammenhängen? Aber das lag doch lange zurück. Nur, Fakt war, der Friedhofsverwalter hatte sich auffällig benommen.

Am Ende des Weges sah er auf einmal das Gärtnerwohnhaus. Um das Häuschen herum herrschte penible Ordnung. Der Weg davor war geharkt. An der Hauswand stapelten sich akkurat ausgerichtet Holzscheite bis unter das niedrige Dach. Der alte Schröter wusste bestimmt eine Menge über den Kirchhof und alle, die hier arbeiteten. Für heute Nachmittag hatte Schröter sich krankgemeldet, hatte er vorhin in der Verwaltung gehört. Maik läutete.

»Ach, Sie sind es«, krächzte Schröter, als er ihm öffnete. In seiner ausgeleierten Strickjacke und mit Filzpantoffeln an den Füßen wirkte er beinahe gemütlich. Er brauche nur einige Auskünfte, erklärte ihm Lilienthal, worauf Schröter ihn in ein kleines Zimmer, vollgestopft mit Möbeln, die bestimmt schon seinen Eltern gehört hatten, führte. Ein abgestandener Geruch von Essen hing im Raum. Auf einem Tischchen stapelten sich Kreuzworträtselhefte.

»Was wollen Sie denn noch? Ich hab doch alles bereits Ihrem Kollegen gesagt«, nörgelte Schröter.

»Alles?«

»Wie meinen Sie das?« Schröter stieg die Röte ins Gesicht. Lilienthal machte ein Pokerface, er schien mit seiner Frage ins Schwarze getroffen zu haben.

»Ich habe eben mit Herrn Maiblatt gesprochen. Er hat mir alles erzählt«, sagte Lilienthal vage. In Schröters Gesicht arbeitete es. »Na, nun kommen Sie schon, Herr Schröter, Sie wissen doch mehr«, sagte Lilienthal wohlwollend.

»Ick weeß von nüscht«, murmelte Schröter. »Aber jut, ja, ick hab nachjesehen«, fügte er dann zögernd hinzu.

»Das Buch war noch da?« Schröter nickte.

»Wissen Se, das Totenbuch jibt die Grabstelle an, und da steht auch die letzte Adresse und der Stand oder der Beruf des Verstorbenen.« Lilienthal nickte ihm aufmunternd zu. »›Wilhelm Friedrich Grothe‹, stand da, und ›Überführung des Leichnams ausm Zuchthaus Rummelsburg, auf Veranlassung von Frau E. Maiblatt‹. Der war 'n Knacki. Aber dit Beste war«, Schröter grinste listig, »zwischen den Seiten lag ein alter Zeitungsausschnitt, und darin stand, dass der Grothe zu zehn Jahren Zuchthaus wegen Kirchendiebstahls verurteilt worden war.« Schröter kicherte. »Frau E. Maiblatt, dis war die Mutter vom Chef. Is doch klar, dass der nicht wollte, dass dis rauskommt, oder? Familienehre und so 'n Kram hat er immer wieder gern erwähnt. Wenn Sie jesehen hätten, Herr Hauptkommissar, wie unser Chef sich aufjeführt hat, als die Queen mit ihrem Philip bei uns war. Zweitausendvier war dit, wissen Se.« Schröter gluckste. »War richtig wat los hier, können Se glauben. Benimmregeln hat der Maiblatt mit uns jeübt. Und hinter jedem Baum hockte die Polente, wie damals zu DDR-Zeiten, als die Vopos am Labour Day jeden registrierten, und am nächsten Tag musste man zum Verhör antanzen. War jar nich nett, Herr Kommissar, dis können Se mir glauben. Aber diesmal durfte jeder kommen, und alle mit 'nem Titel und Platzeck und Bischof Huber waren auch dabei.«

»Herr Maiblatt hat mir versichert, dass er das Buch nicht genommen hat«, unterbrach Lilienthal Schröters Redestrom.

»Wer denn sonst?«, brummte Schröter.

Kaum im Präsidium, erfuhr er von Heike Mohn, dass Körner ins Krankenhaus eingeliefert worden war. Lilienthal lief hinüber ins Sekretariat. Hella Rosenfeld saß still vor ihrem Computer und starrte auf die Tastatur.

»Was ist passiert?«, fragte er.

»Ich weiß es nicht, er war den Vormittag über schon so sonderbar. Sie haben es doch auch bemerkt?« Es klang, als ob er, Lilienthal, es hätte verhindern können.

»Kurz vorher hat er telefoniert. Mit wem, weiß ich nicht, konnte auch nichts verstehen. Dann gab es einen dumpfen Schlag. Als ich reinging, lag er hinter seinem Schreibtisch, der Stuhl war umgefallen. Ich habe sofort den Notarzt angerufen.« Sie sah ihn ängstlich an. Die ist völlig durch den Wind, dachte Lilienthal.

»Wo hat man ihn hingebracht?«

»Ins St. Josef.«

Körner war unverheiratet, hatte niemanden, der sich um ihn kümmerte. Lilienthal musste ins Krankenhaus, das war er ihm schuldig. Der Alte hatte ihm immer den Rücken freigehalten, und er mochte ihn.

Das St.-Josef-Krankenhaus direkt neben dem Grünen Gitter, dem Eingang zum Park Sanssouci, bestand seit 1862. Zuerst als Waisenhaus geführt und später als Krankenhaus, genoss es einen ausgezeichneten Ruf. Station vier, hatte ihm der Pförtner gesagt. Er lief die Treppe hoch und stieß die Schwingtür zur Station auf. In der Mitte des Ganges erblickte er das Schild »Stationszimmer«, lief hin und klopfte an die Scheibe. Die Krankenschwester, scharfe Falten um den Mund, mit einem Herrenhaarschnitt, blickte unwillig hoch. Er stellte sich vor und fragte nach Dr. Körner.

»Sind Sie mit Herrn Dr. Körner verwandt?« Er verneinte. »Wir dürfen nur nahen Verwandten Auskunft geben«, teilte sie ihm mit.

»Ich möchte nur wissen, ob es ihm wieder besser geht«, insistierte Lilienthal. Aus dem Nebenraum kam der Stationsarzt, sein jugendliches Gesicht wies bereits feine Fältchen um die Augen auf.

»Herr Körner hatte eine allergische Reaktion nach der Einnahme eines neuen Medikamentes. Sie können beruhigt sein, es geht ihm wieder besser. Wir mussten ihn allerdings ruhigstellen. Er wollte unbedingt zurück ins Präsidium. Ich denke, es spricht nichts dagegen, dass Sie ihn kurz besuchen.«

»Zimmer sieben«, sagte die Schwester, ohne aufzublicken.

Kriminalrat Körner füllte das Krankenbett komplett aus. Als

Lilienthal leise eintrat, öffnete er die Augen. »Endlich jemand aus dem richtigen Leben«, sagte er mit heiserer Stimme. »Die behandeln mich hier, als wenn ich gerade eingeschult worden wäre.«

Lilienthal zog sich einen Stuhl ans Bett und setzte sich. »Wie haben Sie das hinbekommen, Chef? Urlaub auf Staatskosten, so gut möchte ich es auch mal haben.«

»Man tut, was man kann«, nuschelte der Alte.

»Hella lässt Sie grüßen. Sie macht sich Sorgen, wie es Ihnen geht.«

»Noch nie besser gegangen«, antwortete Körner. Er winkte Lilienthal näher heran und flüsterte: »Die haben mich hier gedopt, ganz miese Tricks, die stellen die Patienten ruhig, damit sie weniger Arbeit haben.« Redete der Alte bereits wirr, überlegte Lilienthal, dann sah er das Blitzen in Körners Augen.

»Klar, Chef, ruhigstellen, das machen die im Krankenhaus immer gern.«

Der Alte kicherte wie ein Backfisch und wuchtete sich hoch. »Spaß beiseite, Maik. Wissen Sie, hier drinnen relativiert sich alles, die Wünsche, die Ängste, sogar die Sorgen.«

Jetzt wurde er auch noch philosophisch. Lilienthal war peinlich berührt.

»Heute Morgen dachte ich, die Büchse der Pandora hätte sich geöffnet.« Der Alte schob seinen Körper in eine bequemere Lage. »Sie kennen sich aus in der griechischen Mythologie?«

»Unheilbringendes.« Lilienthal kam sich vor wie auf der Schulbank.

Körner griff nach seinem Arm. »Immer hab ich mich autark gefühlt, dachte, mir kann keener.« Lilienthal wagte sich kaum zu bewegen, so viel Nähe war ihm unheimlich. »Die Ärzte haben gesagt, ich habe ein Herz wie ein Bär – na gut, wie ein alter Bär. Wenn ich mich nicht aufrege, kann ich hundert Jahre alt werden.«

»Wollen Sie uns drohen?«, schmunzelte Lilienthal.

Körner schwieg, dann sagte er: »Ich mag Sie, Maik, und das wissen Sie auch. Was ich Ihnen jetzt erzähle, dass Sie das für sich behalten, ist wohl selbstverständlich?« Lilienthal nickte, er hatte Fluchtgedanken.

»Heute Morgen rief mich eine Sachbearbeiterin meiner Hausbank an. Üblicherweise spreche ich nur mit meinem Bankberater, aber der war angeblich auf einem Lehrgang. Der clevere Mann hatte mir vor einiger Zeit zu Fonds geraten. Eine todsichere Sache mit hohem Gewinn, das schwöre ich Ihnen – seine Worte. Ich habe gekauft, für meine Verhältnisse viel Geld in diesen Fonds investiert. Die Zinsen. Es war so verlockend«, fügte er leise hinzu. »Und heute teilt mir eine Frau, mit der ich noch nie in meinem Leben gesprochen habe, mit, alles ist weg, und ich möchte doch bitte mein Konto ausgleichen, es wären noch Bearbeitungsgebühren abzuziehen.«

»Können Sie den Typen zur Rechenschaft ziehen?«

»Blödsinn«, murmelte Körner, »ich habe vorher alles unterschrieben. Die haben sich abgesichert, das können Sie mir glauben.« Er seufzte. »Mögen Sie unseren Winter?«

»Nicht wirklich, Chef.«

»Ich auch nicht und meine Knochen auch nicht. Ich wollte mir eine kleine Wohnung auf Mallorca kaufen und nach der Pensionierung dort hinziehen.«

Der Stationsarzt kam herein. »Ich denke, das ist genug für heute. Jetzt schlafen wir erst einmal, Herr Körner.«

»Im Dienst? Sehr unorthodoxe Arbeitsauffassung.«

»Es scheint Ihnen wieder besser zu gehen«, schmunzelte der Arzt. Lilienthal erhob sich erleichtert.

»Ich werde alle von Ihnen grüßen, Chef.«

»Tun Sie, was Sie nicht lassen können«, brummte der Alte. Dann hob er den Kopf. »Haben Sie den Bruder gefunden? Ralf Alsrath weiß bestimmt etwas.«

Mohn und Kalumet warteten auf ihn. »Was hat Ralf Alsrath nach 1990 gemacht? Wo lebt er heute?«, fiel Lilienthal über die beiden her, kaum dass er zur Tür hereinkam.

»Ralf Alsrath war Wissenschaftler und ging gleich nach der Wende zu einem internationalen Konzern nach Nordrhein-Westfalen in den Forschungsbereich«, antwortete Kalumet prompt.

»Arbeitet er da immer noch?«

»Ja, allerdings jetzt in Indien. Die Firma hat dort ein Werk, und jetzt raten Sie mal, was dort hergestellt wird.« Kalumet blickte Lilienthal triumphierend an. »Nervengifte«, platzte er heraus. Lilienthal stieß einen Pfiff aus. Er nahm Kalumets Notizen und überflog den Text. »Der Zeitunterschied zu Indien?«, murmelte er.

»Die Standarddifferenz zu Indien beträgt plus viereinhalb Stunden«, antwortete Kalumet wie aus der Pistole geschossen. Lilienthal sah ihn erstaunt an. »Ich hatte mal eine Freundin, die war Flugbegleiterin bei der Lufthansa«, grinste Kalumet. Lilienthal wählte die Nummer, die unter Alsraths Namen stand. Der lang gezogene Auslandsrufton erklang.

»Hello«, sagte eine sonore männliche Stimme. Lilienthal schaltete den Lautsprecher ein.

»This is the police department Potsdam, Germany. Maik von Lilienthal speaking. I would like to speak to Doctor Ralf Alsrath very urgently.«

»Worum geht es?« Die Frage kam in akzentfreiem Deutsch.

»Spreche ich mit Ralf Alsrath?«

»Ja.« Die Antwort verriet Ungeduld.

»Herr Dr. Alsrath, haben Sie einen Bruder Dietger?«

»Ja.« Diesmal kam die Antwort zögernd.

»Es tut mir leid, aber ich muss Ihnen mitteilen, Ihr Bruder ist tot.«

Nur ein fernes Rauschen in der Leitung verriet, dass die Verbindung noch bestand.

»Wir würden gern mit Ihnen sprechen. Bei dem Tod ihres Bruders handelt es sich um ein Tötungsdelikt, und der Leichnam muss identifiziert werden.«

»Woher wissen Sie, dass es sich um meinen Bruder handelt?«, kam endlich eine Antwort.

»Wir haben einen Zeugen.«

»Wie ist er umgekommen?«

»Darüber möchte ich nicht am Telefon mit Ihnen sprechen, Herr Dr. Alsrath.«

»Gut. Ich komme mit dem nächsten Flieger. Habe ich das richtig verstanden, Sie heißen von Lilienthal und sind im Präsidium in Potsdam?«

»Ja, ich leite die Ermittlungen.« Wieder blieb es still, dann meldete sich Alsrath wieder: »Um null Uhr vierzig geht ein Flug von Mumbai über München nach Berlin. Den müsste ich noch erreichen. Ankunft Berlin-Tegel acht Uhr vierzig. Ich werde gegen zehn Uhr bei Ihnen sein.«

»Dann bis morgen«, sagte Lilienthal und beendete das Gespräch. »Time is money. Der muss in der Hierarchie ziemlich weit oben stehen, wenn er über seine Zeit so frei verfügen kann«, meinte er nachdenklich.

Es war spät geworden. Lilienthal hatte seit heute früh nichts mehr gegessen, und sein Magen knurrte. Kalumet nervte ihn zwar immer noch, aber Abneigung hin, Ermittlungen her, er musste gegensteuern, sonst wirkte sich das noch auf ihre Arbeit aus, und das würde ihm der Alte schwer verübeln.

»Im Café Heider gibt es ein Schnitzel, das ich heute Abend keinem außer uns gönne. Keine Widerrede – Frau Mohn, Herr Kalumet, Sie dürfen das als Einladung auffassen«, sagte er betont förmlich. Die kalte Nachtluft tat allen dreien gut. Lilienthal lief mit weit ausholenden Schritten, sodass seine beiden Kollegen Mühe hatten, Schritt zu halten. Sie liefen von der Breiten in die Schopenhauerstraße. Vor dem Brandenburger Tor in Potsdam blieb Kalumet bewundernd stehen. »Schon eine Stadtführung gemacht? Das ist Pflichtprogramm für alle Neubürger«, sagte Lilienthal mit würdevoller Miene.

»Das kann ich ja arrangieren«, meinte Heike Mohn schüchtern. Kalumet schaute sie nachdenklich an.

Am Eckhaus am Nauener Tor, direkt im Holländischen Viertel, leuchteten ihnen die Fenster des Café Heider entgegen. Sie bekamen einen Tisch in einer Ecke, und Lilienthal machte sich locker, löste seinen Krawattenknoten und streckte die Beine aus. Das Café Heider wurde nicht umsonst das Wohnzimmer der Stadt genannt. Heike Mohn beugte sich zu Kalumet: »Dem Soldatenkönig Friedrich Wilhelm I. haben wir das Holländische Viertel zu verdanken. Der lockte Handwerker in die Stadt und ließ ihnen ein Viertel im holländischen Stil erbauen. Damals hieß dieses Café Konditorei Rabien. Rabien war Hofkonditor, und die Hofgesellschaft ging hier ein und aus. In den sechziger Jahren übernahm Heider das Café. Nach der Wende ist es rekonstruiert worden.« Heike lächelte.

»Sie können sich gar nicht vorstellen, wie gut das tut, wenn man heute durch die Straßen geht und diese schönen restaurierten Häuser sieht, nicht mehr die bröckelnden Fassaden und alles grau und schmuddelig und dem Verfall preisgegeben.«

»Also, wenn ich demnächst mal wieder Besuch von auswärts bekomme, müssen Sie die Führung übernehmen.«

»Könnte teuer werden, Chef.«

Lilienthal grinste. Er winkte dem Ober und bestellte italienischen Landwein. Als die Gläser gefüllt waren, hob er sein Glas und schnarrte im Kasernenton: »Ab sofort ›du‹ – das ist ein dienstlicher Befehl.«

»Aber küssen muss man nicht, oder?«, grinste Kalumet listig.

»Das ist ja wohl das Mindeste«, meinte Lilienthal streng. Heike hauchte ihm einen Kuss auf die Wange, drehte sich dann zu Kalumet, und eh sie sich's versah, hatte er beide Hände sanft um ihren Kopf gelegt und küsste ihre vollen Lippen. Sie funkelte ihn an.

»Was soll das denn werden, Herr Kalumet?«

»Uralte Tradition, und du darfst Leo zu mir sagen.«

7

»The early bird catches the biggest worm, gelle, Chef?«, rief Kalumet, als Lilienthal zur Tür hereinkam.

»Der frühe Vogel kann mich mal«, knurrte Lilienthal gereizt und holte sich einen Espresso vom Kaffeeautomaten.

»Bei mir waren heute früh die Vandalen«, sagte er, als er zurückkam.

»Ach, die sind jetzt in Potsdam? Was wollten die denn?«

»Alkohol. Die sind darauf dressiert.«

»Haben die Schlüssel zu deiner Wohnung?«

»Nee, aber mein WG-Partner.« Lilienthal schob missmutig die Unterlagen zur Seite. »Anschließend haben sie mehrstimmig vor meiner Tür ›What Shall We Do with the Drunken Sailor‹ gesungen.«

»Das ist Ruhestörung, hast du die Polizei geholt?«

»Die Polizei hat die Flucht ergriffen«, gähnte Lilienthal.

»Magst du Tiere?«, fragte ihn Kalumet.

»Nur wenn sie geruchlos, stumm und unsichtbar sind.«

»Ei, dann sind se dot, mein Gutester«, antwortete Kalumet im breitesten Frankfurterisch. Lilienthal schloss die Augen und legte seine Füße auf den Papierkorb.

»Chefe, mein WG-Partner heißt Ricoooo«, flötete Kalumet.

»Ich dachte, du wohnst bei deiner Tante«, murmelte Lilienthal.

»Rico ist ein Papagei und wohnt in meinem Zimmer.«

»Schenk ihm die Freiheit«, gähnte Lilienthal.

»Tante Elisabeth würde mich enterben.«

»Das ist ein Argument«, sagte Lilienthal und setzte sich auf. Er zog das Telefon zu sich heran und wählte die Nummer der Praxis Wiedemann. Als sich jemand meldete, ließ er ausrichten, dass Herr Dr. Wiedemann sich am Nachmittag im Präsidium bei ihm einfinden solle.

»Dieser aalglatte Typ, der kennt garantiert den Namen, unter dem Alsrath hier lebte. Leben eigentlich die Eltern noch?«, wandte er sich an Kalumet.

»Der Vater verstarb Anfang der siebziger Jahre und die Mutter 1988. Letzter Wohnort Kleinmachnow«, erwiderte der nach einem Blick auf seine Notizen. Sein Telefon summte. Nachdem er sich gemeldet hatte, drückte er auf die Lautsprechertaste. »Hoffmann hier«, erklang es aus dem Hörer. Kalumet kritzelte auf einen Zettel »BStU« und hielt ihn hoch. »Ich habe etwas über Dietger Alsrath herausgefunden«, sagte Hoffmann.

»Bringen Sie es mir her.«

»Das würde auffallen. Ich bringe es Ihnen in einer Stunde in das Café ›Fassbender und Rausch‹ am Gendarmenmarkt. Sie mögen doch kulinarische Lokalitäten?«, erklang es aus dem Lautsprecher. Kalumet sah Lilienthal fragend an. Der nickte.

»Ich komme mit meinem Chef, Hauptkommissar von Lilienthal, Herr Hoffmann.« Einen Moment blieb es still am anderen Ende der Leitung. Dann hörte man das Freizeichen. Hoffmann hatte einfach aufgelegt.

Lilienthal schrieb eine Notiz für Heike: »1. Wo wurden Alsraths Eltern beerdigt? 2. Was hat der Onkel des Friedhofsverwalters gestohlen? Bin mit Leo am Gendarmenmarkt, Maik.«

Der Himmel hatte sich verdunkelt. Eine schwarze Wolkenwand drängte von Spandau kommend in Richtung Charlottenburg. Quälend langsam schob sich die Autokarawane am Funkturm vorbei. Das ICC erhob sich wie ein riesiges Raumschiff zwischen den Straßen. Im diffusen Licht des herannahenden Gewitters zeichneten sich dahinter die Stahlträger des Funkturms ab. Kalumet saß auf dem Beifahrersitz und döste vor sich hin. Eine blonde Strähne kringelte sich über seiner Stirn. Vor der Ausfahrt Kaiserdamm kam der Verkehr endgültig zum Stehen. Lilienthal sah auf die Uhr. Bei der Geschwindigkeit würden sie erst in einer Stunde am Gendarmenmarkt sein. Er griff nach dem Blaulicht, öffnete das Fenster und pappte es mit dem Magnethalter am Wagendach fest. Als die Sirene losging, fiel Kalumet beinahe vom Sitz. Der Jaguar schoss auf dem Standstreifen am morgendlichen Berufsverkehr vorbei.

Hinter einem BMW, der gerade aus der Parklücke fuhr, rangierte Lilienthal den Jaguar direkt am Gendarmenmarkt in Höhe des Französischen Doms ein. Als Leo und er das Schillerdenkmal vor dem Konzerthaus umrundeten, fielen die ersten schweren Regentropfen. Sie rannten die wenigen Meter hinüber zu dem Eckhaus. Unten, im Verkaufsraum von »Fassbender und Rausch«, standen schon die ersten Touristen und drückten sich die Nasen platt vor den Nachbildungen des Brandenburger Tores und des Reichstags aus Schokolade. Als die beiden Kommissare im ersten Stock aus dem Fahrstuhl stiegen, wurde im Café gerade ein Tisch am Fenster frei. Sie steuerten darauf zu, überholten ein Touristenpaar, erkennbar an Turnschuhen und dem obligatorischen Rucksack auf dem Rücken, ignorierten die empörten Blicke der beiden und ließen sich in die schwarzen Sessel fallen. Leo sah sich um, aber von Hoffmann keine Spur.

»Das hier ist die alte Friedrichstadt«, hörten sie vom Nachbartisch einen älteren Herrn dozieren. »In diesem Viertel siedelten sich überwiegend französische Einwanderer an. Friedrich Wilhelm der Erste hatte ihnen 1685 mit dem Edikt von Potsdam den Schutz ihrer religiösen Freiheit und volles Bürgerrecht zugesichert. Und seinen Namen erhielt der Platz wegen der Stallungen der Kürassiere. Gens d'armes.«

»Kostenlose Geschichtsstunde, alter Hugenotte«, flüsterte Lilienthal Kalumet zu. »Aber wir Lutherischen bekamen auf der anderen Seite auch unseren Dom.« Er wies auf die rechte Seite des Platzes.

Die Bedienung kam, und Lilienthal bestellte heiße Schokolade. »Das ist hier ein Muss«, erklärte er Kalumet, der sich daraufhin auch dafür entschied. Lautlos wie eine Katze stand Hoffmann auf einmal hinter ihnen. Kalumet übernahm die Vorstellung. »Ich habe nicht viel Zeit«, sagte Hoffmann barsch und setzte sich. »Können Sie mir garantieren, dass mein Name bei Ihren Ermittlungen herausgehalten wird?«, wandte er sich an Lilienthal.

»Kommt darauf an, versprechen kann ich nichts«, erwiderte der Hauptkommissar.

»Wenn das so ist, dann mache ich mich gleich wieder vom Acker.« Hoffmann erhob sich.

»Ihre Entscheidung«, erwiderte Lilienthal kühl. Die Bedienung, ein junger Mann mit gegeltem schwarzen Haar, servierte die heiße Schokolade in großen, breiten Tassen. Kalumets Augen leuchteten, als er den stattlichen Klecks Sahne darauf ausmachte.

»Ist eine Belohnung ausgesetzt?«, fragte Hoffmann immer noch im Stehen. Also daher wehte der Wind, dachte Lilienthal. Die ganze Zeit hatte er sich gefragt, welche Motive Hoffmann bewogen, sie mit Informationen zu versorgen. »Bisher nicht, aber das ist nicht ausgeschlossen«, antwortete er bewusst vage. Hoffmann setzte sich wieder und nahm einige Papiere aus seiner Tasche.

»Sagt Ihnen die Rosenholz-Datei etwas?«

»Nicht wirklich«, erwiderte Lilienthal und leckte sich Sahne von den Lippen.

»Nach Auflösung des Ministeriums für Staatssicherheit der Deutschen Demokratischen Republik kamen die Daten auf bisher ungeklärte Weise in den Besitz des Klassenfeindes nach Amerika.«

Lilienthal fand Hoffmanns Wortwahl, diesen DDR-Jargon, befremdlich. »Aber die Daten wurden von der CIA doch wieder zur Verfügung gestellt?«

»Erst ab 2003«, erklärte Hoffmann. »Die CIA hielt sie unter Verschluss und wertete sie für eigene Zwecke aus.«

»Was hat das mit unserem Fall zu tun?«

»Die Rosenholz-Datei ist die Kartei der Auslandsspione der Hauptverwaltung Aufklärung des Ministeriums für Staatssicherheit, kurz MfS genannt«, erklärte Hoffmann.

»Die Eliteeinheit unter Markus Wolf?«

»Sie wissen ja doch Bescheid, Herr Hauptkommissar«, erwiderte Hoffmann maliziös. »Allerdings, das Ministerium für Staatssicherheit hatte keinen Zugang zu dem Archiv der Hauptverwaltung Aufklärung.«

»Und wie sind Sie an die Daten gekommen?«

»Meine Quellen gebe ich nicht bekannt, damit das klar ist, meine Herren.« Hoffmanns Stimme hatte an Schärfe gewonnen. Er legte die Papiere auf den Tisch. »Hier bitte, Sie können alles nachlesen.«

Lilienthal nahm die Blätter und überflog sie. »Moment mal, Herr Hoffmann, der Deckname ist ja geschwärzt.«

»Natürlich«, sagte Hoffmann kalt. »Das ist hochbrisant. Die jetzige Regierung hat überhaupt kein Interesse daran, das offenzulegen.« Er schloss seine Aktentasche und stand auf. »Viel Vergnügen, meine Herren«, sagte er, und dabei funkelten seine

Augen spöttisch. Er verschwand, wie er gekommen war – leise und unauffällig.

»Dietger Alsrath hat bis Anfang 1990 in Bonn gearbeitet.« Kalumet deutete auf eine Stelle im Text. »Der Name der Behörde ist aber geschwärzt.«

»Dem ging bestimmt der Arsch auf Grundeis«, knurrte Lilienthal. »Nach der Wiedervereinigung war die Gefahr seiner Enttarnung zu groß. Leo, wir müssen die Offenlegung des Decknamens anfordern.« Lilienthal nahm das letzte Blatt. Plötzlich stutzte er. »Moment mal – was heißt GH? Ruf den Hoffmann an und frag ihn, was sich dahinter verbirgt.«

Kalumet stellte die leere Tasse zurück. »Eine Handynummer habe ich von dem nicht, und an seinem Arbeitsplatz wird er noch nicht sein.«

Lilienthal legte einen Schein auf den Tisch und schob den Stuhl zurück. »Dann klemm dich dahinter, wenn wir zurück sind, mein Junge. Und jetzt genug geschlemmt, Abmarsch, zurück in die Heimat.«

Kalumet legte eine Schachtel Pralinen vor Heike auf den Tisch, als sie zurück ins Präsidium kamen. »Wir hatten einen Termin bei ›Fassbender und Rausch‹.« Er stockte, sah sie dabei aber unverwandt aus nachtdunklen Augen an. Über Heikes Wangen zog ein rosa Schimmer. »Danke«, sagte sie leise und schob die Pralinen zur Seite. Die drei saßen am kleinen Besprechungstisch in Lilienthals Büro. Heike griff zu ihren Notizen. Sonst eher unauffällig, trug sie heute ein eng anliegendes rotes T-Shirt, das ihre schlanke Figur betonte. Ihr Haar fiel in weichen Wellen über die Schultern. Da bahnt sich was an zwischen den beiden, dachte Lilienthal und verspürte einen Anflug von Neid.

»Mathilde und Gregor Alsrath wurden auf dem Südwestkirchhof bestattet«, berichtete Heike. »Während der DDR-Zeit fanden dort kaum Beerdigungen statt, das Gebiet lag zu nah an der Grenze.« Sie faltete eine Karte vom Südwestkirchhof auseinander und tippte auf einen roten Punkt: »Hier der Fundort der Leiche, und dort liegt das Grab der Eltern.« Sie deutete auf einen schwarzen Punkt. »Das liegt ja ganz nah beieinander.« Kalumet berührte wie unabsichtlich Heikes Hand. Sie zog sie erschrocken zurück und sah angestrengt auf ihre Notizen.

»Zu dem Kirchenraub von Maiblatts Onkel habe ich Folgendes herausgefunden: In Wilderloh im Fränkischen wurde 1927 ein Altar von Tilman Riemenschneider gestohlen. Das Werk wird auf den Anfang des 16. Jahrhunderts datiert und gilt als verschollen.«

»Ein Riemenschneider. Dafür bekommt man auf dem Schwarzmarkt richtig Geld. Da legt man doch gern mal jemanden um«, überlegte Kalumet laut.

»Vielleicht hat Dietger Alsrath jemanden erpresst«, sagte Lilienthal.

»Du meinst Maiblatt?«

»Möglich. Der Friedhofsverwalter ist nicht koscher.« Lilienthal hatte sich Heikes Notizen gegriffen und las darin. »Das Todesdatum der Alsrath-Mutter liegt zwei Tage vor unserem Leichenfund. Das kann kein Zufall sein. Der Mörder hat dem Alsrath aufgelauert, da gehe ich jede Wette ein. Die Kriminaltechnik soll sofort eine Bodenprobe vom Familiengrab der Alsraths nehmen und mit den Sporen unter den Fingernägeln der Leiche abgleichen. Übernimmst du das, Heike?«

Körner war wieder zurück im Präsidium. Nach der Besprechung ging Lilienthal hinüber in Körners Büro. Hella Rosenfeld winkte ihn durch. Auf Körners Schreibtisch leuchtete ein Strauß Frühlingsblumen.

»Das ging aber schnell, dass man Sie entlassen hat, Herr Dr. Körner.«

»Von wegen«, grinste Körner, und sein Gesicht faltete sich wie ein Strickmuster. »Ich habe mich selbst entlassen. Was gibt es, Maik?«

Lilienthal berichtete. Zum Schluss bat er: »Ich brauche ein Auskunftsersuchen für die BStU. Der Alsrath ist zwar identifiziert, aber wir wissen bisher nichts aus seinem Leben. Ohne den Decknamen von Dietger Alsrath kommen wir nicht weiter.«

Körner nickte. »Einleuchtend, Maik. Ich kümmere mich darum.« Er machte sich eine Notiz. Lilienthal stand auf, dann blieb er unschlüssig stehen.

»Noch was, Maik?«

»Sie sollten es ein bisschen ruhiger angehen, Chef.«

»Nun mach dir mal um Papa Körner keine Sorgen. Unkraut vergeht nicht, Maik. Hopp, hopp, von allein löst sich der Fall nicht«, schmunzelte der Alte.

Auf dem Flur kam Lilienthal ein mittelgroßer, drahtiger Mittvierziger entgegen. Aus dem braun gebrannten Gesicht blickten helle Augen aufmerksam durch eine randlose Brille. Der dunkelblaue Anzug saß wie angegossen. In der Hand trug er einen schwarzen Pilotenkoffer.

»Dr. Alsrath?«, fragte Lilienthal. Der Fremde nickte. Maik streckte ihm die Hand entgegen. »Mein Beileid.« Er führte den Besucher in sein Büro – »Bitte!« – und deutete auf den Besucherstuhl vor seinem Schreibtisch. »Möchten Sie einen Kaffee?«

»Danke, ich habe ausgiebig im Flugzeug gefrühstückt.« Alsrath stellte den Koffer neben den Stuhl, setzte sich und schlug die Beine übereinander. »Was genau ist passiert, Herr Kommissar?«

»Hauptkommissar«, korrigierte Lilienthal. Der arrogante Ton seines Gastes ging ihm gegen den Strich. »Ihr Bruder wurde ermordet.«

»Das sagten Sie bereits am Telefon. Sonst wäre ich nicht hier. Wo ist es passiert?«

»Wann haben Sie Ihren Bruder das letzte Mal gesehen?«

Alsrath blickte den Kommissar spöttisch an. »Hat das etwas mit Ihren Ermittlungen zu tun?« Lilienthal sah ihn schweigend an. Nach einer Pause antwortete Alsrath: »Ich habe meinen Bruder nach Jahren, in denen ich glaubte, er wäre tot, Anfang der neunziger Jahre wiedergesehen. Wir hatten uns nicht mehr viel zu sagen. Es war nicht besonders erfreulich, auch musste ich ihn vom Tod unserer Mutter in Kenntnis setzen.« Alsraths Fassade bröckelte. »Ich hätte gern einen Espresso«, sagte er bereits weniger herablassend.

Lilienthal erhob sich und ging zum Kaffeeautomaten. »Wieso dachten Sie, Ihr Bruder wäre tot?«, fragte er von dort.

Alsrath wechselte die Beinstellung. »Familiengeschichten sind für Außenstehende immer langweilig, Herr Hauptkommissar.«

»Ach, wissen Sie«, antwortete Lilienthal freundlich, »gerade

Familiengeschichten haben mich immer brennend interessiert.«
Alsrath kniff die Augen zusammen.

»Um Ihre Frage zu beantworten, die Behörden in der DDR
setzten meine Mutter seinerzeit in Kenntnis, dass mein Bruder
beim Übertreten der Staatsgrenze mit an Sicherheit grenzender
Wahrscheinlichkeit umgekommen wäre.«

»Erschossen?«

»Das ließ man offen.«

»Und was war wirklich passiert?«

»Woher soll ich das wissen?« Alsrath sah Lilienthal empört an.
»Hören Sie zu, Herr von Lilienthal: Kurz bevor wir den Fahneneid
in der NVA leisten sollten, verschwand mein Bruder. Spurlos. Ich
wurde der Beihilfe zur Republikflucht verdächtigt und kam nach
Bautzen ins Gefängnis. Man verhörte mich dort. Die Methoden
entsprachen ganz bestimmt nicht den allgemeinen Menschenrech-
ten von Amnesty International.«

Lilienthal stellte die Tasse mit dem Espresso und eine Zuckerdose vor Alsrath auf den Schreibtisch. Alsrath rührte drei Löffel Zucker in den schwarzen Sud. »Isolation, Dunkelhaft, Schlafentzug.«
Er klang unbeteiligt, als wenn er von jemand anderem erzählte.
»Haben Sie schon mal etwas vom Tigerkäfig gehört? Natürlich
nicht. Das wussten nur die, die es erlebt hatten, und darüber musste
striktes Stillschweigen herrschen. Das waren Verschläge, in denen
wir Gefangenen ständig unter Aufsicht standen. Ständig, Herr
Hauptkommissar.« Alsrath schwieg. Dann sagte er leise: »Danach
kam ich ins Lager X. Ein geheimes Arbeitslager der Stasi direkt
neben dem Untersuchungsgefängnis in Hohenschönhausen. Wir
mussten für die Reichsbahn Gleisbrette verlegen.« Er hielt Lilienthal seine linke Hand entgegen, an der die Kuppe des Zeigefingers
fehlte. »Ein Andenken«, murmelte er. Lilienthal war erschüttert.
Ralf Alsrath musste damals achtzehn Jahre alt gewesen sein.

»Man konnte mir nichts nachweisen. Wie auch?«, sagte Alsrath,
und Ohnmacht und Wut waren auch nach so vielen Jahren noch
herauszuhören. »Ich kam in eine Baukompanie, mein Studium
war gestrichen.« Er schwieg. Lilienthal beobachtete ihn und
wartete.

»Aber es kam anders«, sagte Alsrath leise. »Man bot mir an, den

Friedensdienst an der Waffe direkt beim MfS abzuleisten. Wenn ich mich bewähren würde, bestünde die Möglichkeit eines Studiums.«

»Welche Bedingungen knüpfte man daran?«

»Die üblichen.« Ralf Alsrath nippte an seinem Espresso. »Das Übliche war, das man sich beim MfS zu jeglicher Mitarbeit zur Friedenssicherung verpflichten musste. Sagt Ihnen das BCD etwas?«

Lilienthal tat unwissend. »Bewaffnung Chemische Dienste. Eine Abteilung des Ministeriums für Staatssicherheit. Mein Studienschwerpunkt wurde vorgegeben und auch das Thema meiner Diplomarbeit.«

Lilienthal blätterte in seinen Papieren. »Der chemische Stoff Sarin und seine Herstellung zur Friedenssicherung.«

»Sie haben Ihre Hausaufgaben gemacht, Herr Hauptkommissar. Man hatte Pläne mit mir. Aber zum Glück kam 1989 der Mauerfall.«

»Welche Pläne?«, fragte Lilienthal.

»Das tut hier nichts zur Sache.«

»Möglicherweise steht Ihre Biografie im Zusammenhang mit dem Mord.«

»Verdächtigen Sie etwa mich?« Alsrath sah Lilienthal lauernd an.

»Was hatte man mit Ihnen vor?«

»Haben Sie schon mal etwas von dem Bunker Falkenhagen gehört?« Lilienthal verneinte. »Der Bunker Falkenhagen wurde für die Wehrmacht gebaut. Dort sollte die Produktion von N-Stoff und Sarin erfolgen. Unter der Bezeichnung ›Seewerk‹ gehörte die Anlage zu einer Reihe von Munitionsanstalten, die von der Wehrmacht zusammen mit der Deutschen Sprengchemie GmbH bis 1945 betrieben wurden. Danach übernahmen die Russen das Gelände. Auch was dann dort passierte, wurde strikt geheim gehalten. Ab 1958 baute die Gruppe der Sowjetischen Streitkräfte Deutschland das Ganze zu einer ABC-sicheren Kommandozentrale des Warschauer Paktes um. Atomwaffensicher.«

»Und welche Rolle sollten Sie dort übernehmen?«

»Neben dem MfS gab es einen weiteren Nachrichtendienst in der DDR, die Verwaltung Aufklärung der NVA. Ich wurde als Verbindungsmann ausgebildet. Mein Einsatz sollte zwischen der

NVA und der Kommandozentrale erfolgen. Terminiert war mein Einsatz auf Mitte 1990.« Alsrath setzte die Espressotasse behutsam auf den Unterteller. »Aber wie gesagt, ich habe Glück gehabt.« Er nahm seine Brille ab, zog ein sauber gefaltetes Leinentaschentuch hervor und putzte die Gläser. »Ende 1990 meldete sich meine jetzige Firma. Sie boten mir die Leitung eines Projektes an. Die Rahmenbedingungen stimmten, und ich sagte zu.«

»Wusste man etwas von Ihrer Tätigkeit bei der NVA?«

»Natürlich, oder dachten Sie, ich hätte das verschwiegen? Ich habe meinen neuen Dienstherrn davon in Kenntnis gesetzt, wurde überprüft und bekam einen Arbeitsvertrag.«

»Sie trafen also Ihren Bruder Anfang der neunziger Jahre?«, hakte Lilienthal nach.

»Trafen?«, echote Alsrath voller Hohn. »Eines Tages stand mein tot geglaubter Bruder vor meiner Tür.« Er stand auf, ging zum Fenster und sah hinaus, während er weitersprach.

»Mein Bruder war unglaublich ehrgeizig, immer musste er die Nummer eins sein, dem hatten sich alle unterzuordnen.« Alsrath überlegte kurz. »Man kann sagen, sein Charakter hatte eine gewisse Ambivalenz. Es machte ihm Spaß, andere zu reizen, bloßzustellen und sich dadurch Vorteile zu verschaffen.« Seine Stimme klang bitter. »Dabei hatte er durchaus auch charismatische Züge, verstand Menschen zu faszinieren, an sich zu binden.« Er drehte sich zu Lilienthal. »Was auch immer er getan hat, der Mord muss damit zusammenhängen, Herr von Lilienthal.« Alsrath ging zu seinem Stuhl und setzte sich wieder. Seine Augen hatten sich verdunkelt. Leise sagte er: »Mein Bruder kam gar nicht auf die Idee, meiner Mutter und mir etwas angetan zu haben.« Er überlegte. »Nein, ich muss mich korrigieren. Es war ihm egal. Jeder in der DDR wusste um die Repressalien, die Angehörige erwarteten, wenn man Republikflucht beging. Seine Legende vom MfS war ja auf Flucht ausgelegt. Alle mussten so behandelt werden, als wenn es tatsächlich so gewesen wäre, damit es glaubwürdig wirkte. Völlig egal, das war ich ihm«, flüsterte er.

Lilienthal tat er leid. Was hatte das menschenverachtende System diesem hochbegabten Mann angetan.

»Als ich ihn damit konfrontierte, lachte er. So schlimm kann es doch nicht gewesen sein, du warst doch gut angesehen bei der ›Firma‹, Bruderherz. Die DDR war immer der bessere Staat, das kannst du mir glauben. Seine Worte, Herr Hauptkommissar.« Alsrath beugte sich vor. »Was es bedeutete, sich jahrelang zu verbiegen, nicht aufzufallen, weder in der Uni noch im Freundeskreis. Die Arbeit, die ich hasste, das Schweigen, das mir auferlegt wurde, sich niemandem anzuvertrauen. Dass ich mich dafür geschämt habe, das konnte ich nicht mit meinem Bruder diskutieren. Das lag außerhalb seines Begriffsvermögens, und das war das Eigentliche, das Schlimmste.« Er lehnte sich erschöpft zurück. »Diesen Makel werde ich nie mehr los. Sogar jetzt, wo er tot ist, holt mich das alles wieder ein. Nicht mal Indien ist weit genug weg.«

»Hat Ihnen Ihr Bruder erzählt, wo er in der Zwischenzeit gelebt hat?«

»Irgendwo im Rheinland, Herr von Lilienthal, das sollte doch heute herauszufinden sein.« Alsrath hatte seine Fassung wiedererlangt. Er war wieder ganz der Alte.

»Hat Ihr Bruder erzählt, was er bis 1989 gemacht hat?«

»Nein, aber mir war klar, dass er vom MfS in eine wichtige Behörde eingeschleust wurde. Aber das interessierte mich schon damals nicht mehr. Nach unserem Gespräch wollte ich ihn nie mehr wiedersehen. Das habe ich ihm auch gesagt.«

»Wusste Ihre Mutter davon?«

»Natürlich hat sie davon nichts gewusst. Meine Mutter ist an seinem vermeintlichen Tod zerbrochen.«

Lilienthal nahm das Fahndungsfoto aus dem Hefter und reichte es Alsrath. »Ist das Ihr Bruder?« Alsrath betrachtete lange das Foto. »Ja«, sagte er schließlich, »das ist Dietger.«

Ralf Alsrath hatte sich von Lilienthal verabschiedet und eine Hoteladresse hinterlassen, wo man ihn erreichen konnte. Er hasste seinen getöteten Bruder, immer noch, aber reichte das für einen Mord?, grübelte Lilienthal. Alsrath war zu dem Zeitpunkt in Indien gewesen. Moment mal, dachte er: War Ralf Alsrath zu dem Zeitpunkt wirklich in Indien gewesen? Und war der Hass auf seinen Bruder echt, oder hatte der Doktor ihm etwas vorgespielt? Das musste sofort überprüft werden.

Auch der Raub des Riemenschneiders ging ihm nicht aus dem Kopf. Lilienthal griff zum Telefonhörer und rief seine Mutter an: »Was fällt dir zu Tilman Riemenschneider ein?«, fragte er ohne vorherige Erklärung.

»Maiblatt«, antwortete sie wie aus der Pistole geschossen.

»Wie bitte?« Lilienthal fiel beinahe der Hörer aus der Hand. »Maiblatt hat mich vor einiger Zeit genau das Gleiche wie du gefragt. Als Erklärung schob er später nach, bei einem Besuch im thüringischen Eichsfeld, dem Geburtsort von Tilman Riemenschneider, hätte er sein Interesse für die Spätgotik entdeckt. Zum Schluss sagte er, mein profundes Allgemeinwissen wäre bekannt, und er würde auch gern davon profitieren.« Enne lachte verlegen.

»Schleimer«, sagte Lilienthal. Obwohl es stimmte, war Enne gekränkt über seine Bemerkung. »Aber wie kommst du jetzt darauf?«, fragte sie ihn neugierig. Lilienthal berichtete, was sie herausgefunden hatten.

»In dem Zusammenhang ergibt sich natürlich ein ganz anderes Bild«, meinte Enne nachdenklich. »Ich habe ihm gesagt, dass er nach Würzburg zur Festung Marienberg ins Fränkische Museum fahren müsse. Dort wäre die weltweit größte Riemenschneider-Sammlung ausgestellt. Ich glaube, das hat er auch getan.«

»Warum hast du mir eigentlich nie davon erzählt?«, fragte Lilienthal misslaunig.

»Gehen deine Ermittlungen nicht voran?«, fragte Enne süffisant.

»Danke der Nachfrage«, entgegnete er patzig und legte auf. Er beschloss, sich noch mal Maiblatt vorzunehmen. Konnte der verschwundene Riemenschneider ein Mordmotiv sein?

Der Verwalter sei gerade mit einem Interessenten wegen einer Baumbestattung unterwegs, teilte man Lilienthal in der Verwaltung mit. Er stattete Frau Maiblatt einen Besuch ab. Sie wirkte verhärmt. Das Haar lag strähnig um ihren Kopf, und auf ihrer Bluse entdeckte er einen Fleck. Sie bat ihn herein und führte ihn in das Wohnzimmer. Ja, eine Tasse Tee aus selbst getrockneten Kräutern würde er gern trinken. Maik konnte Kräutertee auf den Tod nicht ausstehen. Während Frau Maiblatt in der Küche hantierte, hatte er Zeit, sich umzusehen. Er ging zu den Bücherwänden. Auffallend viele Kunstbände standen dort. Im untersten Regalfach entdeckte er einen Auktionskatalog. Frau Maiblatt kam zurück und stellte das Geschirr und die Teekanne auf den Tisch. Als sie sich setzten, kam Maiblatt herein. Er funkelte Lilienthal hinter seinen Brillengläsern böse an.

»Darf ich den Grund Ihres Besuches erfahren, Herr Hauptkommissar?«

Lilienthal ließ sich nicht aus der Reserve locken, meinte freundlich, er hätte noch ein paar Fragen. Maiblatt setzte sich zu ihnen. Seine Frau huschte hinaus, um eine weitere Tasse für ihren Mann zu holen.

»Eine Menge schöner Kunstbände haben Sie, Herr Maiblatt. Interessieren Sie sich für eine bestimmte Epoche?«, fragte Lilienthal harmlos.

»Die meisten Bände gehörten meiner Schwiegermutter«, antwortete Frau Maiblatt, bevor ihr Mann es tun konnte, als sie aus der Küche zurückkam.

»Wann verstarb eigentlich Ihre Frau Mutter?«, setzte Lilienthal das Geplänkel fort. Maiblatt hob sein Kinn. »Warum interessiert Sie das, Herr von Lilienthal?«

»Vor einem halben Jahr«, murmelte Frau Maiblatt.

»Ist die gestohlene Statue jemals wiedergefunden worden?«, plauderte Lilienthal weiter und schüttete sich viel Zucker in den Tee. Er fand ihn absolut ungenießbar. Maiblatt schwieg, nur sein Augenlid zuckte unkontrolliert. Lilienthal stand auf und holte den Katalog aus dem Regal. »Reden wir jetzt einmal Tacheles, Herr Maiblatt. Wozu brauchen Sie einen Auktionskatalog? Haben Sie etwas zu verkaufen?«

»Legen Sie den Katalog zurück«, zischte Maiblatt.

»Vielleicht einen Riemenschneider?« Lilienthals Stimme gewann an Volumen. »Ein Kunstwerk von nationaler Bedeutung, da möchte man gern selbst den Gewinn einstreichen. Da macht sogar ein Mord Sinn. Woher kannten Sie Dietger Alsrath, Herr Maiblatt?«

»Das muss ich mir nicht länger anhören. Verlassen Sie mein Haus.« Maiblatt war aufgesprungen und zeigte zur Tür.

»Wenn Sie kooperativ sind, kann sich das strafmildernd auswirken.«

»Raus«, sagte Maiblatt kalt. Seine Frau räumte hastig das Geschirr zusammen und verschwand in der Küche. Lilienthal legte den Auktionskatalog auf den Tisch und ging hinaus. In der Tür wandte er sich noch mal um. Maiblatt stand immer noch an der gleichen Stelle, wo er ihn verlassen hatte. Er starrte Lilienthal hinterher. Lilienthal fühlte das vertraute Kribbeln. Er ging zurück. »Gehen Sie zur Seite«, sagte er zu dem Verwalter.

»Ich verbiete Ihnen, hier irgendetwas anzufassen«, kreischte Maiblatt mit hochrotem Kopf. Frau Maiblatt erschien in der Küchentür und flüsterte: »Das ist Hausfriedensbruch, Herr von Lilienthal.« Maik nickte und ging nach draußen. Vor dem Haus blieb er stehen und rief Dr. Körner an. Er erklärte dem Chef die Situation und bat um einen Durchsuchungsbeschluss der Staatsanwaltschaft. Dann wählte er die Nummer der Kriminaltechnik. Gerade als er zu sprechen anfing, hörte er ein Brüllen wie von einem verletzten Tier. Lilienthal spurtete zurück ins Haus.

8

»Mach dich auf die Socken, aber presto«, hatte Lilienthal ins Telefon geschrien. Kalumet fuhr, so schnell er konnte, auf der Nutheschnellstraße nach Stahnsdorf. Etwas blendete ihn. »Merde«, fluchte er. Den Blitzer kurz hinterm Stern-Center hatte er übersehen. Das würde mehr als dreißig Euro kosten. Wenig später hielt er vor dem Verwalterhaus. Neben dem Wagen der Kriminaltechnik stand ein Notarztwagen.

»Na endlich, wurde auch Zeit.« Lilienthal winkte ihn ins Haus und weiter in das Wohnzimmer. Den Gobelin hatten die Männer der KTU zusammengerollt und an die Wand gelegt. Auf dem Boden lag ein rechteckiges, großes Paket. Zusammen stellten sie es hochkant. Kalumet keuchte. »Lange nicht mehr in der Muckibude gewesen, was?«, fragte ihn Lilienthal spöttisch. Die Unterseite des Paketes bestand aus Sperrholz. Frau Maiblatt hockte in einem Sessel. Ängstlich sah sie zu den Männern hinüber. Lilienthal entfernte vorsichtig die Holzplatte, darunter kam grüner Filz zum Vorschein.

»Ich möchte zu meinem Mann«, sagte Frau Maiblatt anklagend.

»Wenn Ihr Mann sich kooperativer verhalten hätte, wäre das alles nicht passiert«, erwiderte Lilienthal unfreundlich. Eine dunkle Haarsträhne fiel ihm ins Gesicht. Mit einer ungeduldigen Bewegung wischte er sie aus der Stirn. »Ich brauche anschließend Ihre Aussage, Ihr Mann ist dazu ja nicht mehr in der Lage.«

»Sie haben ihn so weit getrieben«, erwiderte Frau Maiblatt giftig. Wie hypnotisiert starrte sie dabei auf das Paket. Lilienthal zog den Filz herunter.

»Er wollte ja nicht auf mich hören«, sagte sie, und plötzlich klang ihre Stimme brüchig wie zersprungenes Glas. Fleckiges Leinen kam zum Vorschein. Behutsam entfernte Lilienthal die letzte Lage. Ein Sonnenstrahl ließ das dunkle Holz aufleuchten. Die Figuren waren so fein und lebensnah gearbeitet, dass auch ein Laie die große Kunst erkennen konnte.

»Die Beweinung Christi, der verschollene Riemenschneider«, flüsterte Kalumet.

»Das gibt Schlagzeilen«, murmelte Lilienthal.

Im Anschluss hatte Lilienthal sofort Dr. Körner informiert. Ein Kurator des Bode-Museums wollte umgehend kommen. Die Echtheit konnte natürlich erst in den Spezialwerkstätten auf der Museumsinsel festgestellt werden. Frau Maiblatt hockte in der Küche auf einem Stuhl. Lilienthal musste sie nicht auffordern zu erzählen. Die Worte kamen wie ein Sturzbach über ihre Lippen. Erst kurz vor ihrem Tod hatte die Schwiegermutter ihren Sohn eingeweiht. Der Riemenschneider hatte über die Jahrzehnte versteckt auf dem Dachboden gelegen. Maiblatts Mutter hatte ihrem Bruder damals geschworen, niemandem davon zu erzählen. Und daran hatte sie sich ihr Leben lang gehalten. Als Maiblatt seiner Frau davon erzählte, hatte sie ihn gebeten, den Altar sofort zurückzugeben und die Polizei anzurufen, aber ihr Mann lehnte kategorisch ab.

Ihr einst so sanfter, zurückhaltender Mann fing an sich zu verändern, wurde misstrauisch. Nachts ging er auf den Dachboden oder saß vor dem Computer, verbot ihr, sein Arbeitszimmer zu betreten. Kataloge von Auktionshäusern kamen. »Er war wie besessen«, erzählte sie leise. Es ist mein rechtmäßiges Erbe, der Altar gehört mir, hatte er immer wieder zu ihr gesagt. Kein Argument konnte ihn umstimmen. »Ich konnte doch meinen eigenen Mann nicht anzeigen, Herr Hauptkommissar?«

»Wann hat Ihr Mann den Riemenschneider hinter dem Gobelin versteckt?«

»Als die Leiche entdeckt wurde. Er befürchtete sofort, dass Nachforschungen um das Grab angestellt werden würden«, sagte sie leise. »Kommt mein Mann jetzt ins Gefängnis?«

»Unterschlagung von nationaler Kunst und Bereicherung durch beabsichtigten Verkauf. Das ist kriminelle Energie, Frau Maiblatt. Ihr Mann wusste sehr wohl von den Konsequenzen, sonst hätte er nicht so gehandelt.«

Lilienthal verabschiedete sich von Frau Maiblatt. Sie tat ihm leid. Kalumet fuhr zurück ins Präsidium. Lilienthal wollte noch zu seiner Mutter fahren und sie informieren. Durch ihre Arbeit im Förderverein kannte sie Maiblatts näher. Das war er ihr schuldig. Enne versuchte sich gerade am Brotbacken. Nach ihrer Pensionierung war sie vom gesunden Bio-Leben infiziert worden. Im letzten Sommer hatte sie voller Begeisterung Marmelade gekocht und jedem, ob er es haben wollte oder nicht, geschenkt. Immer noch lagerten mindestens dreißig Gläser in einem Regal im Keller. Weder sie noch Maik aßen Marmelade. Beide bevorzugten eher Fleisch und Wurst. Während Maik den Kühlschrank inspizierte, erzählte er, was vorgefallen war. Seit heute früh hatte er nichts gegessen, und im Augenblick hätte er sogar die fettige Pizza vom Pizzaservice mit Genuss vertilgt. Enne blickte ihn prüfend an. »Du brauchst eine Frau«, sagte sie streng.

Er nahm eine Salami aus der Speisekammer, suchte nach einem Brettchen, legte beides auf den Küchentisch und schnitt sich dicke Scheiben ab, die unglaublich schnell in seinem Mund verschwanden. »Wieso?«, fragte er undeutlich.

»Du bist nicht rasiert, mein Lieber.«

Er strich sich über die Wange. »Dreitagebart«, antwortete er und grinste. Dann nahm er sich ein Bier aus dem Kühlschrank und ließ sich aufseufzend auf den Küchenstuhl fallen. Er goss sich ein Glas voll und trank. Nachdenklich drehte er das Glas und erzählte: »Weißt du, Maiblatt drehte urplötzlich durch. Brüllte und tobte wie ein Irrer. Ging sogar auf seine Frau los, als sie versuchte, ihn zu besänftigen. Ich musste den Notarzt rufen, weil ich dachte, der kollabiert. Der Arzt hat ihm eine Dosis Valium wie für einen Ochsen verpasst. In den nächsten vierundzwanzig Stunden ist Maiblatt garantiert nicht ansprechbar.«

»Die arme Frau Maiblatt«, murmelte Enne. Sie klatschte den Teig auf ein Küchenbrett und knetete ihn durch. »Wie ein moralisch integrer Mann plötzlich nicht mehr Recht von Unrecht unterscheiden kann«, knurrte sie und versetzte der Masse einen Schlag. Brotbacken war auch nicht die Erfüllung ihrer geheimen Wünsche.

»Das konnte der sehr wohl«, erwiderte Maik. »Sonst hätte er den Riemenschneider nicht versteckt. Gier war es, Mutter, und Macht. Eine perfide Konstellation. Das Gefühl, etwas Einmaliges

zu besitzen, ganz für sich allein, das hat ihn umgetrieben. Kriminell wurde er, als er es veräußern und sich daran bereichern wollte.«
»Damit ist er aus dem Kreis der Verdächtigen ausgeschieden?«
»Ich denke schon«, murmelte Maik.

Als Lilienthal ins Präsidium kam, lag der Bericht der Kriminaltechnik auf seinem Schreibtisch. Die Bodenprobe vom Elterngrab Alsrath enthielt die gleichen Sporenpartikel, wie sie auch unter den Fingernägeln des Opfers gefunden worden waren.

»Dietger Alsrath wurde am Grab seiner Eltern niedergeschlagen und erst danach zum Fundort gebracht«, berichtete Kalumet.

»Das Wichtigste für uns ist, dass der Täter die Gewohnheiten seines Opfers gekannt haben muss. Es muss jemand aus seinem Umfeld sein. Nur, wo war sein Umfeld? Verdammt«, fluchte Lilienthal, »wieso kommen wir nicht an diesen verfluchten Decknamen heran? Was ist mit der Stasi-Behörde?«

»Ersuchen auf Auskunft läuft«, antwortete Heike, die dazugekommen war. »Übrigens, Maik, ›GH‹ war das Kürzel für ›Geheime Ablage‹ beim MfS. Nur Mielke und Wolf und eine Handvoll hochrangiger Mitarbeiter wussten, wer sich hinter dem Namen verbarg. Eine Doppelsicherung gegenüber ihren eigenen Leuten. Vielleicht hängt das damit zusammen, dass Dietger Alsrath in einer Funktion gearbeitet hat, die unter Geheimhaltung stand und anscheinend immer noch steht.«

Lilienthal sah missmutig auf die Akte. »Läuft denn hier überhaupt nichts mehr?«, murrte er. »Heike, was ist mit den Flügen von dem Dr. Ralf?«

»Ich habe seine Sekretärin in Mumbai angerufen. Die hat mich aber kalt abgefertigt. Sie wäre nicht berechtigt, Außenstehenden etwas über die Terminplanung ihres Chefs zu erzählen. Und die deutsche Polizei, das könnte ja jeder am Telefon sagen. In den Passagierlisten von Lufthansa taucht ein Dr. Alsrath nicht auf. Ich denke, der war in der Zeit in Indien, Maik.«

»Und was ist mit den anderen Airlines?«, knurrte Lilienthal. Heike öffnete den Mund zu einer Erwiderung, da ging die Tür auf, und der Zahnarzt Dr. Wiedemann kam herein. Er blieb vor Lilienthals Schreibtisch stehen und zog aus seiner Tasche ein Blatt Papier.

»Bitte, hier der Patientenausdruck, den wollten Sie doch haben«, sagte er und hielt Lilienthal das Blatt vor die Nase. Patientenname: Dietger Alsrath, las Lilienthal. Darunter waren die einzelnen Positionen der Behandlung mit Datum und Kostenschlüssel aufgeführt.

»Er hat sich also unter seinem richtigen Namen bei Ihnen behandeln lassen?«

»Hatte er einen anderen Namen?«, fragte Wiedemann maliziös. Lilienthal stieg die Röte ins Gesicht. Kalumet machte sich unsichtbar hinter seinem Bildschirm, und Heike verließ schnell den Raum. Lilienthal stand auf und baute sich vor Wiedemann auf. Er überragte den Zahnarzt um einige Zentimeter, sodass der zu ihm hochsehen musste.

»Ich möchte Sie daran erinnern, dass Sie mir bei meinem Besuch sagten, der Name würde mir nicht weiterhelfen.«

Wiedemann trat einen Schritt zurück und zuckte nur mit den Achseln. »So, sagte ich das?«

»Wie war Alsrath denn versichert, privat oder Kasse?«, hakte Lilienthal nach.

»Er hat bar bezahlt«, antwortete Wiedemann kühl.

»Und wo hat er gearbeitet, wissen Sie vielleicht das?«

»Nein. Mit geöffnetem Mund war eine Konversation kaum möglich.«

9

Enne hatte zum Sundowner eingeladen. Früher der Code für das Treffen nach Dienstschluss im Berliner Landeskriminalamt, trafen sich jetzt einmal im Monat die Aktiven mit den Ehemaligen. Diskutiert wurde über alles Mögliche, gern über die Politik, aber vor allem interner Klatsch aus dem LKA bot immer wieder reichlich Stoff. Ihre Mädels kannte Enne aus dem Studium, andere waren Kolleginnen im Präsidium gewesen. Aber ab und an erweiterte Enne den Kreis. Frau Grothe, ihre Nachbarin, hatte sie diesmal dazu eingeladen. Sie wollte Joachim einen Gefallen tun. Seine Mutter hatte wenig Kontakte in der Nachbarschaft, war ausschließlich auf ihre beiden Söhne fixiert. Nein, dachte Enne, nicht auf beide, auf Michael, den ältesten. Joachim war die Reserve. Aber vielleicht taute seine Mutter in einer anderen Umgebung ein wenig auf. Das würde Joachim guttun. Er litt unter ihrer herrischen Art. Aber ein anderer Grund war, dass Hildegard Grothe sie vom Habitus her an ihre Mutter erinnerte, für die sie in den letzten Jahren so wenig Zeit gehabt hatte, bis es zu spät war. Das tat immer noch weh.

Enne hatte sich in einen weiten bunten Seidenkaftan gehüllt und das Haar mit einem roten Tuch zurückgebunden. Geschirr, Besteck und Servietten lagen auf der Anrichte. Zwei Quiches Lorraines fanden regen Zuspruch. Auch die Bruschettas mit Tomatenstückchen und Basilikum, Mailänder Salami oder Schinken vom Bio-Fleischer wurden schnell weniger. Hildegard Grothe, das Haar geföhnt, Rouge auf den Wangen, im vergangenen Schick einer grauen Seidenbluse und um den Hals eine Perlenkette, sah geradezu distinguiert aus. An den Gesprächen hatte sie sich bisher kaum beteiligt. Enne brachte ihr einen Sherry und setzte sich neben sie.

»Auf Ihr Wohl und auf Ihren liebenswürdigen Joachim.«

Die Grothe sah Enne verblüfft an, dann hob sie zögernd ihr Glas. »Und auf meinen Michael«, sagte sie und trank es in einem Zug leer.

Der Leichenfund auf dem Friedhof war Gesprächsstoff Nummer eins. Alle Zeitungen hatten darüber berichtet. Der RBB und die Berliner Abendschau hatten einen Beitrag gesendet. Enne wurde heftig bedrängt, Details zu erzählen, was sie entschieden ablehnte. »Die meisten von euch waren doch auch bei unserem Verein. Ihr kennt die Gepflogenheiten – bei laufenden Ermittlungen keine Details an die Öffentlichkeit.«

»Unfair! Du bist doch gar nicht mehr dabei«, rief Heidrun, eine ehemalige Staatsanwältin. »Gerade weil wir Insider sind, könntest du uns ein bisschen mehr erzählen.«

Enne grinste. »Genau deshalb gerade nicht.«

Die Einzige, die es nicht zu interessieren schien, war Hildegard Grothe. Nervös huschte ihr Blick durch den Raum.

Enne verschaffte sich Gehör. »Ich brauche eure Hilfe.«

»Brauchste Geld?«

»Aber nur in großen Scheinen«, konterte sie. »Wer es errät, bekommt einen Geistesblitz.«

»Von deinem Selbstgebrannten? Den hütest du doch wie den Schatz der Nibelungen«, kicherte Heidrun.

Enne faltete einen Zettel auseinander und fing an vorzulesen: »Erste Zeile: Weh euch … Zweite Zeile: entstelltes Angesicht, dass ihr darob … Schluss: Dass ihr in künft'gen Tagen versteint, verödet liegt.«

»Das ist ja schlimmer als bei Günther Jauch. Nee, Enne-Schätzchen, nie gehört«, trompete Heidrun.

»Mit Lyrik hattest du nie viel am Hut«, spöttelte Andrea.

»Wo du recht hast, hast du recht, meine Süße. Männer waren mir lieber.«

»Ich kenne es.« Hildegard Grothe hatte sich aus ihrem Sessel erhoben. Aufrecht, mit hoch erhobenem Kopf und fester, klarer Stimme deklamierte sie:

»Es stand in alten Zeiten ein Schloss, so hoch und hehr,
Weit glänzt es über die Lande bis an das blaue Meer,
Und rings von duft'gen Gärten ein blütenreicher Kranz,
Drin sprangen frische Brunnen im Regenbogenglanz.«

Es war still geworden. Alle Frauen sahen die Grothe an.

»Des Sängers Fluch‹ von Ludwig Uhland«, erklärte sie. »Was Sie vorlasen, Frau von Lilienthal, stammt aus der viertletzten Strophe.«

Enne nahm ihren Conrady, »Das große deutsche Gedichtbuch«, aus dem Regal. Ludwig Uhland, geboren 1787 und verstorben in Tübingen 1862. Ein schwäbischer Dichter. Sie stellte nachdenklich das Buch zurück. Wie passte der Text zum Mord? Sollte das eine Drohung sein?

Hildegard Grothe hatte sich wieder auf ihren Sessel zurückgezogen. Enne holte sich einen Stuhl heran und setzte sich zu ihr. »Das war beeindruckend, wie Sie das Gedicht sofort erkannt haben.«

Ein zartes Rosa zog über Hildegard Grothes faltiges Gesicht. »Ach, wissen Sie, in meiner Kindheit las mir meine Mutter jeden Abend vor dem Schlafengehen ein Gedicht vor. Sie liebte Lyrik. Schrieb selbst ein wenig, ging damit aber nie an die Öffentlichkeit. Das bleibt, das vergisst man nicht.«

Enne gab der Grothe ein Glas von ihrem Selbstgebrannten, und wieder trank Hildegard Grothe das Glas in einem Zug leer. Ihre Augen begannen zu glänzen. Sie kicherte wie ein junges Mädchen. »Wir sind doch jetzt schon so lange Nachbarinnen, Frau von Lilienthal. Wollen wir uns duzen? Ich heiße Hildegard«, sagte sie und hob ihr Glas.

»Auf uns beide, Hildegard«, lächelte Enne, und ehe sie sich's versah, spitzte die Grothe die Lippen und gab ihr einen gehauchten Kuss auf die Wange. Enne war gerührt. »Gefällt es dir bei mir? Amüsierst du dich auch?« Hildegard Grothe nickte. Enne schob nach: »Aber irgendetwas beschäftigt dich, nicht wahr?« Die Grothe sah sie leicht schielend an. »Kann ich dir irgendwie helfen, Hildegard?«

»Er hat gesagt, dass er zu einem Seminar fahren muss, und hat sich nicht mal verabschiedet. Sonst kommt mein Kind immer vorher vorbei und verabschiedet sich«, sagte die Grothe mit schwerer Zunge.

»Du meinst Michael?« Die Grothe nickte. »Hat er sich denn bei Joachim gemeldet?«

»Der? Der redet kaum noch ein Wort.« Die Grothe schob trotzig die Unterlippe vor. »Ich müsste so dringend mit Micha was besprechen, und gerade jetzt ist er weg«, murmelte sie.

Enne strich ihr beruhigend über den Arm. »Er meldet sich bestimmt bald. Vielleicht hat er eine neue Freundin. So gut wie dein Michael aussieht.«

Die Grothe schüttelte den Kopf. »Der Micha ist anders. Dem laufen alle Weiber hinterher. Aber der passt auf. Der nimmt nicht jede«, sagte sie stolz.

Enne stand auf, sie musste sich wieder um ihre anderen Gäste kümmern. Morgen rede ich mit Joachim, der weiß bestimmt, wo sein Bruder ist, überlegte sie.

Der Tag hatte nicht gut angefangen. In Ennes Kopf summte es, als wenn Hornissen ein Nest bauen wollten. Ihre beste Freundin Heidrun hatte aus ihrem Peru-Urlaub eine Flasche Pisco mitgebracht. Sie erzählte begeistert von Machu Picchu, der heiligen Stadt der Inkas hoch oben in den Bergen, die sie über den Inka-Trail erklommen hatte. Drei Tage unterwegs durch unwegsames Bergland, nachts im Schlafsack unter freiem Himmel mitten im Urwald mit seinen unbekannten Geräuschen und nur einem einheimischen Führer, der auf Pisco sauer schwor, einen klaren Schnaps mit einem Spritzer Zitrone. Beim ersten Glas hatte sich Enne geschüttelt, aber nach dem dritten wollte sie unbedingt sofort nach Machu Picchu aufbrechen.

Missmutig blickte sie in die Küche. Benutztes Geschirr stapelte sich im Abwaschbecken, Gläser und Flaschen standen auf der Ablage. Angewidert wandte sie sich ab. Frische Luft war angesagt. Sie schlüpfte in ihre alte Jeans, nahm einen dunklen Baumwollpullover, zog ihre Arbeitsjacke darüber und ging in den Garten.

Unter der Spireahecke lugten Efeuranken hervor. Enne hasste Efeu. Die Pflanzen wucherten alles zu. Außerdem war das Zeug auch noch giftig, und wenn sie ohne Handschuhe damit in Berührung kam, löste es bei ihr massiven Juckreiz aus. »Von wegen altes Symbol der Treue«, knurrte Enne und zog fest an einer Ranke. Ein stechender Schmerz im Rücken ließ sie sofort innehalten. Stöhnend richtete sie sich auf. Das fühlte sich verdammt nach einer Zerrung an. Damit war die Gartenarbeit für heute gelaufen. Aber wenigstens die Hornissen in ihrem Kopf hatten das Weite gesucht. Ich werde Joachim anrufen, ob er mir helfen kann, überlegte sie, als sie vorsichtig zurück zum Haus ging. Da habe ich gleich Gelegenheit, nach seinem Bruder Michael zu fragen. Abgesehen vom Pisco sauer war der gestrige Abend ein Erfolg gewesen. Alle hatten sich amüsiert. Hildegard hatte pausenlos Gedichte zum Besten gegeben, und ihre Mädels mussten raten, von welchem Dichter sie waren. Als Enne bei Joachim anrief, sprang der Anrufbeantworter an. Sie hinterließ eine kurze Nachricht. Dann wählte sie die Nummer von Maik und informierte ihn, woher der Text stammte.

»Der Mörder legt Spuren«, erklärte sie abschließend.

»Darauf wäre ich jetzt überhaupt nicht gekommen, Mutter. Die Frage ist doch, für wen legt er Spuren?«

»Für dich, mein Lieber.«

»Komischer Typ. Haben wir es jetzt mit einem Psychopathen oder einem Philologen zu tun?« Darauf wussten sie beide keine Antwort.

Am Nachmittag ging es ihr besser. Sie zog sich an und ging die Straße hinunter zum Haus der Grothes. Der Vorgarten war ordentlich hergerichtet. Herbstastern blühten bereits. Sie drückte auf den Klingelknopf, hörte das Läuten bis nach draußen. Hinter ihr quietschten Reifen. Die Postbotin sprang von ihrem voll bepackten Fahrrad. »Da ist niemand zu Hause«, sagte die untersetzte, dralle Frau wichtig. »Frau Grothe wurde gerade mit dem Krankenwagen abgeholt. Der Sohn ist auch nicht da. Der ist gleich danach weggefahren, Frau von Lilienthal.« Die Postbotin zog einen großen Umschlag aus ihrer Tasche und versuchte ihn in den nicht besonders breiten Briefschlitz des Kastens zu quetschen. »In der Aufregung habe ich ganz vergessen, ihm den Brief für seine Mutter zu geben, und jetzt …«, sie blickte unwillig auf den Umschlag, »… geht der nicht mal rein.«

»Sie können mir den Brief geben. Ich treffe Joachim nachher«, bot Enne sich an. Die Postbotin gab ihr erleichtert das große Kuvert, machte sich eine Notiz in ihrer Kladde und fuhr zum nächsten Grundstück. Nachdenklich lief Enne nach Hause.

Am Abend wählte sie Joachims Nummer. Gerade als sie auflegen wollte, meldete er sich.

»Joachim, was ist passiert?«, fragte sie und hörte seinen schweren Atem durch den Hörer.

»Schlaganfall«, antwortete er, »die rechte Seite ist gelähmt, sie liegt im Behring in Zehlendorf.«

»Ach Joachim, das tut mir so leid«, flüsterte Enne.

»Meine Mutter ist zäh«, hörte sie seine Erwiderung, bevor er auflegte. Sie steckte das Telefon in seine Halterung und ging zum Fenster. Sie fühlte sich in einer diffusen Art mitschuldig an dem, was Hildegard passiert war. Hatte sie ihr zu viel Alkohol angeboten? Joachims Mutter hatte jedes Glas gekippt wie ein professioneller Trinker, da hätte sie nicht so schnell nachschenken dürfen. Vielleicht trank Hildegard heimlich. Was wusste sie schon über ihre Nachbarn außer dem, was Joachim hin und wieder erzählte? Ich werde sie besuchen, nahm sich Enne vor.

Am nächsten Tag reihte Enne sich in den morgendlichen Berufsverkehr auf der Potsdamer Allee ein und bog am Stahnsdorfer Hof ab in den Zehlendorfer Damm. Die historische Bäkemühle und die dahinterliegende Dorfkirche waren die letzten Zeugnisse einer glanzvollen Vergangenheit derer von Hake, der ehemaligen Lehnsherren von Stahnsdorf und Kleinmachnow. 1943 waren das Schloss und das Herrenhaus bombardiert worden und ausgebrannt. Nur das Medusentor, der Eingang zum Schlosshof mit dem Schlangenkopf, erinnerte noch daran. Die Neue Hakeburg auf dem Seeberg war erst ab 1906 erbaut worden. Wegen finanzieller Probleme hatten die Hakes das Gebäude zusammen mit dem Land in den dreißiger Jahren an die Deutsche Reichspost verkauft, die das Gelände nicht nur als Wohnsitz des Reichspostministers, sondern parallel als Forschungs- und Versuchszentrum unter der Leitung der SS nutzte. Zu DDR-Zeiten war es Parteihochschule der SED gewesen, später umfunktioniert zum Gästehaus. Nikita Chruschtschow, Fidel Castro, Jassir Arafat und Michail Gorbatschow hatten hier übernachtet. Enne passierte den ehemaligen Grenzstreifen, der Kleinmachnow vom Berliner Ortsteil Zehlendorf zu Mauerzeiten trennte. Nur ein Schild mit der Aufschrift »Hier war Deutschland und Berlin von 1949 bis 1989 geteilt« erinnerte noch an die unmenschliche Zeit.

Das Behring-Krankenhaus, benannt nach seinem Gründer Emil

von Behring, war in den neunziger Jahren des letzten Jahrhunderts zum größten Teil abgerissen und neu erbaut worden. Enne stellte sich auf der Intensivstation als jüngere Schwester von Hildegard Grothe vor. Die Stationsschwester begleitete sie zum Zimmer und erwähnte, dass sie sich freue, dass endlich jemand aus der Familie käme. Das würde den Patienten am meisten helfen. »War denn von den Söhnen noch keiner da?«, fragte Enne. Die Schwester schüttelte nur den Kopf.

Hildegard Grothe lag in einem grell erleuchteten Einzelzimmer und war am ganzen Körper verkabelt. Als Enne eintrat, öffnete Hildegard die Augen. Enne ergriff ihre Hand und drückte sie vorsichtig. »Alles wird gut, Hildchen«, murmelte sie und spürte einen dicken Kloß im Hals. Die Augenlider der Grothe schlossen sich. Enne versuchte den Monitor über dem Bett zu ignorieren, der die Frequenz des Herzschlages anzeigte. Sie plapperte los, erzählte, was ihr gerade so einfiel. Dass sie im Garten gearbeitet hätte und ob Joachim ihr nicht ein bisschen helfen könne? Sie hätte ihm bereits auf den Anrufbeantworter gesprochen. Das Gesicht der alten Frau zeigte keine Regung.

»Weißt du, Hildegard, wenn der Michael hört, dass du im Krankenhaus bist, dann kommt er bestimmt sofort«, sagte Enne aufmunternd. Die schlaffen Finger der Grothe krallten sich plötzlich um ihre Hand, die Augen öffneten sich weit. Sie starrte Enne an. Ihre Lippen bewegten sich, aber nur unverständliche Laute kamen aus ihrem Mund.

»Ich kann dich nicht verstehen, Hildchen«, sagte Enne hilflos. Über Hildegard Grothes Augen zog sich ein Schleier, die Lider senkten sich, die Hand wurde wieder schlaff. Enne blieb eine Weile am Bett sitzen, dann stand sie leise auf und verließ das Zimmer. Als sie die Tür hinter sich geschlossen hatte, hastete sie zum Ausgang. Nur raus hier, dachte sie.

10

Churchill ruhte auf ihrem Schoß, sein kehliges Schnurren signalisierte Zufriedenheit. Enne hatte sich einen Kaffee gemacht, stark und schwarz, aus italienischen Espressobohnen, wie sie ihn liebte, und blätterte in der Zeitung, aber ihre Gedanken waren immer noch bei der kranken Frau. Wieso war Joachim noch nicht bei seiner Mutter gewesen? Wo war Michael? Irgendetwas musste in dieser Familie vorgefallen sein.

Das Telefon gab Laut. Kriminalrat Dr. Körner war dran. Sie kannten sich seit vielen Jahren. Hatten auch bei dem einen oder anderen Fall zusammengearbeitet. Er schätzte sie, nicht nur als kompetente Kollegin. Bei einer Tagung in Wiesbaden war sie eines Abends mit Körner hinüber nach Frankfurt am Main gefahren. Im Gemalten Haus, in der Schweizer Straße im Stadtteil Sachsenhausen, hatten sie sich zu anderen Gästen an einen Tisch gesetzt und Rippchen mit Sauerkraut gegessen. Richard Körner, ein echter Frankfurter Bub, hatte ihr das Geheimnis des Äppelwoi erklärt: »En eschte Frankfurdder trinkt sei Äppelwoi pur und net gspritzt, gell.« Enne hatte sich nicht lumpen lassen und mitgehalten. Trinkfest war sie schon immer gewesen. Am nächsten Morgen war sie neben ihm in seinem Hotelbett aufgewacht. Richard hatte sie spät nachts über die Schwelle getragen und dabei aus voller Brust »Wir winden dir den Jungfernkranz« aus dem »Freischütz« gesungen. Es war eine wundervolle Nacht gewesen; aber zwischen hastiger Morgentoilette und einem Kaffee, bevor sie zur Tagung eilten, hatte sie Richard eindringlich klargemacht, dass es sich um einen einmaligen Ausrutscher von ihrer Seite handelte. Körner hatte wie ein begossener Pudel vor ihr gestanden und sie mit Hundeaugen angesehen. Sie mochte den großen Mann, aber damals steckte ihr die Scheidung noch in den Knochen, und sie wollte keine neue Beziehung eingehen. Nach dieser Nacht hatte sie peinlich genau darauf geachtet, dass sie und Körner nicht noch einmal zusammen auf Teilnehmerlisten für Tagungen oder Seminare standen. Das lag nun schon viele Jahre zurück. Körner hatte sich leider, wie sie inzwischen vor sich selbst zugab, strikt an ihre Anweisung gehalten und nie wieder einen Versuch der Annäherung gewagt.

Als Maik seine Stelle in Potsdam antrat, hatte sie sich gefreut. Richard Körner als Vorgesetzter, etwas Besseres konnte ihm nicht passieren. Dr. Körner fühlte sich für seine Leute verantwortlich; fordern und fördern, nach dieser Devise behandelte er jeden Mitarbeiter, wenn er von dessen Qualität und Einsatz überzeugt war. Maik mochte ihn. Ohne seinen Vater aufgewachsen, vermisste er die männliche Komponente in seinem Leben, auch wenn er es ihr gegenüber nie zugegeben hatte.

Richard Körner erkundigte sich nach ihrem Befinden und hörte geduldig zu, als sie ihm enthusiastisch von ihrer letzten Reise nach Pisa und Florenz erzählte. Sie diskutierten wie in alten Zeiten über die Auswirkungen der beginnenden Wirtschaftskrise, dann kommentierte Enne bissig die Landespolitik, woraufhin Körner anfing, vom Wetter zu reden. Sie musste schmunzeln. Wie lange wollte er sie noch hinhalten? »Komm auf den Punkt, Richard«, sagte sie streng. Da endlich rückte er mit der Sprache heraus. Er bat um ihre Mitarbeit im Fall Friedhofsleiche Südwestkirchhof.

»Ich bin nicht mehr im Geschäft, Richard«, hatte sie ihm geantwortet. Aber in ihrem Inneren fingen bereits die Vögel an zu jubilieren. Man brauchte sie. Es war beinahe zu schön, um wahr zu sein. Sie würde sich in den Fall einarbeiten. Eine operative Fallanalyse erstellen war kein Pappenstiel, nichts, was man so nebenher machen konnte. Alle Erkenntnisse anhand von Indizien, Spuren am Tatort und den Umständen der Straftat berücksichtigen, um dann gegebenenfalls aus diesem Verhalten Muster zu erkennen. Bisher kannte sie nur Bruchstücke durch Maik. Maik? Das war das Einzige, was ihr etwas Sorgen bereitete. Wie würde er es aufnehmen? Aber den Gedanken schob sie schnell beiseite. Zu sehr freute sie sich über das Angebot. Da brauchte Körner nicht viel Überzeugungsarbeit zu leisten.

»Unser Südwestkirchhof muss wieder unbefleckt in seiner ganzen Schönheit dem Publikum zugänglich gemacht werden«, hatte Körner zum Schluss pathetisch gesagt.

»Wieso unser?«, hatte sie erwidert. »Ich dachte, du bist inzwischen bekennender Potsdamer. Und Weltkulturerbe habt ihr doch genug um euch herum.« Körner hatte gelacht. Und seine sonore, warme Stimme verscheuchte den letzten Rest von Skrupeln, die sie Maik gegenüber noch hatte.

»Nur kein Neid, Ennekin, aber inzwischen hat sich bereits die Staatskanzlei erkundigt, wie weit wir mit den Ermittlungen sind. Seit der Mord durch die Medien gezerrt wird und mein Präsidium und insbesondere natürlich mein bester Kommissar im Fokus stehen, brauche ich Resultate. Du weißt ja, hier in Brandenburg regiert der Rotstift, wir haben keine Kapazitäten mehr frei; und du mit deiner Vita wärst für uns ein großer Gewinn.«

»Nun mach mal halblang, Richard«, hatte sie gelacht. Natürlich hatte sie seine Absicht durchschaut. Er stand mit dem Rücken zur Wand. Wahrscheinlich hatte sich der Innenminister über das Medienecho beschwert, und Körner brauchte Erfolge. Da war sie ihm als ehemalige, nicht ganz unbedeutende Fallanalytikerin eingefallen. Vor Ort, mit keinen weiteren Fällen belastet, frei vom Arbeitsstress und dazu noch in den Fall involviert. Die Chance ließ sich der alte Fuchs nicht entgehen. Eine Welle von Energie durchflutete sie. Nachdem das Telefonat länger dauerte, hatte Churchill sich erhoben. Den Schwanz steil wie eine Rute aufgestellt, die Schwanzspitze nervös hin und her zuckend, war er mit steifen Pfoten von der Couch gesprungen. Entweder er oder ich, stand in Großbuchstaben auf seiner runden Katzenstirn. Enne hatte den Zeitfaktor überschlagen, den Arbeitsaufwand berücksichtigt und dann ohne Ziererei zugesagt. Analytisches Denken, da machte ihr so leicht keiner etwas vor. Aber ohne Gewähr und nur in einem überschaubaren Arbeitszeitrahmen, hatte sie ihre Bedingungen gestellt.

Kurze Zeit später brachte eine Polizeistreife die Akten. Sie fing sofort an zu arbeiten. Ablauf einer Tathergangsanalyse, Tatortdaten, Opferdaten, forensische Daten, erste Erhebungen, Tatortfotos und -skizzen. Daraus musste sie als nächsten Schritt einen Entscheidungsprozess entwickeln und dann eine Verbrechensanalyse erstellen. Der Schreibtisch füllte sich mit Notizen. Strukturiertes Arbeiten und ein hohes Maß an Selbstdisziplin waren ihr zur zweiten Natur geworden. Sie war eine der Ersten in der Bundesrepublik gewesen, die sich Anfang der neunziger Jahre nach dem Modell des FBI als operative Fallanalytikerin hatte ausbilden lassen.

Fremdes Geschlechtsorgan – ein zweites Mordopfer?
Abgetrennter Kopf = symbolische Verachtung?
Schwurfinger = archaische Handlung?
Fundort des Schädels (Grab Gennat) = Machtdemonstration?
Text von Ludwig Uhland = Drohung oder eher Ablenkung?
Wer soll bedroht werden?
Fundort des Körpers = Hinweis auf die Familie Maiblatt?
Täter = männlich?
Herkunft? = eher gebildet
Alter? = eher älter
Profunde Kenntnisse über den Südwestkirchhof

Sie spürte einen Luftzug, Dielen knarrten. Sie fuhr herum. Maik stand hinter ihr und lächelte verlegen.

»Schon mal was von einer Klingel gehört?«, raunzte sie ihn an. Da erinnerte sie sich, dass die Haustürklingel immer noch nicht funktionierte. Das brachte sie noch mehr in Rage. »Um alles muss ich mich allein kümmern. Du kennst doch Hinz und Kunz, da wird doch wohl noch ein Elektriker darunter sein.«

Er hob die Hand und stoppte ihren Redestrom: »Mutter, du bist zäh, das hast du doch früher auch allein hinbekommen.« Er ließ sich in einen Sessel fallen. »Körner hat dich also überzeugt, dass du eine Analyse erstellen darfst.«

»Ach, darf ich?«, antwortete sie ironisch. Griff zu dem Päckchen Zigaretten, das vor ihr auf der Schreibtischplatte lag, zündete eine an und sog den Rauch ein.

Er blickte sie an und schüttelte den Kopf: »Dass man im Alter klüger wird, ist auch ein Ammenmärchen.« Sein Sarkasmus war unüberhörbar.

»Also bitte, mein Lieber«, erwiderte Enne ärgerlich. »Geraucht wird schon seit Jahrtausenden.«

Er richtete sich auf. Eine steile Falte grub sich über seiner Nasenwurzel ein. »Es geht hier nicht ums Rauchen, das weißt du ganz genau.«

»Nein, weiß ich nicht. Worum geht es denn bitte, Herr Kommissar?«

Eine dicke blaue Ader hatte sich auf Maiks Stirn gebildet. Und dann, jedes Wort akzentuierend, sagte er: »Ich habe Körner informiert, dass ich den Fall niederlegen werde, wenn du vorhast mitzumischen.«

»Soll das eine Drohung sein?«, fragte sie kühl. Er stieß geräuschvoll die Luft durch die Nase.

»Deine Reaktion war vorhersehbar«, sagte er leise und stand auf. Sie blickten sich an. Da erst bemerkte sie, wie elend er aussah. Enne drückte die Zigarette aus.

»Maik, das Ganze läuft in eine falsche Richtung, bitte lass uns darüber reden.«

Er ging zur Tür, dabei zog er das Bein hinterher. Davor blieb er stehen, drehte sich nicht um. Und plötzlich, wie eine Eruption, brach es aus ihm heraus: »Dein Ehrgeiz ist es, nicht wahr? Dieser verdammte Ehrgeiz! Ich verstehe dich nicht, Mutter! Das ist mein Job. Mein Fall. Du bist raus aus dem Geschäft, ein für alle Mal. Du warst mal die große Nummer in Berlin. Ja, auch ich war darauf stolz, aber das ist Vergangenheit. Begreif es doch endlich.« Sie wollte antworten, aber er ließ sie nicht zu Wort kommen: »Nach meinem Sturz vom Fahrrad, als die Ärzte mich beinahe aufgegeben hatten, wurdest du zum Kontrollfreak.«

»Was soll das denn jetzt bitte, Maik?«, versuchte sie ihn zu unterbrechen. Aber er ließ sich nicht bremsen.

»Alles musstest du überprüfen. Was ich machte, wie ich es machte und warum ich es machte. Was habe ich nicht alles getan, um von dir akzeptiert zu werden! Mein Vater hatte sich ja bereits verabschiedet. Manchmal habe ich mich gefragt, warum wohl.«

Jedes seiner Worte traf sie wie ein Schlag. Was erlaubte er sich? Wie sprach er mit ihr? Sie war seine Mutter. Aber ihre Mitarbeit an dem Fall gleich mit dem, was ihn in seiner Jugend belastet hatte, zu vermischen. Was sollte das Ganze?

»Warum, glaubst du, habe ich mich in Potsdam beworben und bin nicht in Berlin geblieben?« Er funkelte sie an. »Weil ich meine eigene Karriere aufbauen musste. *Musste*, verstehst du. Ich hatte keine Lust, immer nur der Sohn von Frau von Lilienthal zu sein.

Solange du noch beim LKA gearbeitet hast, war es ganz erträglich, aber jetzt ist es kaum noch auszuhalten.« Er wandte sich um, öffnete die Haustür und zog sie geräuschvoll hinter sich zu.

Enne setzte sich – behutsam, als wenn der Stuhl zerbrechen würde, wenn sie ihn zu stark belastete. Oh mein Gott, dachte sie. Was habe ich alles falsch gemacht. Und damit meinte sie nicht nur den letzten Vorfall, sondern das, was er ihr aus den längst vergangenen Tagen seiner Kindheit um die Ohren gehauen hatte. Sein Vater war als wissenschaftlicher Mitarbeiter mit einer Expedition in die Regenwälder des Amazonas gegangen. Als Anthropologe bekam man nicht oft so eine Chance. Und dass er dort eine andere Frau gefunden hatte und geblieben war, das konnte sie heute nachvollziehen, auch wenn sie damals meinte, daran zu zerbrechen. Ein Jahr nach ihrer Scheidung war er verstorben. Beerdigt in fremder Erde. Vielleicht hatte sie sich zu viel auf ihren einzigen Sohn konzentriert. Das Beste hatte sie für ihn gewollt. Immer nur das Beste. Churchill strich leise miauend um ihre Beine. Gedankenverloren streichelte sie seinen Rücken. Dann richtete sie sich auf. Ich muss das geradebiegen, dachte sie. Nahm ihre Jacke und die Autoschlüssel und lief hinaus.

Maik stand noch vor dem Haus. Seine Wut hatte sich gelegt, aber in seinem Gesicht stand immer noch die Anspannung. Sie ging zu ihm, blieb vor ihm stehen, reichte ihm gerade bis zur Schulter. »Es tut mir leid«, sagte sie leise. Wollte ihn berühren, wagte es jedoch nicht.

»Ich wollte Bedenkzeit von Körner«, antwortete er, als wenn sie ihr Gespräch nicht unterbrochen hätten. »Er hat abgelehnt.« Seine Stimme klang bitter.

»Ach Maik«, flüsterte sie, »ich hätte mich nicht darauf einlassen dürfen. Aber du weißt doch, wie gern ich immer gearbeitet habe.«

»Gern?«, sagte er schmallippig. »In jeden Fall hast du dich verbissen wie ein Frettchen.«

»Und was wäre, wenn ich jetzt einen Rückzieher machen würde?« Sie wartete, aber er antwortete nicht. »Körner ist doch nicht von gestern, der zählt eins und eins zusammen. Er kann sich doch denken, dass wir miteinander geredet haben. Und wie stehst du dann da?«

»Ich weiß. Ich habe in jedem Fall die Arschkarte«, murmelte er. Enne zuckte zusammen. Maik gebrauchte in ihrer Gegenwart nie Fäkalausdrücke. »Die Frage ist, wie können wir beide damit umgehen?« Er blickte auf seine Fußspitzen. Dann hob er den Kopf und sagte beherrscht: »Du weißt, dass ich deine Kompetenz nie in Frage gestellt habe. Aber ...«

»Wir sind zu nah beieinander«, beendete Enne seinen Satz. »Aber Fakt ist doch, dass Körner mich nur in beratender Funktion hinzugezogen hat. Etwas anderes lässt das Beamtengesetz auch gar nicht zu. Ich bleibe immer im Hintergrund.« Sie schwiegen beide eine Weile. Dann flüsterte sie: »Freundschaft?« Es war ein Spruch aus Kindertagen, wenn sie sich gestritten hatten.

»Ich werde darüber nachdenken«, murmelte er, öffnete das Gartentor und ging zu seinem Auto. Enne wartete, bis er weggefahren war, dann ging sie ins Haus. In der Küche holte sie aus dem Vorratsschrank den Selbstgebrannten und goss sich ein kleines Glas ein. Das brauchte sie jetzt auf den Schreck – dringend. Sie hob das Glas, setzte an, zögerte, betrachtete sinnend die helle Flüssigkeit, dann ging sie zur Spüle und schüttete den Inhalt in den Ausguss. Sie trank in letzter Zeit zu viel, sie musste aufpassen.

Sie zog den Korbsessel, der vor dem Küchentisch stand, heran und setzte sich. Immer wieder hatte es im Laufe der Jahre Auseinandersetzungen zwischen Maik und ihr gegeben. Das war normal und gehörte zum Leben; ein Prozess der gegenseitigen Erziehung und Abnabelung. Maik war im Potsdamer Präsidium die unangefochtene Nummer eins. Er genoss hohe Wertschätzung nicht nur von seinem Chef, auch bei seinen Kollegen. Aber Maik hatte noch etwas gesagt. Sie grübelte.

11

Lilienthal war zurück ins Präsidium gefahren und hatte sich hinter seinem Schreibtisch verschanzt. Er ignorierte Leo, der mit Heike sprach. Seitdem der Neue bei ihnen war, blühte Heike richtig auf, hatte er voller Verwunderung bemerkt. Das schwarze T-Shirt unterstrich ihr aufgestecktes helles Haar, aus dem sich im Nacken feine Härchen gelöst hatten. Heike brachte ihm einen Kaffee. Verwundert blickte er auf, das war unüblich.

»Wir bekommen Unterstützung«, sagte sie. Sofort verschloss sich sein Gesicht. Heike setzte sich unaufgefordert vor seinen Schreibtisch. Leo war hinter sie getreten. Heike strich sich eine widerspenstige Strähne aus der Stirn. »Ich hab was herausgefunden, was interessant sein könnte.«

»Und?«, fragte Lilienthal unhöflich.

»Du weißt, mein Schwerpunktthema auf der Polizeischule war das MfS.«

»Ist mir bekannt.« Heike ließ sich nicht einschüchtern. Sie stützte die Arme auf den Tisch und beugte sich vor: »Ausschlaggebend war, als bei einer Geburtstagsfeier mein Onkel mich fragte: ›Du willst zur Polizei gehen?‹ Und ich, naiv, wie ich damals war, erwiderte: ›Ja, weil mir nicht nur daran liegt, Verbrechen aufzuklären, sondern auch Unschuldige zu entlasten.‹ ›Dann kümmere dich um die, die man versucht zu vergessen. Die DDR war kein Kuschelstaat, sondern eine knallharte Diktatur, vergiss die Opfer nicht, Mädel.‹ Kurz darauf verabschiedete er sich und ging. Damals dachte ich, der will sich nur wichtigmachen. Die Stasi war bei uns zu Hause kein Thema. Es wurde nie darüber gesprochen.« Heikes Wangen hatten sich gerötet. »Die Praktiken des MfS, ihre Gefängnisse und die Haftbedingungen, niemand wusste etwas Genaues. Er hatte bei mir einen Nerv getroffen. Von da an wollte ich wissen, was genau passiert war – und dann nach und nach erfuhr ich es.« Sie schwieg, suchte Lilienthals Blick.

»Die Stasi hatte ein perfektes System entwickelt. Auf Millionen

von Karteikarten, in rotierenden Karteischränken, den Kartei-
paternostern, hatten sie Personendaten gesammelt. Die zentrale
Personenkartei ›F16‹ in Berlin umfasste über fünf Millionen Kar-
ten, auf denen Namen von Menschen verzeichnet waren, die
aus unterschiedlichen Gründen für die Stasi interessant schienen.«
Heike sprach jetzt so leise, dass Maik sich anstrengen musste, sie
zu verstehen. »Viele Bürger wussten überhaupt nicht, dass über
sie Karteikarten angelegt waren, auf denen ihre Personendaten
akribisch festgehalten wurden.«

»Unglaublich«, murmelte Leo, der sich während Heikes Erzäh-
lung einen Stuhl herangezogen und neben sie gesetzt hatte.

»Nach dem Fall der Mauer schaffte es die Stasi nicht, alle Akten
zu vernichten. Über fünfzehntausend Säcke voller Papierschnitzel
wurden allein in der Normannenstraße, dem Sitz des Ministeriums für Staatssicherheit, gefunden. Das MfS hatte nicht nur in
Ost-Berlin, sondern in allen größeren Städten von Chemnitz bis
Schwerin Archive angelegt. Insgesamt neununddreißig Millionen
Karteikarten bei einer Einwohnerzahl von ungefähr siebzehn Millionen.«

Leo stieß einen Pfiff aus. Heike nickte.

»Ja, das ist den wenigsten bekannt. Aber die damalige Bun-
desregierung wollte alles unter Verschluss halten, die hatten
überhaupt kein Interesse daran, das publik zu machen. Erst als
DDR-Bürgerrechtler in einen Hungerstreik traten und der Druck
stieg, hielten sie es aus politischen Erwägungen für sinnvoll,
den Volkskammer-Beschluss in den deutschen Einigungsver-
trag aufzunehmen, und mit dem Stasi-Unterlagen-Gesetz vom
29.12.1991 wurde der Weg zur persönlichen Akteneinsicht frei
gemacht.«

»Alles sehr interessant, Heike, aber komm auf den Punkt. Was
hat das mit unserem Fall zu tun?«, fragte Lilienthal ungeduldig.

»Alicia Meckel, eine Freundin von mir, arbeitet an einem For-
schungsprojekt über die Stasi. Ich habe sie nach einem Mitarbeiter
Franz Hoffmann, Abteilung AU, gefragt.«

Im kleinen Besprechungsraum warteten sie auf Enne. Lilienthal
gab sich äußerlich gelassen. Keep cool, hatte er sich geschworen.

Er sah hinüber zu Dr. Enderlein, der an der Wand lehnte und alle paar Sekunden auf seine Uhr sah. Lilienthal erinnerte sich, dass seine Mutter und der Rechtsmediziner während ihrer Berliner Zeit so manchen Kampf miteinander ausgefochten hatten. In einem Fall hatte er sie sogar aus dem Obduziersaal verwiesen, das hatte sie ihm einmal erzählt. Bei mir hier geht es um Fakten, hatte er sie angebrüllt, und nicht um so dubioses Zeug wie eine psychologisch-kriminalistische Fallanalyse. Seine Mutter hatte den Fall damals aufgeklärt, und Enderlein musste sich später entschuldigen.

Dr. Körner kam mit Enne herein, wies auf den Platz neben sich und stellte sie den Anwesenden vor. Dabei erwähnte er, dass Frau von Lilienthal nur in beratender Funktion das Team unter Maik von Lilienthal unterstützen würde. »Ich denke, die Kompetenzen sind somit klar definiert«, ergänzte er zum Schluss streng.

Enne, um den Hals locker ein lila Seidentuch geschlungen, im dunkelblauen Business-Anzug mit einer schlichten weißen Bluse darunter, setzte ihre Lesebrille auf, legte ihre Notizen vor sich auf den Tisch, und nach einem Blick auf die Anwesenden begann sie sofort und ohne Umschweife.

»Wie Ihnen allen bekannt, sind die Ergebnisse der Tathergangsanalyse nicht als unverrückbare Wahrheit zu begreifen. Neue Ermittlungserkenntnisse können eine Überarbeitung zur Folge haben und möglicherweise auch die Revision eines Täterprofils. Entscheidend ist, dass ausschließlich das vom unbekannten Täter gezeigte Verhalten im Zentrum der Analyse steht.« Das war ihr Metier, sie lief sich langsam warm.

»Phase eins kennzeichnet das der Tat vorausgehende Verhalten und die Planung. Mord ist ein affektiver Durchbruch. In diesem Fall hatte der Täter vielfache Stressfaktoren, welche, entzieht sich bisher unserer Kenntnis. Seine emotionelle Grundstimmung ist in dieser Zeit geprägt von Frustration, Wut oder Unruhe.«

»Woraus schließen Sie, dass es sich um einen männlichen Täter handelt?«, fragte jemand.

»Der Wechsel vom Tatort zum Fundort und das anschließende Zerteilen erfordern wegen der körperlichen Beschaffenheit der Leiche einen hohen Kraftaufwand, der eher auf eine männliche

Person hindeutet. Natürlich kann ich mich irren«, fügte Enne hinzu. »Phase zwei: Akt der Tötung. Der Täter wird konfrontiert mit den Folgen seiner Gewaltphantasien. Aus den Fakten, die mir zur Verfügung stehen, muss ich davon ausgehen, dass es sich hier um ein Sexualdelikt handelt.«

»Es lag kein Geschlechtsverkehr vor«, bemerkte Kalumet.

»Wie auch?«, kicherte jemand.

»Von Bedeutung für die Analyse des Täterverhaltens sind vor allem die sexuellen Elemente der Gewalttat, die nicht zwangsläufig in Form von Geschlechtsverkehr Ausdruck finden«, fuhr Enne fort. »Der Mörder zieht aus den Verstümmelungshandlungen sexuelle Erregung.«

Enderlein schnaubte verächtlich durch die Nase. »Verehrte Frau Kollegin, wie kommen sie auf sexuelle Handlungen?«

»Ein herausgetrenntes äußeres Geschlechtsorgan und ein fremdes hinzugefügtes, ist das für Sie keine nachvollziehbare sexuelle Handlung?«, fragte Enne herausfordernd. Enderlein stieß sich von der Wand ab, zog die Mundwinkel verächtlich nach unten und verließ den Raum. Dr. Körner schüttelte den Kopf. Enderlein war bekannt für sein exzentrisches Verhalten, aber manchmal strapazierte er die Regeln des guten Anstandes. Enne ließ sich davon nicht beeindrucken und fuhr fort:

»Phase drei leitet die Beseitigung der Leiche ein. Nach der Tat muss sich der Mörder entscheiden, was er mit der Leiche macht. Hier sind besonders die Faktoren Bekleidungszustand, Positionierung des Körpers und Auffindungsort bedeutsam. In den meisten Fällen wird dies von pragmatischen Gründen bestimmt. In unserem Falle würde ich das verneinen. Wird das Opfer, und hier verweise ich auf den Fundort des Schädels, in einer degradierten, gut sichtbaren Positionierung zurückgelassen, spricht dies für eine Machtdemonstration.«

Jetzt hatte sie die ungeteilte Aufmerksamkeit aller Anwesenden. »Phase vier: Wie verhält sich der Täter nach der Tat?« Enne schwieg einen Augenblick. »Anders als zu erwarten, verhalten sich Mörder mit sexuellem Hintergrund nach der Tat manchmal nicht unauffällig, sondern suchen die Nähe zu dem Verbrechen. Es beherrscht sie der Wunsch, die Entdeckung der Leiche zu beobachten oder sich gar aktiv in die Untersuchung einzuschalten. Die Macht seines Wissens und die Reaktionen der Umwelt berauschen den Täter.« Sie schwieg und sagte dann bedauernd: »Mehr geben die Fakten bisher nicht her.«

Sie schob die Blätter zusammen und bedankte sich für die Aufmerksamkeit. Erhob sich, nickte hinüber zu Maik, verabschiedete sich und verließ den Raum.

»Wenn wir wüssten, wer der Mörder ist, dann wäre das ja richtig spannend«, knurrte Maik und warf sich in seinen Schreibtischstuhl, als er zurück in seinem Büro war. Er hatte Kopfschmerzen und hatte seit dem frühen Morgen bis auf eine Tasse Kaffee nichts zu sich genommen.

»Ich habe mit einer Sekretärin aus Ralf Alsraths Firma gesprochen«, informierte ihn Heike. »Wenige Tage vor dem Mord fand das monatliche Meeting der Projektleiter in Leverkusen statt. Die neuesten Forschungsergebnisse wurden dabei besprochen. Ralf Alsrath hat daran teilgenommen. Er flog nicht mit der Lufthansa, sondern mit British Airways nach Frankfurt.«

»Dass er in Leverkusen war, hilft uns nicht weiter«, unterbrach Maik sie verdrossen. Er hatte immer noch schlechte Laune. Von wegen, die Kompetenzen wären klar definiert. Beim nächsten Mal würde er sich Ennes Erkenntnisse vorher geben lassen.

»Ralf Alsrath fährt immer vom Frankfurter Flughafen mit dem Auto nach Leverkusen. Der Konzern hat ein weltweites Firmenabkommen mit der Autovermietung Avis. An dem Tag hat er sich einen Fünfer-BMW ausgeliehen, was in seiner Position üblich ist. Er lässt sich das Auto bereits von Mumbai aus reservieren.«

»Beeindruckt mich kolossal«, knurrte Lilienthal und angelte nach der Colaflasche, die Kalumet ihm mitgebracht hatte. Er goss den Inhalt in seinen Kaffeebecher und trank. Langsam ließ der Kopfschmerz nach.

»Die Mitarbeiterin von Avis hat gesagt, Alsrath fährt im Schnitt bei seinen Besuchen circa fünfhundert Kilometer nach Leverkusen und zurück. Bei der Rückgabe waren es diesmal aber mehr als tausendfünfhundert gefahrene Kilometer.«

Lilienthal verschluckte sich und hustete. »Da schau her, wo hat er sich denn herumgetrieben, der smarte Herr Doktor?«, krächzte er.

»Von Frankfurt bis Berlin sind es ungefähr fünfhundertsechzig Kilometer, und dein Hemd hat jetzt Sommersprossen«, warf Leo ein. Lilienthal fluchte und versuchte mit einem Papiertaschentuch die dunklen Tropfen abzuwischen, was das Ganze auf seinem Hemd nur verschlimmerte.

»Und was ist mit Alice im Wunderland, Heike?«

»Meine Freundin heißt Alicia«, korrigierte Heike.

»Dass die Gauck-Behörde Anfang der neunziger Jahre viele der vormaligen Archivmitarbeiter übernommen hat, die das System der Archivierung und Entschlüsselung verstanden, weiß jedes Kind«, brummte Lilienthal. Er griff in die unterste Schublade seines Schreibtischs, aus der er ein noch neu verpacktes hellblaues Hemd hervorzog.

»Hoffmann arbeitete aber bei der Hauptverwaltung Aufklärung des Ministeriums für Staatssicherheit. Und da bestimmt nicht im Archiv.« Heike war jetzt gekränkt. Leo sah erstaunt seinem Chef zu, der das Hemd aus der Folie fummelte.

»Alle Abteilungen des MfS wurden ab Januar 1990 aufgelöst, außer die Abteilungen der Hauptverwaltung Aufklärung. Die durfte bis Juni 1990 ihre Abwicklung selbst übernehmen.«

»Die haben das selbst gemacht?«, fragte Leo ungläubig.

»Die haben ihr Archiv fast vollständig vernichtet«, sagte Heike bitter. »Aber einer von denen hat der CIA Datenträger zugespielt, die heute sogenannte Rosenholz-Datei, und ich wette, das hat sich für den bestimmt gelohnt.«

»Also Franz heißt die Kanaille«, murmelte Lilienthal und stopfte die Überreste der Verpackung in den Papierkorb. »Dietger Alsrath war Auslandsspion. Wenn Hoffmann bei der HV A war, wusste er bestimmt, wo Alsrath eingesetzt war, und konnte nach der Wende Druck ausüben.«

»Erpressung?«

»Gut möglich.«

»Und warum übergibt uns Hoffmann die Berichte aus der Rosenholz-Datei?«

»Der weiß doch genau, dass wir ein Auskunftsersuchen beantragt haben. Das ist Taktik. Die waren doch alle geschult beim MfS und bei der HV A, die kannten sich aus in Verschleierungsmethoden.« Lilienthal erhob sich, warf sich das Hemd über die Schulter und ging zur Tür. »Also gut, Heike, vielleicht kann uns deine Alicia weiterhelfen. Aber zusätzlich brauche ich eine Liste aller männlichen Personen, die bei dem Einsatz auf dem Südwestkirchhof gearbeitet haben. Alter, Wohnort, Beruf, wenn Rentner, was sie vorher gemacht haben, et cetera. Ich mach mich landfein und fahre zum Alsrath ins Hotel.«

»Moment noch, Chef.«

»Was denn noch?«

»Körner hat mich vorhin reingerufen und mir unmissverständlich klargemacht, dass er erwartet, dass Frau von Lilienthal über alle unsere neuesten Erkenntnisse auf dem Laufenden gehalten wird.«

Lilienthal spürte, wie der Zorn in ihm hochstieg. Jetzt sprach der Alte also schon mit seinen Mitarbeitern, traute ihm wohl nicht mehr.

»Maik, du weißt doch, er schätzt deine Mutter. Ich habe vorhin mit ihr telefoniert; wir könnten heute Abend zu ihr fahren, um die letzten Ergebnisse zu besprechen.«

»Vergiss es«, antwortete Lilienthal kalt. »Meine Mutter ist nur in beratender Funktion dabei, wenn ich kurz daran erinnern darf.«

»Wie kann sie beraten, wenn sie nichts weiß?«

»Weibliche Solidarität, oder was?« Er kochte, sie fielen ihm in den Rücken, das hatte er nicht erwartet. Heike und Leo schwiegen, und er fühlte beinahe die Wand, die sich langsam zwischen ihnen aufbaute. Verdammt, er benahm sich unprofessionell, wie eine beleidigte Leberwurst, beinahe infantil. Wie kam er aus der Nummer wieder raus?

»Maik, du weißt, dass wir ohne Wenn und Aber hinter dir stehen«, sagte Leo ernst, dann huschte ein verschmitztes Lächeln über sein Gesicht: »Lassen wir das Schicksal entscheiden. Kopf oder Zahl?« Er holte ein Eurostück aus der Tasche.

Lilienthal atmete innerlich auf. Leo baute ihm eine Brücke. »Kopf, du Pflaume«, knurrte er. Leo klatschte den Euro auf seinen Handrücken. »Zahl«, sagte er mit gespieltem Ernst. »Alea iacta est.«

»Du hast geschummelt«, raunzte Lilienthal.

»Beweise es«, grinste der andere.

Heike öffnete die Tür. »Das Leben ist hart, Mister«, rief sie Lilienthal zu. Das Lineal, das er ihr hinterherwarf, prallte am Türrahmen ab.

12

Es war spät geworden. Lilienthal hatte seine langen Beine wie Speerspitzen in den Raum gestreckt. Leo und Heike saßen nebeneinander auf einem Kanapee, und Churchill schnaufte wie eine Lokomotive auf Ennes Schoß, die Ohren wachsam hin und her drehend und die smaragdgrünen Augen zu engen Schlitzen zusammengezogen. Man wusste ja nie, was diese Zweibeiner in der nächsten Sekunde vorhatten. Aus dem Kachelofen knackte es; Enne hatte ihn mit Holzresten aus dem Garten befeuert. Sie hatte die letzte Flasche Chianti von ihrer Toskanareise spendiert und nippte nur ab und zu an der dunkelroten Flüssigkeit, dabei hörte sie zu, was die anderen sprachen, und hielt sich zurück, was ihr ungemein schwerfiel. Am liebsten hätte sie sofort Fragen gestellt.

Maik wippte nervös mit den Fußspitzen.

»Was hat denn das Doktorle gesagt?«, fragte ihn Leo.

»Arroganter Typ, der«, knurrte Lilienthal. »Ob die Potsdamer Polizei Sonderwege beschreiten würde. Was sein monatliches Firmenmeeting in Leverkusen mit dem Mord an seinem Bruder zu tun hätte. Wir sollten mal unsere Arbeit machen, anstatt die Zeit mit nutzlosen Nachforschungen zu vergeuden.«

»Bissele abgehoben, oder?«, stellte Leo fest.

»Wir hätten einen Zeugen, der ihn in der fraglichen Zeit in Kleinmachnow gesehen hat, habe ich geblufft. Da legte er den Rückwärtsgang ein, ja, er wäre in Kleinmachnow gewesen. Der Todestag seiner Mutter jährte sich, und bei der Gelegenheit hätte er auch seinem ehemaligen Elternhaus einen Besuch abgestattet.«

Maik fuhr seine Beine wie das Fahrwerk eines Flugzeugs wieder ein und beugte sich vor. »Der Alsrath ist aalglatt, kaum zu packen. Seinen Bruder hat er angeblich nicht getroffen, da wurde er richtig biestig, aber er war am Grab seiner Eltern, das hat er zugegeben, und das ist jetzt Fakt, und damit ist er verdächtig.«

Heike lehnte sich wie unabsichtlich an Kalumet. Leos Augen glichen dunklen Seen.

»Und erschwerend kommt hinzu, er hasste seinen Bruder.«

»Kain und Abel«, murmelte Heike.

Enne hatte sich bisher nur aufs Zuhören beschränkt, jetzt mischte sie sich ein: »Er hat seinen Besuch in Kleinmachnow verschwiegen. Warum, frage ich mich?«

»Der gibt nur zu, was wir bereits wissen«, murmelte Lilienthal.

»Vergesst die Verstümmelungen nicht«, meldete sich Kalumet. »Man müsste mehr aus der Vergangenheit von den beiden Zwillingsbrüdern wissen. Übrigens, eine Frau als Täterin, die Genitalien abschneidet, würde ich ausschließen.«

»Und was ist mit den Bergarbeiterfrauen in Zolas ›Germinal‹, Frau von Lilienthal?« Heike war plötzlich wieder hellwach.

»Literatur«, meinte Enne knapp.

»Das Wort ›Germinal‹ stammt aus dem französischen Revolutionskalender und bedeutet so viel wie Keimmonat, vergleichbar mit unserem April«, sagte Kalumet.

Enne drehte ihr Glas in der Hand. »Keim, die Ursache? Was widerfuhr dem Täter? Was war der Auslöser seiner Handlung? Das ist der Dreh- und Angelpunkt«, murmelte sie.

Churchill riss sein rosafarbenes Mäulchen auf und gähnte, sodass man seine spitzen Raubtierzähne bewundern konnte. »Ich glaube, mein Bett ruft«, meinte Enne und unterdrückte ihrerseits ein Gähnen. Der Knoten in ihrem Bauch hatte sich gelöst. Auch Maik wirkte entspannter als zu Anfang des Abends, was sie erleichterte. Leo und Heike standen wie auf Kommando auf und verabschiedeten sich. Sie umgab bereits die Aura des Gemeinsamen. Enne hörte sie draußen lachen.

Maik war in der Diele unschlüssig stehen geblieben. Neugierig nahm er den braunen Umschlag, der auf der Kommode lag, und las die Anschrift. »Der ist für Hildegard Grothe?«, fragte er.

»Ja, sie ist noch im Krankenhaus, und Joachim war nicht zu Hause.«

»Du umsorgst den Typen wie eine Glucke, Mutter.«

»Nun mach mal halblang«, gab Enne zurück. Als sich die Haustür hinter ihm schloss, nahm sie den Brief in die Hand. Der Absender war eine Anwaltskanzlei aus Bad Homburg. Heute war es zu spät, aber morgen würde sie den Brief Joachim bringen.

Am nächsten Morgen lief Enne zum Grothe-Haus, traf Joachim aber nicht an. Von der Intensivstation des Behring-Krankenhauses erfuhr sie, dass sich der Zustand von Hildegard Grothe verschlechtert hätte. Um ein Uhr stand sie vor dem Infohäuschen auf dem Südwestkirchhof. Der Tag war schön, und die Bäume leuchteten herbstlich in satten Rot- und Goldtönen in verschwenderischer Pracht. Enne hatte heute allein Dienst, da an diesem Tag nur wenige Besucher erwartet wurden. Kurz vor Dienstschluss gegen siebzehn Uhr kam Schröter herein. Sie unterhielten sich über alles Mögliche, vermieden es aber, über den Mord zu sprechen.

»Die Post hat bis achtzehn Uhr offen«, sagte Schröter plötzlich übergangslos. Enne sah ihn verständnislos an. »Na, wegen des Briefes da.« Schröter deutete auf ihre Tasche, aus der der Umschlag hervorlugte.

»Der ist für Joachim«, erklärte Enne.

»Komischer Kerl«, sagte Schröter in abfälligem Ton. »Treibt sich in der Verwaltung rum, quatscht die Frauen zu und hält sie von der Arbeit ab.«

»Das wird sich bald ändern, da kann ich Sie beruhigen, Herr Schröter«, erwiderte Enne spitz. »Ab Frühjahr geht Joachim zur Polizei.«

»Ach, und was hat er bisher gemacht?«, fragte Schröter angriffslustig. »Der Bruder, der ist ein ganz anderes Kaliber, hängt auch nicht mehr an Muttis Rockzipfel und fährt bereits einen großen BMW.«

»Also bitte, Herr Schröter, Joachim hat bisher Informatik studiert. Ein Auto ist ja wohl nicht das Maß aller Dinge«, erwiderte Enne empört.

Schröter dachte einen Moment nach. »Informatik, ist das was mit Computern?«

»In der Art«, erwiderte Enne genervt.

»Hätt eher«, Schröter suchte nach dem passenden Wort, »auf Geschichte getippt.«

»Wie kommen Sie denn darauf?«

»Na, weil der immer in den alten Unterlagen rumstöbert, aber nüsch für unjut, Frau von Lilienthal, wollt ihrm Joachim nich zu nah treten.« Schröter lächelte boshaft. Dann erhob er sich schwerfällig, tippte grüßend an seine Mütze und verließ das Infohäuschen.

So sind die Menschen, keine Ahnung, aber immer eine Meinung, dachte Enne entrüstet. Sie trug die Einnahmen in den Kassenbogen ein, legte alles ordentlich in den Schrank, verschloss die Tür des Infohäuschens und lief hinüber zum Verwaltungsgebäude. Dort übergab sie Frau Krieger, einer Mitarbeiterin, den Schlüssel und erkundigte sich so nebenbei nach Joachim.

»Ein netter junger Mann«, schwärmte die Krieger, die die fünfzig bereits überschritten hatte. »Und für den Friedhof und seine Geschichte interessiert er sich auch. Wissen Sie, es kommen öfter Besucher, manchmal auch Schüler oder Studenten, die in den alten Unterlagen nachsehen wollen, nicht nur über Verwandte, manchmal auch wegen eines Projektes, und natürlich auch Mitglieder aus dem Förderverein. Da muss man immer aufpassen, dass mit unseren Papieren ordentlich umgegangen wird. Aber bei dem jungen Grothe nicht.« Frau Krieger deutete hinüber zum Regal. Plötzlich stutzte sie. »Da ist er ja wieder«, sagte sie erstaunt.

»Der verschwundene Band?«, fragte Enne. Die Krieger nickte. Enne ging zum Regal, nahm das Totenbuch heraus und legte es auf den Tresen. Sie blätterte, bis sie zu dem Eintrag von Maiblatts Onkel kam. »Auf Antrag von Frau Elsbeth Maiblatt, Schwester des Verstorbenen, wird der Leichnam in einen einfachen Holzsarg verbracht und auf dem Stahnsdorfer Südwestkirchhof bestattet«, stand dort.

Enne klappte das Buch zu und stellte es zurück. »Notieren Sie sich eigentlich die Namen der Leute, die hier Nachforschungen anstellen?«

»Nein, wir geben die Unterlagen ja nicht heraus. Sie dürfen nur hier bei uns eingesehen werden.«

Schade, dachte Enne und verabschiedete sich. Als sie bereits draußen vor der Tür stand, hörte sie Frau Krieger ihren Namen rufen.

»Frau von Lilienthal, hier ist ein Brief für Sie.« Frau Krieger war ihr nachgeeilt und hielt einen Briefumschlag in der Hand. »Der lag zwischen der anderen Post.« Enne bedankte sich und steckte das Kuvert ein. Als das Verwaltungsgebäude außer Sicht war, öffnete sie den Brief.

13

Lilienthals Büro im Potsdamer Präsidium lag in der ersten Etage. Es war kurz nach sieben Uhr. Lilienthal, sonst eher eine Nachteule, mutierte bei laufenden Ermittlungen zum frühen Vogel. Er öffnete das Fenster. Draußen fegte ein kalter Nieselregen die Herbstblätter über den Hof. Der rote Polo von Kalumet schoss wie eine Rakete in die Einfahrt, umrundete ein Einsatzfahrzeug und hielt mit quietschenden Reifen auf dem Parkplatz der Mordkommission. Heike stieg aus. Sie hielt eine Zeitung über den Kopf, was nicht viel gegen den feinen Sprühregen half, der in Böen über den Hof fegte. Die Tasche unter den Arm geklemmt, rannte sie zum Eingangsportal und erinnerte dabei an eine Gazelle, mit ihren langen Beinen. Ihr Haar schimmerte im Morgenlicht. Lilienthal schloss das Fenster wieder.

Wenig später öffnete Kalumet die Tür zum Büro. Er lächelte dümmlich in Lilienthals Richtung und murmelte etwas von »verschlafen«. Als er seine Lederjacke auszog und an den Haken hängte, bemerkte Lilienthal, dass die Nähte seines Pullovers nach außen standen. Er kam sich plötzlich so alt vor. Die beiden hatte es erwischt, verknallt bis über beide Ohren, dachte er neidvoll. Würde das bei ihrer Arbeit Probleme geben? Abwarten und Tee trinken, entschied er. Es wäre schade, wenn das Team zum jetzigen Zeitpunkt auseinandergerissen würde. Die Zusammenarbeit entwickelte sich positiv. Kalumet ließ sich auf seinen Stuhl fallen und startete den Computer. Verträumt blickte er auf den Bildschirm.

»Gibt es was Neues?«, fragte Lilienthal. Kalumet schien ihn nicht gehört zu haben. Lilienthal griff über den Schreibtisch und drehte den Bildschirm in seine Richtung. Ein weißes Wollschaf hoppelte über eine grün gestrichelte Wiese, und in einer Sprechblase stand: »Ohne dich ist alles doof.«

»Neuer Bildschirmschoner«, murmelte Kalumet und wurde rot wie eine reife Tomate.

»Dein Pullover sieht anders aus als sonst«, bemerkte Lilienthal. Kalumet blickte an sich herunter und lächelte verlegen. Mit einem

Ruck zog er den Pullover über den Kopf. Sein muskulöser Oberkörper schimmerte im grellen Neonlicht; er stülpte den Pullover richtig herum wieder über.

»Enderlein hat mir letzte Nacht eine SMS geschickt«, informierte Lilienthal den Kollegen. »Er hätte eine Auffälligkeit entdeckt, die er mir mitteilen wolle.«

Die Tür öffnete sich, und Heike steckte den Kopf durch. »Meine Informantin vom BStU hat neues Material für uns, aber die Zusammenhänge möchte sie dir persönlich erklären, Maik. Bis zu uns nach Potsdam schafft sie es nicht mehr wegen einer Besprechung. Kannst du hinfahren?« Lilienthal nickte. Heike legte ihm eine Visitenkarte auf den Tisch. »Alicia Meckel, Projekt BStU – politisch-historische Aufarbeitung, 10178 Berlin-Mitte, Karl-Liebknecht-Straße 31/33«, las er.

Der Raum hatte immer noch den sozialistischen Charme der siebziger Jahre. Beigebraune Wände, graues Linoleum. Nur das Bild von Erich Honecker fehlte an der Wand. Auf Alicia Meckels Resopalschreibtisch stand ein bunter Holzpapagei. »Mein Glücksbringer«, erklärte sie den beiden Kommissaren. »Den habe ich von einer alten Indiofrau aus Ecuador.«

Lilienthal und Kalumet saßen auf harten Plastikstühlen vor ihrem Schreibtisch. Alicia Meckel hatte die breiten Schultern einer Athletin, was durch ihr dunkles, eng geschnittenes Oberteil betont wurde. Ihre Hände und ihr Gesicht waren über und über mit Sommersprossen bedeckt. Im Gegensatz zu Kalumets leuchtend blauen Augen erinnerten ihre eher an arktisches Eis.

»Heike hat mir einige Einzelheiten über den Mord erzählt.« Sie nahm eine dünne Mappe aus einem Schubfach, entfernte das Gummiband, das die Mappe zusammenhielt, und öffnete sie. »Aber zuerst noch mal vielen Dank, dass Sie gekommen sind. Wir haben heute Mittag eine wichtige Besprechung, für die ich noch etwas vorbereiten muss. Ohne Auto und nur mit den Verkehrsmitteln hätte ich es zu Ihnen nach Potsdam und wieder zurück nicht pünktlich geschafft.« Ihr Ton war unverbindlich. »Hier habe ich Ihnen etwas zusammengestellt. Einiges davon ist erklärungsbedürftig.«

Lilienthal musterte sie. Gepflegter, selbstbewusster Frauentyp, die schön geschwungenen, vollen Lippen fand er reizvoll. Das Küssen musste mit Frau Meckel Spaß machen. Er mochte Sinnlichkeit gepaart mit Intelligenz.

»Franz Hoffmann bekleidete den Rang eines Hauptmanns bei der Hauptverwaltung Aufklärung und war Inhaber der Verdienstmedaille der DDR. Das muss ich gleich vorausschicken. Beileibe also kein kleiner Sachbearbeiter. Dass die Hauptaufgabe der HV A die Auslandsaufklärung, also Spionage war, ist Ihnen bekannt?«

»In Ansätzen«, bestätigte Lilienthal.

»Gut«, sagte sie und fuhr fort: »Das beinhaltete nicht nur die politische Spionage, sondern natürlich auch die Militär-, Wirtschafts- und Technologiespionage. Die Mitarbeiter der Hauptverwaltung Aufklärung verstanden sich als Elite des Ministeriums für Staatssicherheit. Von ihnen wurden hoher persönlicher Einsatz, Flexibilität, Leistungsfähigkeit und absolute Linientreue verlangt.« Sie blätterte in der Akte. »Die Rosenholz-Dateien sind größtenteils mikroverfilmte Karteien der HV A. Sie bestehen aus drei verschiedenen Karteien: F16, F22 und den Statistikbögen. Aufgebaut sind sie wie andere Karteien des MfS, aber anders als bei diesen finden sich unter einer Registriernummer oft mehrere Personen. Das erschwert die Identifizierung oder macht sie sogar unmöglich.«

»Es hätte alles so einfach sein können«, seufzte Kalumet.

»Während seiner Zeit bei der HV A war Hoffmann verantwortlich für das Führen der F22-Vorgangskartei. Diese Vorgangsdatei enthält Hinweise darauf, in welcher Kategorie die verzeichneten Personen geführt wurden.« Sie lehnte sich zurück und faltete die Hände. »Das Interessante ist, diese Kartei enthält keine Klarnamen und persönlichen Daten, sondern nur Registriernummern.«

»Wie bitte?«, fragte Lilienthal überrascht.

»Mit den Registriernummern der F22-Vorgangskartei ließen sich die Verbindungen zu der F16-Personenkartei herstellen.«

»Ist das jetzt genial oder paranoid?«

»Das können Sie sich aussuchen, Herr Hauptkommissar. Die F22 gibt erste Anhaltspunkte, aus welchen Gründen sich die HV A für die Person interessierte, zu der die Registriernummer gehörte. Ist das so weit verständlich?«

»Voll und ganz«, erwiderte Lilienthal ironisch. »Und was ist mit den Statistikbögen?«

»Die beziehen sich auf Bundesbürger, die als IM geführt wurden. Der Statistikbogen enthält nicht den bürgerlichen Namen, sondern Decknamen. Nur mit den dazugehörenden F16- und F22-Karteien kann man über die Statistikbögen eventuell Personen identifizieren.«

Lilienthal starrte sie an. »Und wie bekommt man heraus, wer nun wer war?«

»Zuerst einmal zu Franz Hoffmann. Durch meine Beziehungen hier im Haus habe ich seine Personalakte einsehen können.« Sie machte eine Kunstpause. »Ich meine seine ehemalige Kaderakte.«

Lilienthal beugte sich gespannt vor.

»Hoffmann wurde in Fürstenwalde geboren. Er war das älteste von zwei Kindern. Die Eltern verstarben kurz nacheinander. Danach kam er zu seiner Großmutter, die jedoch Schwierigkeiten mit dem Jungen hatte. Die Jugendhilfe schaltete sich ein. So hieß das Jugendamt in der DDR. Er kam in ein Heim in Brandenburg.« Sie blätterte schnell zurück. »Hoffmann ist mit Ihrem Toten, Dietger Alsrath, ein Jahrgang. Franz Hoffmann war ein aufsässiges Kind. Er ordnete sich nicht unter, verweigerte sich den Regeln, die in dem Heim herrschten. Man versuchte dort, die Kinder im sozialistischen Sinne zu erziehen. Das, was man darunter verstand«, ergänzte sie. »Was genau mit ihm gemacht wurde, steht nicht in der Akte. Aber später gibt es Auszeichnungen, die darauf hindeuten, dass er sich irgendwann angepasst hat. Nach dem Abitur und einer Ausbildung an der Juristischen Hochschule in Potsdam-Golm ...«, sie blickte hoch, »Sie wissen, dass es sich hier um die inoffizielle Kaderschule des Ministeriums für Staatssicherheit handelte?« Lilienthal nickte. »... wurde er bereits 1984 in die Hauptverwaltung Aufklärung versetzt.«

»Schnelle Karriere.«

»Kann man so sagen«, bestätigte sie. »Er gehörte zu den Geheimnisträgern in der HV A. Aber auch an diesem Platz, wie ich Ihnen bereits erläuterte, war es schwierig, die Klar- und Decknamen herauszubekommen. Das war nur einem kleinen Führungskreis unter Markus Wolf vorbehalten, der allerdings nur bis 1986 die

Hauptverwaltung Aufklärung führte, danach war es Generaloberst Werner Großmann. Nach der Wende und mit seinem Anstellungsvertrag bei der Gauck-Behörde im Archiv des MfS änderte sich das für Franz Hoffmann.«

»Weniger Ansehen, weniger Geld, denke ich. Aber wieso wurde er wieder eingestellt? Ich dachte, nur untere Dienstgrade hat man übernommen?«

»Damals konnte man das nicht so präzise überprüfen. Die Gauck-Behörde war froh, ehemalige Mitarbeiter zu bekommen, die sich in dem Dschungel des MfS auskannten. Vielleicht steckte bei Franz Hoffmann aber auch Kalkül dahinter. Denn jetzt, meine Herren, hatte er Zugang zu beiden Karteien. Natürlich nur, wenn er vorher Daten kopiert und entwendet hatte.«

»Warum sollte er?«

»Die Frage müssen Sie beantworten. Ich habe mich nur gefragt, warum ein hochdekorierter Mitarbeiter der HV A 1991 bei der Gauck-Behörde angefangen hat. Diese Männer waren doch fest vernetzt in Seilschaften und schanzten sich, gerade in den wilden Gründerjahren nach 1990 im Osten, untereinander lukrative Posten zu.« Alicia Meckel blickte auf ihre Uhr. »Entschuldigen Sie bitte, aber ich muss mich beeilen, nur noch eins: Sie erinnern sich, die HV A hatte bis Mitte 1990 die Möglichkeit, ihre Unterlagen selbst zu vernichten, mit dem Segen der damaligen Modrow-Regierung. Danach waren die Daten über ihre Auslandsspione verschwunden.«

»Da hat einer die Gunst der Stunde erkannt und bestimmt keine kleine Summe von den Amerikanern kassiert.«

»Und wir können heute nur sagen, ein Glück, sonst wären diese Daten auf immer vernichtet.«

»Sie stehen da ziemlich allein da mit Ihrer Meinung«, warf Kalumet ein. »In Brandenburg sehen das einige Bürger anders.«

»Verdrängen ist leider eine weitverbreitete menschliche Eigenschaft, Herr Kommissar. Sich einer Sache zu stellen oder sogar Mitgefühl mit den Opfern zu haben, das muss erlernt oder anerzogen werden. Aber weiter zu unserem speziellen Fall: Gleich nach Heikes Anruf habe ich versucht, eine Verbindung zwischen der Rosenholz-Datei mit den Daten, die uns über Dietger Alsrath beim BStU zur Verfügung stehen, herzustellen.« Sie fuhr sich nervös durch ihr strubbliges aschblondes Kurzhaar. »Die Akte ist registriert, lag vor, ist aber nicht auffindbar.«

Lilienthal beugte sich vor. »Nicht auffindbar? Will uns hier jemand behindern?«

»Der Ansatz ist richtig, Herr Hauptkommissar, nur würde ich die Frage anders formulieren: Warum wird versucht, Sie in Ihren Ermittlungen zu behindern?« Sie schloss das Dossier. »Leider hat mein Chef weder formale noch personelle Befugnisse. Wir sind nur ein Forschungsteam der FU Berlin. Ich hoffe, Sie können an oberster Stelle Druck machen.« Sie reichte ihm die Mappe.

»Wenn eine Akte verschwunden ist, dann hilft auch kein Druck«, erwiderte Lilienthal ungeduldig.

»Sie haben uns immer noch nicht gesagt, wie man aus den drei verschiedenen Karteien eine Verbindung herstellt, wer was gemacht hat«, meldete sich Kalumet.

Alicia Meckel biss sich auf die Unterlippe. »Ich arbeite daran. Aber meine Quellen kann ich nicht preisgeben. Mit Mord hat man nicht alle Tage zu tun. Und noch etwas: Franz Hoffmann hat sich seit heute krankgemeldet.« Als sie sich erhob, um die beiden zu verabschieden, überragte sie Lilienthal um mehrere Zentimeter.

14

Enne wartete im Präsidium. Auf dem Weg dorthin hatte sie sich in der Brandenburger Straße ein paar dunkelblaue Mokassins aus weichem Nappaleder gekauft, sehr praktisch und bequem und passend zu Jeans. Zusätzlich – sie hatte der Versuchung nicht widerstehen können – noch ein paar rote Pumps, die sie überhaupt nicht brauchte, aber Schuhe waren ihre Leidenschaft. Ihr Kleiderschrank quoll über von Blusen, Kaftans und Shirts, seit sie mehr Zeit zum Bummeln hatte. Sie liebte es, ohne Eile durch die Straßen zu schlendern. In Buchhandlungen zu stöbern und über die letzten Neuerscheinungen zu diskutieren. Im Holländischen Viertel in der SchokoKunst einen Liebesapfel zu erstehen und danach in einem der wiedererstandenen Cafés im plüschig heimeligen Stil Kaffee zu trinken. Für sie war Potsdam die gemütliche Schwester des hektischen Berlin.

Heike hatte Enne einen Kaffee angeboten, den sie dankend annahm. Heike mochte Frau von Lilienthal. Ihre klare, konsequente Art, die Dinge auf den Punkt zu bringen und sich von niemandem einschüchtern zu lassen, das imponierte ihr. Sie selbst hatte damit immer noch ein Problem. Auch Enne fand die junge Frau sympathisch. Gutes Aussehen war in diesem Job nicht immer ein Vorteil, aber Heike hatte eine ungewöhnlich schnelle Auffassungsgabe und konnte eins und eins zusammenzählen. Schon in der Zeit ihres aktiven Dienstes hatte Enne ein Gespür für junge Kollegen mit besonderen Fähigkeiten entwickelt und sie protegiert, egal, ob Männer oder Frauen. Als Vorgesetzte hatte man eine Vorbildfunktion, und »Fordern und fördern« gehörte auch zu ihrer Auffassung von Führung. Als Lilienthal mit Kalumet zur Tür hereinkam, waren beide Frauen in eine lebhafte Diskussion vertieft. Lilienthals Freude über Ennes Besuch hielt sich in Grenzen. Ennes innerer Seismograf signalisierte sofort seine Ablehnung, aber sie hatte sich fest vorgenommen, keine Befindlichkeiten zu zeigen.

In wenigen Sätzen informierte Lilienthal Heike und Enne, was er und Kalumet von Alicia Meckel erfahren hatten. Seine Mutter

118

zog aus ihrer Tasche ein Kuvert und legte es vor ihn hin. »Der Brief lag in der Eingangspost des Südwestkirchhofs. Ich denke, der hat was mit dem Fall zu tun.« Lilienthal zog aus dem Umschlag ein Blatt heraus und las laut vor:

»Du bist ein Schatten am Tage
Und in der Nacht ein Licht;
Du lebst in meiner Klage
Und stirbst im Herzen nicht.

Wo ich auch nach dir frage,
Find ich von dir Bericht,
Du lebst in meiner Klage
Und stirbst im Herzen nicht.«

»Friedrich Rückert«, sagte Heike, als er geendet hatte. »Die ›Kindertotenlieder‹.«

»Verdammt«, knurrte Lilienthal, »was ist das für ein Schwachsinniger, der uns hier mit alter Lyrik vorführt? Ist der Altphilologe? Erst ›Des Sängers Fluch‹, wobei ich immer dachte, nur Heino wäre des Sängers Fluch, und jetzt Kindertotenlieder. Wieso Kinder? Kann mir das mal jemand erklären?« Gereizt wählte er die Nummer der Kriminaltechnik. »Ich brauche sofort einen Papier- und Schriftabgleich sowie Spuren von Fingerabdrücken.«

»Ludwig Uhland und Friedrich Rückert sind beides Dichter aus dem 19. Jahrhundert. Diese Epoche scheint dem Schreiber bekannt zu sein«, sinnierte Enne laut. »Es gibt zwei Möglichkeiten: Entweder es handelt sich um einen Trittbrettfahrer, oder, wenn es der Täter geschrieben hat, dann will er uns etwas mitteilen.«

»Wieso uns?«, unterbrach Maik sie ungeduldig. »Der Brief wurde an dich adressiert. Einen Trittbrettfahrer schließe ich aus. Der müsste ja unsere Ermittlungsergebnisse kennen. Aber der, der das geschrieben hat, kennt dich. Das bedeutet, dass er sich in deinem Umfeld befindet.«

»Moment mal. Wieso nicht ein Trittbrettfahrer?«, unterbrach Leo ihn. »Ich wette, die ganze Kirchhofsverwaltung weiß inzwischen von dem Gedicht ›Des Sängers Fluch‹ von Ludwig Uhland. Und wenn man den Kreis weiter zieht, auch deren Angehörige.«

»Frau von Lilienthal, wie interpretieren Sie den Text?«, wandte sich Heike an Enne.

»Es geht um eine Klage«, sagte Enne bestimmt, »um Verlust, aber hauptsächlich um den Tod eines geliebten Menschen.«

»Und was hat das alles mit unserem Fall zu tun?«

»Wenn es der Mörder ist, und vieles spricht dafür, zum Beispiel die Kenntnis über Lyrik, dann hatte er eine Beziehung zu seinem Opfer. Er will mitteilen, dass ihn der Mord belastet. Dass er das Opfer vermisst.«

»Der ist doch mehr als krank«, brummte Lilienthal. »Erwartet er jetzt auch noch Mitleid?«

»Durchaus möglich, solche Menschen kann man nicht mit normalen Maßstäben messen. Ängste, Wahnvorstellungen, Alpträume – in jedem Fall möchte er, dass man ihn versteht. Die Frage ist, warum hat er gerade mich dafür ausgewählt?«

»Weil er Sie kennt«, antwortete Kalumet.

»Gut, gehen wir davon aus, er kennt mich. Aber kannte er mich schon vor dem Mord, oder bin ich ihm erst jetzt ins Blickfeld geraten? Das ist die entscheidende Frage.«

»Vielleicht ist das sein gravierender Fehler«, murmelte Lilienthal.

»Die Untersuchungen der KTU werden uns Aufschluss geben«, meinte Enne. Sie bedankte sich bei Heike für den Kaffee, verabschiedete sich von Maik und Leo, nahm ihre Tasche und ging zur Tür. Dort wäre sie beinahe mit Dr. Enderlein zusammengestoßen. Seine obligatorisch kalte Zigarette hing ihm im Mundwinkel. Die dunklen Schatten unter den Augen und die grauen Bartstoppel um die Mundpartie ließen den Rechtsmediziner um Jahre älter aussehen, als er war. Unter seinem weißen Kittel trug er den grünen OP-Overall. Er musste direkt aus dem Seziersaal gekommen sein.

»Haben Sie meine SMS gelesen?«, herrschte er Lilienthal an, die anderen Personen im Raum ignorierend.

»Natürlich, aber Sie waren nicht im Haus, und Ihr Assistent wusste nicht, worum es geht, als ich zurückrief«, entgegnete Lilienthal.

»Nachts bin ich meistens allein mit meiner Kundschaft«, schnarrte Enderlein. Er nahm die kalte Zigarette aus dem Mundwinkel und steckte sie sich hinters Ohr.

»Im Gesicht des Toten, links über der Oberlippe, mit einem Durchmesser von einem Zentimeter, befindet sich ein signifikantes Hautareal. Es wurde vor längerer Zeit, ich würde sagen vor mehreren Jahren, in toto mit entsprechendem Sicherheitsabstand entfernt.«

»Im Ganzen«, murmelte Kalumet.

»Ich gehe davon aus, dass es sich um ein Gesichtsmerkmal handelt.«

»Was meinen Sie mit Gesichtsmerkmal?«, fragte Lilienthal.

»Muttermal«, erwiderte Enderlein knapp und fügte maliziös hinzu: »Früher glaubte man, dass ein Muttermal bei Neugeborenen durch unbefriedigte Gelüste der Mutter während der Schwangerschaft entstehen würden.« Heike schüttelte ärgerlich den Kopf, was Enderlein zufrieden zur Kenntnis nahm.

»Meinen Sie einen Leberfleck, Dr. Enderlein?«, insistierte Enne.

»In der Dermatologie gibt es keine einheitliche Definition der umgangssprachlichen Begriffe Leberfleck oder Muttermal. Der Ausdruck Muttermal ist der Überbegriff für alle Arten von gutartigen Wucherungen der Haut. Der Fachausdruck hierfür ist ›Nävus‹. Ich dachte, das könnte für Sie von Interesse sein, Herr Hauptkommissar.«

Enderlein war wieder in seinen Katakomben verschwunden, wie die Räume der Rechtsmedizin bei der Kripo hießen. Enne wollte nach Hause und weiter die Unterlagen, die man ihr zur Verfügung gestellt hatte, sichten. Heike suchte die Privatnummer von Franz Hoffmann heraus. Als Lilienthal ihn anrief und um einen Besuch im Präsidium bat, wehrte Hoffmann ab. Es ginge ihm nicht gut, er hätte starke Kreislaufprobleme. Es wäre aber wichtig, insistierte Lilienthal, und ob man ihn denn zu Hause besuchen könnte? Einige Augenblicke blieb es still in der Leitung. Dann sagte Hoffmann auf einmal: »Dann kommen Sie eben hierher, aber gleich.«

Lilienthal fuhr mit Kalumet nach Fürstenwalde, Hoffmanns Wohnort. Sie nahmen die Auffahrt Potsdam-Babelsberg auf die

A 115, fuhren bis zum Dreieck Nuthetal, dann auf den Berliner Ring Richtung Frankfurt/Oder.

»Fürstenwalde ist so um das 12. Jahrhundert entstanden«, erzählte Lilienthal während der Fahrt. »Die Stadt war eine der wohlhabendsten Städte in der Mark Brandenburg und gehörte zu den drei märkischen Domstädten und Bischofssitzen neben Brandenburg und Havelberg. Meine Großeltern haben im St.-Marien-Dom geheiratet. Als meine Mutter mir das einmal erzählte, habe ich angefangen, mich für die Geschichte der Stadt zu interessieren. Geprägt wurde das Stadtbild durch das Militär; früher Napoleons Truppen, später waren die Sowjets um Fürstenwalde stationiert, und auch die NVA hat dort Bunkeranlagen gebaut«, ergänzte er.

»Ralf Alsrath kam nach Fürstenwalde zu einer NVA-Einheit«, erinnerte ihn Kalumet. Lilienthal fuhr zügig, trotzdem brauchten sie mehr als fünfundvierzig Minuten, bis die Abfahrt Fürstenwalde auftauchte. Hoffmanns Haus lag am Stadtrand. Der große Garten mit knorrigen, alten Obstbäumen grenzte an ein Feld, auf dem Lilienthal Schafe ausmachte. Das Blöken junger Lämmer wehte zu ihnen herüber. Seine Mutter war einmal mit ihm in den Osterferien in den Bayerischen Wald gefahren, vor der Wende das Naherholungsgebiet der West-Berliner. Auf einer Waldwiese hatte er die Geburt eines kleinen Lämmchen miterlebt. Der Schäfer hatte in einem für Maik unverständlichen Dialekt beruhigend auf das Muttertier eingeredet. Für ihn als Großstadtkind ein aufregendes Erlebnis. Danach wollte er Tierarzt werden. Dass es anders gekommen war, hatte er bisher nicht bedauert.

Im Vorgarten blühten die letzten Herbstastern. Das Haus von Hoffmann war alt, aber in gutem Zustand. Lilienthal klingelte. Als sich die dunkelgrüne Haustür öffnete, saß vor ihnen eine attraktive, nicht mehr ganz junge Frau mit langen dunklen Haaren, die ihr bis weit über die Schultern fielen. Die Haut hatte den hellen Ton von altem Porzellan. Ihr Lächeln war offen und freundlich. Lilienthal stellte sich und Kalumet vor.

»Franz hat mich informiert, er wird gleich unten sein.« Sie wendete den Rollstuhl und bat die beiden Kommissare herein. »Möchten Sie vielleicht einen Kaffee?«

Lilienthal war überrascht; diese Frau wirkte so zart und zerbrechlich, und doch umgab sie eine große Ruhe und Gelassenheit, die ihn berührte. Sie bat sie, Platz zu nehmen. Das Zimmer, in das sie wies, war groß. Durch mehrere kleine Sprossenfenster fiel Tageslicht, das den Raum wenig erhellte. Dunkle Holzbalken stützten die Decke, und der Fußboden kontrastierte in hellem Holz. Mehrere Sessel in einem hellblauen Stoff standen im Raum verteilt, daneben jeweils ein niedriges Ablagebänkchen. Übervolle Bücherregale bedeckten die Wände. Aber am auffälligsten war, dass auf jedem freien Platz im gesamten Raum verteilt Keramiken standen – schimmernde durchsichtige Vasen, Krüge und Teller aus einem unbekannten blauen Material.

»Ich glaube, ich habe mich noch gar nicht vorgestellt«, sagte die Frau, als sie mit zwei Bechern Kaffee auf einem Tablett im Rollstuhl hereinrollte. Lilienthal nahm ihr die Becher ab und stellte sie auf ein kleines Tischchen. »Ich bin Isabell Hoffmann, die Schwester von Franz. Wir leben hier zusammen.« Sie machte eine Handbewegung, die das ganze Haus einschloss. »Franz kümmert sich um mich. Er ist sehr fürsorglich«, fügte sie hinzu. Sie rollte zu einem der Tischchen und nahm einen großen Bildband. »Erst gestern war er für mich in Potsdam und hat mir das Buch hier besorgt.«

Ausstellungskatalog Keramiken der Hedwig Bollhagen, las Lilienthal. »Sie töpfern?«

»Ein wenig«, antwortete Isabell Hoffmann mit dunkler, angenehmer Stimme und sah dabei auf ihre schmalen, schlanken Hände. Lilienthal verspürte ein starkes Bedürfnis, sich vor diese Frau zu stellen, sie zu beschützen.

»Meine Schwester untertreibt, wie immer. Ihre Arbeiten sind nicht nur in Fachkreisen begehrt, sie gehört zu den bekanntesten Keramikerinnen Deutschlands«, sagte Hoffmann, der unbemerkt hereingekommen war.

»Nun übertreib mal nicht, Franzl«, lächelte seine Schwester. Hoffmanns Haare hingen ihm strähnig um den Kopf, und beim Sprechen zwinkerte er nervös mit den Lidern.

»Was gibt es so Dringendes, dass Sie mich bis nach Hause verfolgen?«, wandte er sich an Lilienthal.

Der hatte sich erhoben und reichte ihm die Hand. »Das tut mir leid, dass Sie es so empfinden, Herr Hoffmann, aber wir haben noch einige Fragen und sind sicher, dass Sie uns die beantworten können.«

Hoffmann ließ sich in einen Sessel fallen. Er hatte sich in einen abgetragenen braunen Bademantel gewickelt, und aus der dunklen Jogginghose lugten dünne, behaarte Beine hervor. Isabell Hoffmann nickte ihnen zu und rollte in ein angrenzendes Zimmer. Hoffmann sah ihr nach. Die Tür stand einen Spaltbreit offen. Er erhob sich und schloss leise die Tür. Nachdem er sich wieder gesetzt hatte, verschränkte er die Arme vor der Brust und blickte Lilienthal angriffslustig an. Lilienthal nahm einen Geruch nach Alkohol wahr. Hoffmann hatte eine Fahne.

»Herr Hoffmann, Sie haben während der DDR-Zeit bei der HV A gearbeitet.« Hoffmanns Lippen kräuselten sich spöttisch. »Steht alles in meiner Personalakte. Was hat das mit Ihrem Mord zu tun?«

»Sie waren beim Archiv der HV A eingesetzt und hatten dadurch Zugang zu der F22-Kartei.«

»Und?« Hoffmanns Ton wurde höhnisch. »Die F22 enthielt nur Registriernummern, keine Personennamen oder Daten.«

»Das ist uns bekannt. In welcher Abteilung arbeiten Sie jetzt, Herr Hoffmann?«, fragte Kalumet freundlich.

»Das wissen Sie doch.« Hoffmann blickte den Kommissar aus schmalen Augen böse an. Attacke, dachte Lilienthal.

»Ja, das wissen wir, Herr Hoffmann. In der Abteilung AU, aber Sie haben auch Zugriff auf das Archiv der BStU. Die Klarnamen und die Decknamen können nur diejenigen wissen, die auf beide Karteien, die F22 und die F16, Zugriff haben. Sie haben den Zugriff.«

»Bringen Sie da nicht etwas durcheinander?« Hoffmann griente diabolisch. »Bis Mitte 1990 habe ich bei der Hauptverwaltung Aufklärung gearbeitet und erst ab Ende 1991 bei der BStU angefangen. Wie hätte ich da an beide Karteien gekonnt?«

»Durch die Rosenholz-Datei. Sie stehen unter Verdacht, Daten bei der Vernichtung des Archivs der HV A bis zum Sommer 1990 zurückgehalten zu haben. Wir werden überprüfen, ob Sie zu dem Personenkreis gehörten, der versucht hat, damit Geld zu erpressen.

Und glauben Sie mir, Herr Hoffmann, das ist ein Leichtes für uns.« Lilienthal bluffte, es gab dafür keinen Beweis.

Hoffmann lachte. Es hörte sich an wie das Meckern einer Ziege. »Vermutungen! Verdächtigungen! Was wollen Sie mir denn noch unterstellen? Haben Sie etwas Konkretes in der Hand?«, höhnte er und richtete sich in seinem Sessel auf. »Jemanden zu verdächtigen, nur weil er beim Ministerium für Staatssicherheit gearbeitet hat? Machen Sie es sich nicht zu einfach? Sie haben nicht mal in Ansätzen eine Ahnung, wie wir dort gearbeitet haben. Welche freundschaftliche, vertrauensvolle Zusammenarbeit bei uns herrschte. Unsere Arbeit bestand darin, unser Vaterland zu schützen – die Bürger zu schützen. Erst einmal jeden unter Generalverdacht zu stellen, der dort gearbeitet hat, so plump haben wir unsere Verhöre nicht geführt, Herr Hauptkommissar. Was hat denn Ihr Bundesnachrichtendienst im Westen getan? Ich gebe Ihnen den guten Rat, mal in Ihre eigenen Archive zu schauen, der Dreck, den Sie da hervorkehren könnten, da würden Sie staunen. Aber der wird fein säuberlich im Dunkeln gelassen. Lieber über den Osten herziehen, das ist auch viel einfacher, das lenkt ab. Ihre Methoden sind so hoffnungslos veraltet, denken Sie sich mal etwas Neues aus.« Hoffmann hatte sich in Rage geredet. »Wie viele von euren sauberen Politikern Dreck am Stecken haben, das wollen Sie nicht wahrhaben, da hat euer Parlament vorgesorgt. Aber alles kann man nicht unter den Teppich kehren, dafür werde ich sorgen«, sagte er drohend.

»Es ist auch Ihr Parlament«, entgegnete Kalumet freundlich. Hoffmann stieß empört die Luft aus.

»Wo befindet sich die Akte Dietger Alsrath? Wir haben heute erfahren, dass die Akte verschwunden ist. Sie haben uns bisher Bruchstücke aus dem Leben von Dietger Alsrath präsentiert, also müssen Sie die Akte eingesehen haben. Ich frage mich, Herr Hoffmann, warum informieren Sie uns eigentlich? Welches Interesse haben Sie dabei?«

»Kommen Sie mal auf den Punkt, Herr Kommissar.« Hoffmann schnippte mit einem Finger einen Fussel von seinem Bademantel und lehnte sich zufrieden zurück.

Lilienthal beugte sich vor. »Herr Hoffmann, Sie wussten die

ganze Zeit, wo Sie die Informationen herbekommen konnten. Sie haben die Akte.« Er ließ die Worte einen Moment auf Hoffmann wirken, dann sagte er schneidend: »Wenn Sie die Unterlagen nicht sofort herausgeben, verhafte ich Sie wegen Behinderung der Aufklärung eines Tötungsdeliktes.«

Hoffmanns Augen verengten sich zu einem schmalen Spalt. »Lächerlich, Sie haben überhaupt nichts gegen mich in der Hand.« Die Tür des Arbeitszimmers öffnete sich. Isabell rollte herein. Sie blickte verwundert von einem zum anderen. »Was ist hier los, Franz?«, fragte sie leise. Hoffmann presste die Lippen aufeinander. Lilienthal beobachtete ihn und wartete.

»Ralf«, sagte Hoffmann auf einmal. »Es geht um Ralf, Isabell.« Sie hob die Hand zum Mund. »Aber warum, Franz? Das ist doch Vergangenheit, das liegt doch so lange zurück.« Ihre Stimme klang hoch und dünn.

Hoffmann schaute müde auf seine Hände. »Für dich, Isabell, für mich nicht«, murmelte er. Als er sich Lilienthal zuwandte, nahm sein Gesicht wieder den überheblichen Ausdruck an. »Sie verwechseln hier etwas, mein Herr. Mit Dietger Alsrath habe ich nichts zu tun, aber mit Ralf Alsrath.«

»Woher kannten Sie Ralf Alsrath?«

»Er hat das Leben meiner Schwester zerstört«, sagte Hoffmann hart. Seine Schwester hob abwehrend die Hand.

»Was war zwischen Ihnen und Ralf Alsrath, Frau Hoffmann?«

»Unterlassen Sie das«, sagte Hoffmann schneidend.

»Die Fragen stelle ich, Herr Hoffmann«, berichtigte Lilienthal ihn.

»Sie sind zu mir gekommen. Also hören Sie mir zu, und ich werde es auch nur einmal erzählen.« Mit mühsam beherrschter Stimme fing Hoffmann an zu erzählen: »Ralf Alsrath war der Freund meiner Schwester. Ich hatte ihn über die ›Firma‹ kennengelernt und mit nach Hause gebracht. Wir waren im selben Alter und hatten vielfältige gemeinsame Interessen.«

»Das war es nicht nur, Franz. Euch verband etwas ganz anderes.«

»Bitte halt dich da raus, das tut nichts zur Sache, Isabell.«

»Doch, Franz, das war etwas Wichtiges, was euch zusammenhielt. Ralf hat mir davon erzählt.«

»Du dramatisierst, meine Liebe, aber gut, es gab eine Zäsur in unserem Leben, wenn man so will, wer hat das nicht? Die Hauptsache war, wir hatten es geschafft, wir standen beide am Anfang einer erfolgversprechenden Karriere. Die Zukunft war überschaubar, und für uns war die Welt …«, er zögerte sekundenlang, »… das System«, fuhr er fort, »in Ordnung. Meine Schwester und Ralf wollten heiraten.«

»Wir haben nie über Heirat gesprochen, Franz«, sagte Isabell müde. Hoffmann ignorierte ihren Einwand.

»Am 23. April 1990 kam meine Schwester nach Hause, dieses Datum werde ich nie vergessen.« Beschwörend in ihre Richtung gewandt fuhr er fort: »Gezittert hast du am ganzen Körper, dein Gesicht war totenblass, du hast mich angesehen, und ich wusste nicht, was passiert war – ich hatte damals sofort Angst um dich.« Er wandte sich wieder Lilienthal zu. »Meine kleine Schwester, die immer nur lachte und noch wenige Stunden zuvor voller Aufregung mit leuchtenden Augen losgefahren war, sagte kein Wort, lief in ihr Zimmer und schloss sich ein. Ich wusste, es konnte nur etwas mit Ralf zu tun haben. Ich fuhr zu ihm, stellte ihn zur Rede, aber er erwiderte nur, dass das nur etwas zwischen Isabell und ihm wäre und mich überhaupt nichts anginge. In seinem Zimmer standen gepackte Koffer und Taschen herum. Als ich ihn darauf ansprach, erzählte er mir, dass er ein Angebot von einem bedeutenden westdeutschen Chemieunternehmen bekommen hätte, das er in keinem Fall ausschlagen würde. ›Das hier ist alles zum Kotzen und zum Glück endlich zu Ende‹, sagte er damals wörtlich.« Hoffmann spuckte die letzten Worte förmlich aus. »Ich habe ihn geschlagen, mit aller Kraft schlug ich ihm ins Gesicht, aber Ralf, der lachte nur, wehrte sich nicht mal«, fügte Hoffmann leise hinzu. Isabell starrte ihn an.

»Was sagte Ihre Schwester dazu?«

»Isabell? Nichts hat sie gesagt, bis heute nicht.« Hoffmann starrte auf einen Punkt an der Wand, als er weitersprach. »Als ich nach Hause kam, lag ein Zettel auf dem Tisch. Isabell wolle zu Lenchen und ein paar Tage ausspannen. Als ich Lenchen am nächsten Tag anrief, erfuhr ich, dass Isabell nicht bei ihr war.«

»Ach Franz«, flüsterte Isabell.

»Dann kam der Anruf aus dem Krankenhaus«, murmelte Hoffmann. Lilienthal vermied es, auf den Rollstuhl zu blicken.

»Störe ich?« Im Türrahmen, den Kopf leicht geneigt, stand Ralf Alsrath. Lilienthal kniff die Augen zusammen. Nein, der Mann, der dort stand, war eine jüngere Ausgabe und sah ihm zum Verwechseln ähnlich.

»Alles in Ordnung, Mama?«

»Ja, Fabian.« Isabell Hoffmann lächelte traurig. Sie wendete den Rollstuhl und sagte: »Komm mit in die Küche, ich mach dir das Essen warm.«

Hoffmann saß zusammengesunken in seinem Sessel. Draußen hatten sich dunkle Wolken am Himmel zusammengezogen. Das Licht im Zimmer veränderte sich; Schatten krochen über die Wände. Hoffmann hob den Kopf. »Sein Sohn«, sagte er wie zur Bestätigung. Dann beugte er sich vor. Sah Lilienthal durchdringend an: »Er hat sie weggeschmissen wie ein Kleidungsstück, das man nicht mehr braucht. Sich nie mehr gemeldet, der feine Ralf Alsrath.« Hoffmann rieb sich die Hände, als wenn er fröstelte. »Ein Charakterschwein – man muss die Dinge beim Namen nennen, Herr Hauptkommissar.« Seine Stimme hatte wieder an Schärfe gewonnen. »Isabell hatte an diesem Tag erfahren, dass sie schwanger war. Sie wollte es Ralf am Abend sagen. Aber er ließ sie erst gar nicht zu Wort kommen. War schneller mit seiner Neuigkeit, und meine Schwester war danach zu stolz, um es ihm zu sagen. Mit einer Schwangerschaft wollte sie ihn nicht halten, seiner Karriere nicht im Wege stehen.« Hoffmann lachte trocken auf. Dann fügte er leise hinzu: »Das Kind kam ein halbes Jahr später per Kaiserschnitt zur Welt. Vater unbekannt. Darauf bestand Isabell. Ich musste mein Wort geben. Ralf sollte nie von seinem Sohn erfahren, und auf Unterhalt legte meine Schwester keinen Wert. Dafür war sie zu stolz. Das war ihre Art, ihn zu bestrafen.«

Lilienthal überlegte. War das des Pudels Kern? Bestrafung? Hoffmann stand auf, ging zu einem Sekretär an der gegenüberliegenden Wand, nahm einen Schlüssel aus seiner Hosentasche und schloss ihn auf. Aus einem Fach entnahm er einen Stapel fein säuberlich zusammengehefteter Zeitungsausschnitte und warf sie vor Lilienthal und Kalumet auf den Tisch.

»Hier, Herr Hauptkommissar, lesen Sie. Ich habe mir die Mühe gemacht und die Karriere des Dr. Ralf Alsrath verfolgt. Die ging steil aufwärts. Für mich nicht weiter erstaunlich, Ralf konnte im Westen mit seinem Wissen aus dem Vollen schöpfen. Wir hatten ihm ja sein Studium ermöglicht. Hier hatte er alle Freiheiten in der Forschung«, sagte Hoffmann voller Stolz.

»Sie meinen seine Zeit in der DDR?«, fragte Kalumet.

Hoffmann ignorierte den Einwand. »In seiner jetzigen Position hat er auch keine materiellen Sorgen. Der hat Patente angemeldet, der muss im Geld schwimmen.« Ächzend ließ er sich in den Sessel fallen.

»Haben Sie materielle Sorgen?«

»Witzbold«, knurrte Hoffmann.

»Ihre Schwester hat freiwillig auf Unterhalt verzichtet. In der Position, die Ralf Alsrath heute einnimmt, müsste er eine beachtliche monatliche Summe zahlen, die Fabian und letztendlich auch Ihnen allen zugutekommen würde. Finden Sie das dem Jungen gegenüber fair?«

Hoffmann schnaubte verächtlich durch die Nase. »Ihre überheblichen Sprüche können Sie sich sonst wohin stecken, Herr von Lilienthal. Nur wenn man selbst nicht betroffen ist, kann man so saudämlich argumentieren. Danke, Herr Polizist, her mit den Unterlagen, das ist die Mühe nicht wert.«

Kalumet blickte Lilienthal warnend an. Maik merkte, mit dieser Taktik würde er kaum etwas bei Hoffmann ausrichten. »Entschuldigung«, sagte er förmlich, »Ihre Sammlung interessiert mich aber schon.« Er blätterte die Ausschnitte durch. Dr. Alsrath auf einem Kongress in den USA, auf einem Bild am Podium stehend, diverse wissenschaftliche Veröffentlichungen in Fachzeitschriften. Ein Feature im »Spiegel«. Dem Mann wurde eine große Laufbahn vorausgesagt. Was Lilienthal aber am meisten beeindruckte, war die beinahe lückenlose Recherche über die Jahre hinweg. Hielt ein Hass über so viele Jahre an? Das hätte sich doch mit der Zeit relativieren müssen. Nein, nicht bei diesem Typen. Der war nicht fähig zu verzeihen oder zu vergessen, der Hass war ihm zum Lebensinhalt geworden, ahnte er. Lilienthal ordnete die Papiere und gab sie Hoffmann zurück. »Sie haben alles akribisch verfolgt, Herr Hoffmann, über die Jahre hinweg von 1990 an. Sie wussten jederzeit, wo Ralf sich aufhielt, was er machte. Diese Papiere belegen mehr als jedes Ihrer Worte Ihren Hass auf Dr. Ralf Alsrath. Haben Sie Dietger Alsrath umgebracht, weil Sie dachten, es wäre sein Bruder Ralf?«

Hoffmann blickte Lilienthal verächtlich an und tippte mit dem Finger an die Stirn.

Kalumet war aufgestanden und sah sich um. »In der Diele, zweite Tür rechts«, murmelte ihm Hoffmann zu. Kalumet ging hinaus. Die Tür zur Küche war geschlossen. Leises Stimmengemurmel drang zu ihm hinaus. Er öffnete die nächste Tür und stand im Arbeitszimmer von Isabell. Der Arbeitstisch hatte eine bequeme Höhe, sodass sie mit dem Rollstuhl darunterfahren konnte. Entwürfe, Skizzen und Notizen lagen verstreut darauf herum. Daneben, auf einem separaten Tisch, aufgeschlagene Bücher über orientalische Keramiken. Kalumet wollte die Tür wieder schließen, da fiel sein Blick auf ein Bild, das unauffällig in einem Regal stand. Er trat näher. Isabell Hoffmann in einem leuchtend roten Sommerkleid mit weißen Punkten. Das lange dunkle Haar fiel ihr beinahe bis zur Hüfte. Daneben stand ihr Sohn. Nein, dachte Kalumet, das ist nicht Fabian. Isabell stand, sie saß nicht im Rollstuhl, also musste es Ralf Alsrath sein. Er drehte sich um, aber die Küchentür war immer noch geschlossen. Er nahm das Bild und steckte es ein.

Als er die Tür zum Wohnzimmer öffnete, hörte er, wie Lilienthal Hoffmann gerade fragte: »Kannten Sie Dietger Alsrath, den Bruder von Ralf?«

Hoffmann schüttelte den Kopf. »Nein. Dass Ralf einen Bruder hatte, habe ich erst durch Sie erfahren.«

»Das glaube ich Ihnen nicht, Herr Hoffmann. Sie waren mit Ralf befreundet. Da hat er Ihnen bestimmt von seinem Bruder erzählt.«

»Glauben Sie doch, was Sie wollen«, knurrte Hoffmann gereizt.

»Durch Ihre Arbeit bei der HV A mussten Sie Kenntnis über Dietger Alsrath gehabt haben.«

»Sie haben doch vorhin von einem Bruch erzählt, Herr Hoffmann«, mischte sich Kalumet freundlich lächelnd ein, »was meinten Sie denn damit? Was war das in Ihrem Leben und in dem von Ralf, das Ihre Freundschaft zusammenschweißte?«

Hoffmann schwieg, schloss die Augen.

»Dann werde ich es Ihnen beantworten«, sagte Lilienthal. »Es ging um Verlust. Ihre Zäsur, wie Sie es ausdrückten, bestand darin, dass Ihre Großmutter Sie nach dem Tod Ihrer Eltern in ein Heim für schwer erziehbare Kinder abschob. Isabell, Ihre kleine Schwester, behielt sie bei sich, aber Sie, der heranwachsende Junge in der Pubertät, waren unerwünscht. Durch den Tod Ihrer Eltern hatten Sie sich eine harte Schale zugelegt, nur Ihre Schwester hatte Zugang, und diese Schwester wurde Ihnen auch genommen – jetzt waren Sie allein. Ganz allein. Das muss furchtbar gewesen sein.«

Hoffmann hatte bei Lilienthals Worten die Lippen zusammengepresst.

»Aber Sie waren nicht dumm, Sie erkannten, es gab nur eine Chance: Friss oder stirb, nicht wahr, Herr Hoffmann? Das hatten Sie gelernt, und das verinnerlichten Sie. Von da an arrangierten Sie sich mit den Erziehern und Ihren Mitschülern, und dann ging alles wie geleckt. Abitur, Studium, Karriere. Und dann begegneten Sie Ralf«, fuhr Lilienthal fort, »der, ich gebrauche Ihre Worte, Herr Hoffmann, auch einen Bruch erlebt hatte. Sein Bruder war von einem Tag auf den anderen verschwunden. Ralf war Repressalien ausgesetzt durch das System. Seine Zukunft schien ruiniert, aber wie wir wissen, kam es anders, und das, Herr Hoffmann, hat er Ihnen erzählt, und Sie haben sich ihm auch geöffnet. Sie haben von Ihrer Zeit im Heim erzählt, und da war endlich jemand, dem Sie vertrauten, der in gewisser Weise Ähnliches erlebt hatte. Sie mochten ihn. Ralf wurde so etwas wie ein Bruder für Sie. Und dann verliebte sich Ihre Schwester in Ihren Freund. Jetzt hatten Sie wieder eine Familie. War es nicht so, Herr Hoffmann?«

Hoffmann hatte wortlos zugehört, saß da wie erstarrt.

»Und dann verlässt Ralf Sie«, sagte Lilienthal leise. »Ihre Freundschaft, Ihre Verbundenheit, alles, was Ihnen wichtig war, war ihm egal. Sogar Ihre geliebte Schwester war dem Freund egal. Alles bricht zusammen. Wieder stehen Sie vor einem Scherbenhaufen.

Ralf hat Sie betrogen. Ralf Alsrath hat Ihre Schwester ausgenutzt. So etwas durfte nicht noch einmal passieren. Jetzt waren Sie erwachsen, kein Kind mehr. Sie dachten an Rache. Die ganzen Jahre über. Darum haben Sie jede noch so kleine Information über Dr. Ralf Alsrath gesammelt und aufgehoben. Sie suchten ihn und Sie fanden ihn. Endlich. So war es doch, Herr Hoffmann? Nur leider war es Dietger Alsrath, nicht Ralf, den Sie umbrachten.« Lilienthal war vor Hoffmann stehen geblieben. »Ich nehme Sie wegen des Verdachts des Mordes an Dietger Alsrath vorläufig fest.«

Hoffmann hob den Kopf, starrte Lilienthal an. Dann, wie in Zeitlupe, erhob er sich. Er griff in die Tasche seines Bademantels. Als er die Hand herauszog, hielt er eine Pistole darin. Der Lauf zielte auf Lilienthal.

Enne hatte sich auf die Couch gelegt, ein Kissen unter dem Kopf und ein weiteres unter den Kniekehlen. Sie musste ihre Gedanken sortieren, und das ging am besten in horizontaler Lage. Die Haustürklingel schreckte sie auf. Viertel vor drei, wer wollte um diese Zeit etwas von ihr? Churchill erhob sich beleidigt und kletterte über sie hinweg an das Ende der Couch, wo er sich zusammenrollte wie eine Brezel. Enne erhob sich und ging zur Tür. Joachim stand draußen. Sein Gesicht glänzte vor Schweiß.

»Das Krankenhaus hat angerufen.« Seine Augen flackerten.

Enne verstand sofort. »Soll ich mitkommen?«

»Ja, bitte«, sagte er leise. Sie zog ihn herein und war erschrocken über sein Aussehen. Er schien seine Haare längere Zeit nicht gewaschen zu haben und roch unangenehm nach Schweiß. Joachim wartete im Wohnzimmer, während sie nach oben lief und schnell ihren Hausanzug gegen eine schwarze Hose und einen wollweißen Pullover tauschte. Sie fuhr sich mit der Bürste durch die Locken und war wenige Minuten später fertig. Als sie herunterkam, bemerkte sie, dass Churchill, die Ohren angelegt, hinter einem Sessel saß und leise fauchte. Schweigend folgte ihr Joachim zum Auto.

Im Behring-Krankenhaus war normaler nachmittäglicher Besuchsbetrieb. Joachim ging langsam, sodass Enne ihn beinahe zu der Station ziehen musste. Man hatte Hildegard Grothe in ein Einzelzimmer gelegt. Alle Schläuche waren entfernt worden, nur über die Armvene erhielt sie noch Flüssigkeit. Ihr Gesicht war eingefallen, der Atem ging stockend; ein dünner Faden Speichel zog sich von den Lippen bis zum Kinn. Joachim blieb wie angewurzelt vor dem Bett seiner Mutter stehen. Enne nahm eines der Moltontücher, die auf dem Nachttisch lagen, und wischte vorsichtig den Speichel ab. »Hildchen«, sagte sie leise. Die Sterbende reagierte nicht mehr, nur ihr leises Röcheln und das Summen des Gerätes war im Zimmer zu vernehmen. Enne fröstelte. Das ist nun das Ende, dachte sie. Joachim hatte sich immer noch nicht gerührt. Er stand am Fußende des Bettes und umklammerte das Metallrohr, sodass seine Knöchel weiß hervortraten, dabei ließ er seine Mutter nicht aus den Augen. Als wenn er sie hypnotisieren würde, ging es Enne durch den Kopf. Eine Schwester steckte den Kopf durch die Tür. Sie bot Joachim an, ein Bett in das Zimmer zu stellen, er könnte die Nacht bei seiner Mutter verbringen, aber Joachim schüttelte den Kopf.

Nach einer halben Stunde sah Enne verstohlen auf ihre Armbanduhr. Sie erhob sich, strich Hildegard noch einmal über die Wangen. »Leb wohl«, sagte sie leise und ging hinaus. Joachim folgte ihr. Sie liefen zum Ausgang.

»Hat Michael sich von ihr verabschiedet?«, fragte Enne. Joachim zuckte mit den Schultern. »Hast du ihn nicht erreicht?«

»Hab auf seine Mailbox gesprochen«, murmelte er.

Enne blieb stehen. »Was ist los, Joachim? Deine Mutter liegt im Sterben, und du weißt nicht, ob dein Bruder bei ihr war?« Er wollte weitergehen, aber sie hielt ihn am Ärmel fest und zwang ihn, ihr in die Augen zu sehen.

»Ich weiß nicht, wo Michael ist«, sagte er heiser. Enne sah ihn fassungslos an, und in einem plötzlichen Impuls legte sie die Arme um ihn und hielt ihn fest. Sein ganzer Körper bebte.

15

Die Stille tat beinahe weh. Hoffmanns Finger umspannten eine verchromte Pistole. Seine Hand war ruhig. Das Gesicht ausdruckslos.

»Verschwinden Sie! Alle beide.« Der Lauf der Waffe wies in Richtung Tür.

Lilienthals Gedanken rasten. »Das hilft Ihnen doch nichts, damit machen Sie sich noch mehr verdächtig, Herr Hoffmann.« Hoffmann beachtete ihn nicht.

»Machen Sie sich doch nicht unglücklich«, sagte Kalumet sanft. Er hatte sich ebenfalls erhoben und ging vorsichtig auf Lilienthal zu, dabei ließ er Hoffmann nicht aus den Augen. Hinter ihnen öffnete sich die Tür. Fabian stand im Türrahmen. Überrascht starrte er auf die Szene.

»Raus, verschwinde!«, befahl Hoffmann. Sein Ton ließ keine Widerrede zu. Blitzschnell packte Lilienthal den Jungen, stieß ihn hinaus und schloss die Tür. Von draußen hörten sie ihn aufschreien. Einen winzigen Augenblick war Lilienthal abgelenkt, hatte Hoffmann nicht beachtet. Ein dumpfer Knall zerriss die Stille. Lilienthal warf sich instinktiv hinter einen Sessel. Er hörte einen dumpfen Aufprall, und aus den Augenwinkeln sah er, wie Kalumet sich neben einen zweiten Sessel rollte. Lilienthal zog seine Waffe. Wo befand sich Hoffmann? Er kochte vor Wut. »Sie Idiot! Sind Sie verrückt geworden?«, brüllte er, entsicherte und hechtete hinter den nächsten Sessel. Dabei versuchte er, Hoffmanns Position auszumachen. Er verspürte einen Luftzug und hörte das Quietschen der Gummiräder. Verdammt, dachte er, konnte sie nicht draußen bleiben. Dem Typen war doch alles zuzutrauen. Der würde vor einem Blutbad nicht zurückschrecken.

»Franz, um Gottes willen«, hörte er Isabell rufen. Die darauf einsetzende Stille senkte sich wie ein Tuch über den Raum. Mit einem Satz war er neben Isabell. Sie starrte an ihm vorbei in die Mitte des Zimmers. Hoffmann lag mit dem Gesicht nach unten. Die Pistole war aus seinen Fingern geglitten. Kalumet stand bereits neben ihm und hob die Waffe auf. Isabell wandte den Kopf. Sie blickte Lilienthal mit dunklen Augen an. »Mörder«, flüsterte sie. Der helle Fußboden unter Hoffmanns Kopf färbte sich dunkelrot.

Nachdem Lilienthal den Notarzt und die Ambulanz gerufen hatte, informierte er Heike über das Wesentliche. Fabian hatte sich bei dem Sturz einen Knöchel verrenkt und weigerte sich, auch nur ein Wort mit Lilienthal zu sprechen. Es war klar, dass er und seine Mutter die beiden Kommissare für alles verantwortlich machten. Isabell hatte die eintreffende Notärztin, eine junge ernste Frau mit dunkelblondem Bubikopf, eine Beruhigungsspritze gegeben. Isabell lehnte jede weitere Hilfe ab, bestand darauf, mit ihrem Bruder zu fahren, was die Ärztin kategorisch ablehnte. Hoffmann wurde sofort an Ort und Stelle notversorgt und sollte ins nächste Krankenhaus transportiert werden. Kopfschuss – aber er lebte noch. Lilienthal hatte der Notärztin seine Telefonnummer in die Hand gedrückt und sie eindringlich gebeten, umgehend über den Zustand von Hoffmann informiert zu werden, egal, zu welcher Stunde. Als der Krankenwagen losfuhr, verschwanden Mutter und Sohn im Haus. Er hörte, wie von drinnen die Tür abgeschlossen wurde.

Schweigend waren sie danach zum Auto gegangen. Kalumet hatte sich angeboten zu fahren. Lilienthal hatte eingewilligt. Die Straßen waren frei, und der dunkelgrüne Jaguar schoss wie ein Pfeil mit leise surrendem Motorengeräusch dahin. Lilienthal hockte zusammengesunken in seinem Sitz und starrte aus dem Seitenfenster. Nach einigen erfolglosen Versuchen, das Ganze zu besprechen, hatte Kalumet es aufgegeben.

Wie in einer Endlosschleife sah Lilienthal immer wieder die letzten Minuten vor sich. Kalumets gut gemeinte Argumentation ging ihm auf die Nerven. Der war nicht betroffen, der hatte leicht reden. Warum hatte Hoffmann geschossen? Warum in ihrer Gegenwart? Das ergab keinen Sinn. Hatte man so viel Kalkül, wenn man seinem Leben ein Ende bereiten wollte, oder war das eine Inszenierung? Hoffmann hatte sich darauf vorbereitet, das war klar, sonst hätte er die Pistole nicht bei sich gehabt. Eine Pistole trug man nicht so mit sich herum. Schon gar nicht, wenn man die Polizei erwartete. Aber töteten Selbstmörder sich nicht eher unbeobachtet? Wollte er sich überhaupt umbringen, oder wollte er nur bluffen? Aber Fakt war, er hatte versucht, sich vor ihm das Leben zu nehmen. Nicht mal auf Fabian, seinen Neffen, hatte er Rücksicht genommen. War das alles seine, Lilienthals, Schuld? Hatte seine Verhörtaktik Hoffmann so weit getrieben? Lilienthal versuchte, sich an seine Fragen zu erinnern. Was war falsch gelaufen? Wo war der Punkt, an dem Hoffmann durchgedreht hatte? Musste er sich dafür rechtfertigen? Ja, dachte Lilienthal. Ein Mensch hatte versucht, sein Leben wegzuwerfen, und er war der Auslöser gewesen. »Verdammt, verdammt, verdammt«, stöhnte er. Kalumet sah kurz zu ihm hinüber, schwieg aber.

Sofort nach ihrem Eintreffen im Potsdamer Präsidium hatte Lilienthal Dr. Körner über die neue Situation informiert. Körner verstand sofort. Wenn bei laufenden Ermittlungen Schusswechsel auftraten und, schlimmer noch, es Verletzte oder Tote gab, dann stand der Ermittler im Fokus der Öffentlichkeit. »Du weißt, dass ich voll und ganz hinter dir stehe«, hatte er Lilienthal versichert, der hatte genickt, aber seine Augen sprachen eine andere Sprache.

Die dunklen Wolken hatten sich zu einer violetten Wolkenwand verdichtet und in einem schweren Gewitter entladen. Es war dunkel geworden. Die beiden Kommissare saßen sich in ihrem Büro gegenüber. Der Regen prasselte gegen die Fensterscheiben. Auch Kalumet steckten die Ereignisse der letzten Stunden noch in den Knochen. Sein Argument, dass das genau der richtige Weg gewesen war und niemand diese Reaktion voraussehen konnte, schon gar nicht, dass Hoffmann eine Waffe bei sich trug, halfen Lilienthal nicht wirklich.

»Tatsache ist, er hätte dich erschießen können, Maik«, sagte Kalumet aufgebracht. »Außerdem war Hoffmann gestern in Potsdam, als er das Buch für seine Schwester besorgte, da hatte er Gelegenheit, unbemerkt den Brief an deine Mutter in der Kirchhofsverwaltung zu deponieren. Das spricht doch alles gegen ihn.«

Lilienthal erwiderte nichts. Er war es müde, jedes Argument dafür oder dagegen hatte er bereits zigmal auf der Fahrt hierher in Gedanken durchgekaut. Körner hatte zwar nicht explizit darauf hingewiesen, aber natürlich erwartete er einen schriftlichen Bericht, und das noch heute Abend, das war so klar wie das Amen in der Kirche. Lilienthal betrachtete das Bild, das Kalumet aus dem Arbeitszimmer von Isabell mitgenommen hatte. »Beinahe eine Schönheit«, murmelte er. Plötzlich stieß er die Luft geräuschvoll durch die Lippen. »Deswegen hast du das Bild mitgenommen?« Er zeigte auf das Gesicht des Mannes, der neben Isabell Hoffmann stand.

»Ja, kaum erkennbar, oder?«, erwiderte Kalumet. Über der Oberlippe des Mannes befand sich ein kleiner dunkler Fleck, den man erst bei genauerem Hinsehen erkennen konnte.

»Ich denke, das ist der Nävus, um in der Terminologie unseres Rechtsmediziners zu bleiben«, meinte Kalumet. »Dr. Enderlein sprach von einem Muttermal am Kopf des Toten, das entfernt wurde.«

»Also ist es Dietger Alsrath?«, fragte Lilienthal. Kalumet nahm den Bilderrahmen, öffnete den hinteren Verschluss und zog das Foto heraus. »Wir sind so glücklich, August 1989«, las er. »Was bedeutet das ›wir‹?« Lilienthal sah ratlos auf das Bild. »Ist es wirklich Ralf?« Er starrte auf den Mann auf dem Bild. »Und um das Ganze noch komplizierter zu machen: Wer ist dann unser Doktor aus Indien? Ralf oder Dietger?« Lilienthal schüttelte den Kopf. »Ich werd noch meschugge, Leo. Verdammt, wer von den beiden Zwillingsbrüdern ist denn nun ermordet worden? Und welcher hatte ein Muttermal?«

»Gentest«, schlug Kalumet vor. »Wir haben doch den Sohn. Einer von beiden muss doch der Vater sein.«

»Kannst du vergessen«, winkte Lilienthal ab. »Eineiige Zwillinge sind auch in ihrer DNA identisch.« Er überlegte. »Wiedemann«, sagte er plötzlich laut, und Zornesröte schoss ihm ins Gesicht. »Der hat mich von Anfang an verarscht. Schon beim ersten Verhör, als ich ihn fragte, ob er genau wüsste, welcher von den beiden bei ihm war.«

»Und?«, fragte Kalumet.

»Wortwörtlich: ›Finden Sie es selbst heraus.‹«

»Was ja nicht verkehrt war«, griente Kalumet.

»Danke, hilfreich wie ein Kettenhund«, knurrte Lilienthal.

Kalumet hob die Hände. »Entschuldigung, Maik, war nicht besonders originell.«

Lilienthal wählte die Nummer des Zahnarztes, die er gespeichert hatte. Überraschenderweise meldete sich Wiedemann direkt. Ja, die Brüder Alsrath hätten sich unterscheiden lassen. Dietger hatte ein Muttermal über der Oberlippe, beantwortete er die Frage sofort, ohne zu zögern. Lilienthal hatte auf die Lautsprechertaste gedrückt, sodass Kalumet das Gespräch mitverfolgen konnte.

»Und warum haben Sie das damals nicht gesagt?«, fragte Lilienthal den Zahnarzt.

»Sie haben mich nicht gefragt«, antwortete Wiedemann lapidar. Lilienthal wollte das Gespräch schon beenden, da erst begriff er die Formulierung.

»Also nur einer der Brüder hatte das Muttermal?«

»Ja, nur Dietger«, bestätigte Wiedemann.

»Und als Dietger Alsrath bei Ihnen in Behandlung war, hatte er es da auch noch?«

»Nein, Herr Hauptkommissar«, antwortete Wiedemann fröhlich.

»Es war also weg?«

»Ja.«

»Und warum waren Sie so sicher, dass es Dietger Alsrath war?«

Es blieb einen Moment still in der Leitung.

»Er hatte eine Narbe an der Stelle, daran habe ich ihn erkannt.«

»Haben Sie ihn darauf angesprochen?«

»Warum sollte ich? Ich wusste doch, dass es Dietger war.«

»Aalglatt und nicht zu fassen«, knurrte Lilienthal, als er das Gespräch beendet hatte. »Wo gingen die beiden Brüder eigentlich zur Schule?«, fragte er Leo. Der blätterte in der Akte. »Auf die Goetheschule in Babelsberg.«

»Da wird sich doch irgendjemand an die Brüder erinnern können?«, murrte Lilienthal gereizt. »Ich verstehe überhaupt nichts mehr. Der Wiedemann behauptet, Dietger Alsrath hatte ein Muttermal über der Oberlippe und hat es sich entfernen lassen. Auf dem Bild hier«, Lilienthal tippte übellaunig auf die Fotografie, »kann man deutlich erkennen, dass Ralf Alsrath auch so etwas Ähnliches wie ein Muttermal über der Oberlippe hatte. Unser Dr. Ralf aus Indien hat aber definitiv keins.«

Kalumet unterdrückte ein Gähnen, griff mit beiden Händen in seine Haare und kratzte sich ausgiebig. Lilienthal sah ihm misstrauisch dabei zu. »Läuse?«

»Nee, Reflexzonenmassage.«

»Schön, wenn da noch Reflexe vorhanden sind. Ich dachte, das geht nur bei den Füßen.«

»Nee, auch am Caput«, antwortete Leo und musste schon wieder gähnen.

Lilienthal grinste. »Du Oberschlaunix, pass nur auf, dass dein Caput nicht kaputtgeht.«

»Aber Fakt ist, dass beide Brüder zu unterschiedlichen Zeiten ein Muttermal hatten, und beide haben es wegmachen lassen, oder?« Kalumet versuchte, seine zerwühlten blonden Locken mit den Händen glatt zu streichen.

»Das hast du ganz fein gesagt. Nur, jetzt wissen wir überhaupt nicht mehr, wer unsere Leiche ist, Dr. Watson.« Das Telefon summte. Lilienthal meldete sich. Er hörte gespannt zu, dann bedankte er sich und beendete das Gespräch.

»Hoffmann hat eine Chance durchzukommen. Der behandelnde Arzt hat das Projektil unterhalb der Schädeldecke aus der Hirnrinde herausoperiert. So wie es aussieht, scheinen keine wesentlichen Areale beschädigt zu sein. Hoffmann hat anscheinend in seiner Erregung den Lauf schräg oberhalb der Schläfe angesetzt, sodass tangential, so hat der Arzt sich ausgedrückt, der Schuss nur die Hirnrinde durchschossen hat. Vernehmungsfähig ist er aber noch nicht.«

»Das ist doch mal eine gute Nachricht, Maik«, sagte Kalumet. Zum ersten Mal an diesem Abend lächelte Lilienthal.

»Hoffmann wusste mit Sicherheit, welcher der Brüder wer war, da gehe ich jede Wette ein. Und er hat die Akte oder zumindest Unterlagen. Aber wo? Wir müssen sie finden. Gleich morgen früh lasse ich mir vom Staatsanwalt einen Durchsuchungsbeschluss für sein Haus ausstellen.« Er blickte auf die Uhr. »Schluss für heute.« Den Bericht würde er zu Hause in sein Notebook schreiben. Kalumet verabschiedete sich und war wie der Blitz zur Tür hinaus. Bestimmt wartete Heike bereits auf ihn, dachte Lilienthal.

Als er in seinem Wagen saß und durch die Nacht fuhr, fielen

ihm die anklagenden Augen von Isabell ein. So richtig wohl war ihm nicht.

In der Morgenbesprechung fasste Lilienthal den gestrigen Besuch bei Hoffmann zusammen und dass er am Abend informiert worden war, dass Hoffmann überlebt hatte. Er bemühte sich, kühl und sachlich die Vorgänge darzustellen, aber immer noch saß ihm der Schock über den Vorfall in den Knochen. Vor ihm lag die Waffe, mit der Hoffmann geschossen hatte. Er überflog den Bericht der Kriminaltechnik. »Es handelt sich hier um eine tschechische Taschenpistole DuO, die später umbenannt wurde in Pistole ›Z‹. Das Kaliber beträgt 6,35 Millimeter. In den sechziger und frühen siebziger Jahren wurde eine Spezialausführung an hohe Offiziere der NVA, auch an ausländische Würdenträger, als persönliche Verteidigungswaffe vergeben. Es war ein Statussymbol und heiß begehrt. Ansonsten war in der Nationalen Volksarmee eher die Makarow sowjetischer Bauart gebräuchlich. Die Stasi bevorzugte die halb automatische Tokaref.« Lilienthal nahm die zierliche verchromte Pistole in die Hand. »Hier«, sagte er und deutete auf die eine Seite der Pistole, »in die linke Griffschale eingelassen ist die Kokarde, das Symbol der DDR.« Er wog die Waffe in der Hand. »Für das Pistölchen werden heute hohe Preise geboten. Das ist eine echte Rarität.«

Die Tür wurde aufgerissen, und der Rechtsmediziner kam herein. »Dr. Enderlein, Sie kommen gerade im richtigen Augenblick«, bemerkte Lilienthal. Enderlein, wie immer in Eile, lehnte es ab, sich zu setzen.

»Sie wollten etwas über eineiige Zwillinge hören, Herr Hauptkommissar«, sagte er in der ihm eigenen missmutigen Art und zog aus seiner Kitteltasche einen Zettel, blickte irritiert darauf und schob ihn wieder zurück. »Nun denn: Zwillinge, lateinisch Gemini, sind medizinisch genau zwei Kinder einer Mutter und eines Vaters, die am selben Tag gezeugt und in der Regel am selben Tag geboren werden.«

Körner sah auf seine Uhr. »Geht es auch in wenigen kurzen Sätzen, Herr Doktor?«

Enderleins Mundwinkel zogen sich herab, als wenn er auf eine

Zitrone gebissen hätte. »Komplizierte Sachverhalte lassen sich nicht mit kurzen Worten erläutern, Herr Kriminalrat.« Körner schwieg, um den Rechtsmediziner nicht noch mehr zu reizen.

»Eineiige Zwillinge, monozygotisch, wie wir in der Fachwelt die Zwillingsentstehung benennen, entstehen aus einer einzigen befruchteten Eizelle und haben das gleiche Erbgut und die gleichen Erbanlagen. Obwohl eineiige Zwillinge aus ein und derselben Eizelle hervorgehen und daher über exakt die gleiche genetische Ausstattung verfügen«, Enderlein bemerkte zum Glück nicht, wie Ennes Augen genervt in die Höhe gingen, »müssen sie nicht zwangsläufig identisch sein. Ich verweise hier auf Leberflecken, Muttermale; zuweilen unterscheiden sich die Geschwister bezüglich ihrer physischen und psychischen Merkmale sogar deutlich voneinander.« Enderlein blickte Körner provozierend an: »Ich möchte Sie nicht weiter langweilen mit den unterschiedlich entwickelten epigenetischen Profilen der Zwillinge, zusammenfassend sei gesagt, auch eineiige Zwillinge können durchaus Unterschiede aufweisen.«

Lilienthal nickte dem Rechtsmediziner wohlwollend zu. »Das genau war es, was ich aus fachlichem Mund hören wollte, vielen Dank.« Enderlein griff in seine Kitteltasche, zog eine Zigarette hervor und steckte sie sich zwischen die Lippen. Grußlos verließ er den Besprechungsraum.

»Was ist mit dem Brief, Heike?«, fragte Lilienthal, als sich die Tür hinter dem Rechtsmediziner geschlossen hatte.

»Leider nichts Verwertbares. Auf dem Umschlag befanden sich natürlich eine ganze Reihe von Fingerabdrücken, aber auf dem Blatt, das im Umschlag steckte, wurden abgesehen von den Personen, die es in der Hand gehalten haben, keine brauchbaren Fingerabdrücke gefunden. Allerdings sind Papier und Schrift identisch mit dem Papier, das in der Mundhöhle des Totenschädels steckte.«

»Na, das ist doch was.« Lilienthal blickte zufrieden in die Runde. »Wer wusste alles von dem Papier in der Mundhöhle?«

»Eine sehr gute Frage«, lobte Körner Enne.

»Das haben wir uns auch schon gefragt«, antwortete Lilienthal, ohne rot zu werden. »Natürlich hat Maiblatt das Papier in der

Mundhöhle gesehen, aber zumindest zu dem Zeitpunkt wusste er nicht, was darauf stand.«

»Also können wir einen Trittbrettfahrer ausschließen?«, fragte Enne.

»Ich denke, ja«, antwortete Lilienthal. »Übrigens war ich heute früh bei unserem Dr. Ralf«, fuhr er fort. »Ralf Alsrath wohnt im Hotel am Griebnitzsee.«

»Sehr schöne Umgebung«, warf Körner ein. »Das Villenviertel Neubabelsberg war bereits vor dem Zweiten Weltkrieg berühmt für die vielen Prominenten, die dort wohnten. Der Rühmann, die Rökk und die Villen, die Truman, Churchill und Stalin 1945 dort bewohnten. Im Hotel Griebnitzsee bringe ich gern Kollegen aus den anderen Bundesländern unter, das macht immer Eindruck«, schmunzelte der Alte.

Körner wird langsam alt, fängt an abzuschweifen, dachte Enne amüsiert. Das über die Babelsberger Villenkolonie wusste doch jeder hier in der Runde.

»Leider musste ich Alsrath bei seinem opulenten Frühstück stören, was ihn nicht begeisterte. Als ich ihm die Fotografie zeigte, bemerkte er gleichgültig, Isabell Hoffmann wäre vor vielen Jahren eine Freundin von ihm gewesen.«

»Männer«, sagte Enne empört. »Hat ein Kind mit Isabell und erinnert sich kaum an sie.«

»Aber bitte nicht im Plural, liebe Frau von Lilienthal«, drohte Körner verschmitzt.

Lilienthal kannte seine Mutter, eine männliche Reaktion wie die von Alsrath brachte sie auf die Palme. Er ignorierte ihre Bemerkung und fuhr fort: »Als ich ihn wegen des Muttermals ansprach, hat er mich sofort korrigiert. Sein Bruder Dietger hatte ein Muttermal, bei ihm bildete sich eine Warze, und da der Befund nach einer Biopsie nicht eindeutig war, hat er sie entfernen lassen. Seine Mutter verstarb seinerzeit an Hautkrebs, daher seine Vorsichtsmaßnahme, war seine Erklärung. Dabei fiel mir auf, dass der Herr Doktor von dem Muttermal seines Bruders in der Vergangenheit sprach. Als ich nachfragte, bestätigte er, sein Bruder hätte das Muttermal entfernen lassen. Das war ihm, als sie sich damals Anfang der neunziger Jahre trafen, sofort aufgefallen.«

»Das hört sich doch sehr einleuchtend an«, meinte Körner.
»Falls es Dietger war und nicht Ralf, der mir gegenübersaß, Herr
Dr. Körner. Er würde doch in diesem Fall genauso argumentieren.
Ich lasse das überprüfen. Heike, übernimmst du das bitte?« Heike
nickte und machte sich eine Notiz.

»Ich war heute Morgen in der Goetheschule«, mischte sich
Kalumet ein. »Die Schule hieß früher Beethovenschule und
wurde Anfang 1962 oder 1963 umbenannt. Ein ehemaliger
Mitschüler der Alsrath-Brüder, Benno Klaußner, unterrichtet
dort inzwischen Mathematik. Gemocht hat er beide Brüder
nicht, das war deutlich herauszuhören. Sie seien immer sehr
elitär aufgetreten, und nur durch Dietgers Muttermal hätten
der Lehrkörper und auch die Mitschüler sie auseinanderhalten
können.«

»Befand es sich rechts oder links?«, fragte Enne nach.

»Bei Dietger links«, antwortete Kalumet.

Lilienthal nahm das Bild und starrte darauf. »Hier befindet es
sich auch links oberhalb der Lippe.«

»Also kann nur der behandelnde Dermatologe von Ralf be-
stätigen, was entfernt wurde, ob Warze oder Muttermal«, meinte
Enne.

Heike schob Lilienthal ein Blatt über den Tisch. »Hier, der
Einsatzplan, Chef. Unter ›Block Reformation, Feld zehn, Gar-
tenstelle vierzig‹ steht ›Einsatz Lilienthal und Grothe‹.«

Lilienthal nahm das Blatt und blickte darauf, dann hielt er es
gegen das Licht. »Da stand vorher etwas anderes«, sagte er.

»Gib mal her«, sagte Enne nervös. Sie setzte ihre Brille auf und
musterte den Eintrag. Nur bei genauerem Hinsehen konnte man
erkennen, dass ihr Name überschrieben worden war.

»Na, Kollegen«, ließ sich Körners Bass vernehmen, »damit ist
klar, dass nur Frau von Lilienthal den Toten finden sollte.« Enne
biss sich auf die Lippen, sie fühlte sich unbehaglich.

»Frau Krieger hat mir auch gesagt, welche drei Personen sich
vorher nach dem Plan erkundigt haben«, berichtete Heike weiter.
»Ein Herr Krusanke …«

»Ach, der«, meinte Enne. »Das ist ein alter Brabbelhintern. Der
mischt sich in alles ein.«

»Dann der Einsatzleiter der Reservisten der Bundeswehreinheit, ein Friedrich Radmann«, fuhr Heike fort, »arbeitete früher in Pullach beim BND und lebt seit einigen Jahren in Potsdam. Seine Frau ist hier geboren. Er betreut in Potsdam den Verband der Reservisten der Bundeswehr auf ehrenamtlicher Basis.«

»Dem würde ich nicht so viel Gewicht beimessen«, mischte sich Enne ein. »Hier sind viele Beamte hergezogen; in Potsdam-Geltow befindet sich das Einsatzführungskommando der Bundeswehr. Wenn man da jeden verdächtigen würde, nur weil er beim Bundesnachrichtendienst gearbeitet hat, dann …«

»Danke«, unterbrach Lilienthal, »bitte überprüfen, Heike.«

Heike nickte und schob die Blätter zusammen.

»Erwähnten Sie eingangs nicht drei Personen?«, fragte Enne.

»Entschuldigung, einen hätte ich beinahe vergessen«, lächelte Heike sie schief an. »Ihr Partner ist der dritte.«

»Welcher Partner?«, fragte Enne iritiert.

»Joachim Grothe.«

»Also, Partner ist vielleicht übertrieben«, murmelte Enne.

»Grothe hat bei allen, die ich befragt habe, einen Stein im Brett«, berichtete Heike. »Joachim Grothe, das ist ein ganz Netter. Immer höflich und immer hilfsbereit, haben beinahe alle, die ich befragte, erklärt.«

»Dieser Spätentwickler, na ja, versteh einer die Frauen.«

»Hallo?«, sagten Heike und Enne unisono.

»Babyface«, grinste Lilienthal. »Der Auslöser für weibliche Sympathie.«

»Das kann aber auch eine Masche sein«, meinte Heike. Enne blickte sie bestürzt an.

»Joachim Grothe geht demnächst nach Oranienburg auf die Polizeischule. Leider liegt seine Mutter zurzeit im Krankenhaus«, erzählte Enne irgendwie zusammenhanglos. Es hörte sich wie eine Entschuldigung an.

»Bitte überprüfe alle drei, Heike.«

Körner erhob sich, klopfte auf die Tischplatte: »Weitermachen, Kollegen, und mit Hochdruck dranbleiben. Ich halte Ihnen den Rücken frei, was nicht einfach ist, das können Sie mir glauben. Die Staatsanwaltschaft sitzt mir im Nacken, von der Presse ganz zu schweigen. Der Durchsuchungsbeschluss für Hoffmanns Haus liegt auf deinem Schreibtisch, Maik.«

Als Lilienthal auf den Gang hinaustrat, summte sein Handy. Er meldete sich, lauschte und sagte dann: »Ich komme«, und zu den anderen: »Isabell Hoffmann hat angerufen. Sie bat mich, allein zu kommen.«

16

Isabell öffnete Lilienthal. In der schwarzen Hose, dem weißen, langärmeligen T-Shirt, das ihre trotz der Behinderung schlanke, reizvolle Figur unterstrich, wirkte sie ausgesprochen anziehend. Ihre Augenlider waren gerötet, doch als sie ihn begrüßte, klang ihre Stimme ruhig und fest. Sie bat ihn herein. Eine Kanne mit Kaffee, zwei Becher, Milchkännchen und Zuckerdose, daneben ein Teller mit Plätzchen, standen auf dem Tisch. Das Porzellan leuchtete in einem satten Maisgelb. Isabell bat Lilienthal, Platz zu nehmen, goss ihm Kaffee ein, gab dazu einen kleinen Schuss Sahne – wie er feststellte, hatte sie es sich vom Vortag her gemerkt – und erwähnte dabei, dass Fabian trotz seiner Verletzung zur Schule gegangen sei, da die Abiprüfungen in vollem Gang seien und jeder Tag zähle.

Lilienthal fühlte sich befangen. Er und Isabell befanden sich im selben Raum wie am Vortag. Das Blut auf dem Boden war entfernt worden, und alles glänzte vor Sauberkeit. Isabell nahm eine Mappe aus rotem Leder unter dem Tisch hervor. »Das Krankenhaus hat Sie informiert?«, fragte sie. Lilienthal nickte. »Ihr Bruder hat eine gute Chance durchzukommen, sagte mir der behandelnde Arzt. Darüber bin ich sehr erleichtert«, fügte er leise hinzu. Isabell beugte den Kopf, und eine seidige dunkle Strähne ihres Haares fiel über ihre Wange.

»Ich habe etwas gefunden, Herr von Lilienthal, von dem ich denke, dass es nicht nur für mich, sondern auch für Sie von Interesse sein kann.« Sie strich über das Leder der Mappe, und diese Geste der Hilflosigkeit rührte ihn. »Nachdem gestern alle weg waren, hat Fabian, so gut er konnte mit seinem verletzten Bein, aufgeräumt und«, sie stockte für einen Moment, »sauber gemacht. Wissen Sie, jeder hat seine eigene Art, mit etwas völlig Unvorhergesehenem umzugehen. Meinem Sohn half die Arbeit.« Sie atmete tief ein, dann fuhr sie fort: »Irgendwann gegen Abend bin ich in das Zimmer von Franz gegangen.« Isabell blickte Lilienthal an. »Zum besseren Verständnis, Herr Hauptkommissar, wir drei Hoffmanns leben zwar zusammen wie eine Familie, respektieren aber absolut die Privatsphäre des anderen. Ich kenne mich also nicht gut in dem Zimmer von Franz aus, genauso wenig wie in dem von Fabian. Glauben Sie mir, es ist mir sehr schwergefallen, die Sachen meines Bruders durchzusehen, aber mir war klar geworden, es musste etwas geben, das mir eine Erklärung liefern würde für das, was er getan hat.« Sie öffnete die Ledermappe und entnahm ihr einen Umschlag in DIN-A4-Größe. »Das fand ich in einer Schublade seines Schreibtisches.« Isabell öffnete den Umschlag und zog mehrere zusammengeheftete Seiten heraus. »Es ist sein Testament«, sagte sie leise.

Lilienthal hatte das amtliche Siegel bemerkt. »Das Testament wurde notariell aufgesetzt?«

Isabell nickte. »Franz hat es vor genau einer Woche abgefasst.« Sie nahm die Urkundenrolle und legte sie auf den Tisch. »Im Wesentlichen war es für mich nichts Neues. Grundstück und Haus gehören uns beiden je zur Hälfte. Es war das Haus unserer Großmutter. Franz hat mir seine Hälfte vermacht.« Sie nahm zwei weitere Bögen aus der Mappe. »Aber außerdem hatte er eine Lebensversicherung abgeschlossen, von der ich nichts wusste.«

»Sie sind die Begünstigte?«, fragte Lilienthal. Isabell nickte nur. »In welcher Höhe wurde die Versicherung abgeschlossen?« Isabell blickte ihn mit ihren dunklen Augen lange an. Lilienthal konnte den Blick nicht deuten. Dann flüsterte sie: »Über eine Million.«

»Donnerwetter«, entfuhr es ihm, »dafür muss ein Bäcker viele Brötchen backen.« Die monatliche Prämie schätzte er auf um die tausend Euro, wenn das reichte. Das Gehalt von Hoffmann bei der BStU war nicht üppig. Warum über so einen hohen Betrag?

In seine Überlegungen hinein hörte er Isabell sagen: »Franz hat sich immer um mich und Fabian gesorgt. Der Junge sollte die bestmögliche Ausbildung bekommen. Franz wollte, dass Fabian im Ausland studieren könnte. Auch machte er sich Sorgen, wie ich im Alter zurechtkommen würde, falls er nicht mehr für uns sorgen würde. Fabian hat ihn häufig damit aufgezogen und ihn oft als Bedenkenträger verspottet. Das tut mir heute so furchtbar leid ...« Ihre Stimme brach. »Franzl war ein eher ängstlicher Mensch, Herr Kommissar, seine Unnahbarkeit war nur Fassade, sein Schutz. Bis auf uns wollte er niemanden an sich herankommen lassen.« Isabell nahm das zweite Blatt. Tränen quollen unter ihren dichten schwarzen Wimpern hervor. Er hätte sie am liebsten in den Arm genommen, sie getröstet, gewiegt wie ein Kind, aber das ging nicht, er musste Distanz wahren. Lilienthal beugte sich vor, nahm ihre Hand und hielt sie behutsam zwischen seinen beiden Händen. Ihre Finger waren eiskalt. Nach wenigen Sekunden entzog sie ihm ihre Hand. »Dieser Brief lag zuoberst«, sagte sie und hielt ihm das Blatt hin. Als er das Datum sah, murmelte er: »Das war ja gestern?«

»Er muss es kurz bevor Sie gekommen sind geschrieben haben«, erwiderte Isabell leise. Lilienthal las:

> *»Liebe Bella,*
> *du und Fabian, ihr seid mir die wertvollsten Menschen auf der Welt. Meine geliebte kleine Familie.«*

Die letzten Worte waren verwischt, als wenn Feuchtigkeit darübergeflossen wäre.

> *»Vor einigen Jahren habe ich zu deinen Gunsten eine Lebensversicherung abgeschlossen. Heute scheint es mir wie eine Vorahnung gewesen zu sein. Sie gilt im Todesfall, egal, wie der Tod eintreten wird. Deine und Fabians Zukunft ist damit gesichert.*
> *Du weißt, dass es mir in letzter Zeit nicht gut ging. Vielleicht, wenn ich mich früher aufgerafft hätte, zum Arzt zu gehen, wäre alles anders gekommen, aber darüber zu spekulieren hat sich nun erübrigt. Seit der letzten Woche liegt mir das Ergebnis der Untersuchung vor. Ein bösartiger Tumor des Lymphsystems, das Hodgkin-Lymphom. Metastasen wurden bereits in allen anderen Organen festgestellt. Ich weiß, dass ich nur noch wenige Wochen zu leben habe. Aber was für ein Leben? Unter grauenvollen Schmerzen. Ich bekomme bereits jetzt starke Schmerzmittel, die mir kaum noch Linderung verschaffen. Ich werde mich keiner weiteren Behandlung unterziehen. Diesen Entschluss habe ich letzte Nacht getroffen. Alles ist geregelt. Ich habe mich entschieden.*
> *Lebt wohl, ich liebe euch beide von ganzem Herzen.*
> *Euer Franzl«*

Lilienthal gab Isabell den Brief zurück. Ein Gefühl der Erleichterung durchflutete ihn. Er war rehabilitiert – zumindest vor sich selbst. Hoffmann hatte sich umbringen wollen, und nicht er, Lilienthal, hatte ihn dazu verleitet. Isabell faltete den Brief und schob ihn zurück in den Umschlag. Eine Weile blieb es still zwischen ihnen. Der Zeitpunkt war denkbar ungünstig, aber er musste weitermachen, draußen warteten seine Leute. Er zog den Durchsuchungsbeschluss aus der Tasche. »Frau Hoffmann«, fing er an und versuchte seiner Stimme Neutralität zu verleihen, was ihm nicht wirklich gelang. »Es tut mir leid, aber wir vermuten, dass Ihr Bruder Unterlagen über das Mordopfer, Dietger Alsrath, im Haus versteckt hat.« Lilienthal reichte ihr den Beschluss des Staatsanwaltes. Isabell hatte ihm verwirrt zugehört. Jetzt blickte sie ihn fassungslos an. Sie überflog das Schreiben.

»Ich nehme an, dass ich dagegen nichts einwenden kann?« Lilienthal nickte. »Dann tun Sie ihre Pflicht, Herr Hauptkommissar.« Und ohne ein weiteres Wort wendete sie den Rollstuhl und fuhr hinaus. Ihre Antwort versetzte ihm einen Stich.

Er ging nach draußen. Wenige Meter vom Grundstück entfernt stand der weiße Kastenwagen der Kriminaltechnik. Lilienthal rief die Kollegen herein, und gemeinsam fingen sie an, das Haus zu durchsuchen. Lilienthal nahm sich Hoffmanns Zimmer vor. Ein quadratischer Raum, ausgestattet mit schlichten, funktionalen Möbeln, die zum größten Teil aus abgebeiztem Holz bestanden, was dem Raum eine warme, anheimelnde Note verlieh. An der Wand gegenüber dem Fenster eine Schlafcouch. Das Bettzeug darauf akkurat zurechtgezogen wie beim Militär. Auf dem Sessel und den beiden Stühlen kein einziges Kleidungsstück. Die Oberfläche des Schreibtisches glänzte, kein Stäubchen. Penible Ordnung im ganzen Raum. An der Stirnseite standen zwei Schränke. Lilienthal öffnete den linken Schrank. Hosen und Jacken, jedes Kleidungsstück auf einem separaten Bügel, links daneben Regalfächer mit Unterwäsche, Pullovern und Hemden, alles wie auf einer unsichtbaren Linie ausgerichtet. Der andere Schrank enthielt Akten, juristische Fachliteratur, ein Bürgerliches Gesetzbuch aus dem Jahr 2005 und ein Strafgesetzbuch aus dem gleichen Jahr. Wofür hatte er die Bücher gebraucht? Daneben Ergänzungsbände und diverse Abhandlungen über Verhaltens- und Zwillingsforschung.

»Da schau her«, murmelte Lilienthal.

Die Ordner waren alphabetisch geordnet. Er zog den ersten heraus und blätterte darin. Briefwechsel mit Behörden, hauptsächlich wegen Zahlungen für Hilfsmittel für seine Schwester. Systematisch ging er jeden einzelnen Ordner durch. Nirgendwo ein Hinweis auf die frühere Tätigkeit beim Ministerium für Staatssicherheit oder bei der Hauptverwaltung Aufklärung. Keine persönlichen Unterlagen, weder Zeugnisse noch Hinweise auf universitäre Studien. Hatte Hoffmann alles weggeworfen? Aber so etwas hob man doch auf. Lilienthal schob den letzten Ordner zurück, da sah er es. Eingeklemmt zwischen Regalbrett und Rückwand lugte ein winziges Stück Papier hervor. Vorsichtig zog er es heraus. Es schien die Ecke eines Kontoauszugs zu sein. Kaum erkennbar ein K. Komm?, dachte er. Hatte Hoffmann ein Konto bei der Komm Bank? Er zog ein Plastiktütchen aus seiner Tasche und schob den Papierschnipsel hinein, danach klopfte er die Schrankwände ab. Kein Hohlraum, keine Zwischenböden, nichts. Lilienthal schob einen Stuhl vor die Schränke, stieg hinauf und blickte hinter den Kranz. Absolut nichts. Er stellte den Stuhl zurück und ging zur Schlafcouch, warf die Betten auf den Boden. Die Matratze war fest gepolstert und mit dem Gestell verbunden. Er kniete sich vor dem Bett auf den Boden und schaute darunter. Sauber, keine Staubflusen, hatte Hoffmann eine Stauballergie oder eher eine Putzmanie?, überlegte er. Nein, das sah ganz nach Tabula rasa aus. Der hatte alle Spuren beseitigt.

Enttäuscht setzte Lilienthal sich auf den Stuhl. Von unten hörte er Türen klappen und Gesprächsfetzen. Jetzt blieb nur noch der Schreibtisch. Er öffnete die Schubfächer. Auch hier akribische Ordnung. Briefpapier, Büromaterial, Bleistifte, akkurat angespitzt, in einem Etui ein Füllfederhalter der Marke Markant mit einer Vierzehn-Karat-Goldfeder. Zwei Schachteln mit Büroklammern, farbig sortiert. Alles wie nach dem Lineal ausgerichtet. Er zog die Schubladen heraus und blickte ins Innere. Leer. Er hatte alles durchsucht.

Verdammt, wo war das Versteck? Lilienthal fühlte es, roch es beinahe, irgendwo hier hatte Hoffmann etwas verborgen. Er stand auf und ging zum Fenster, lockerte die Krawatte und öffnete den obersten Hemdknopf. Er brauchte Luft. Diese Ordnung ging ihm auf den Geist. Das alles hier war nicht normal, das war krank. Das Fenster war neu und ließ sich leicht öffnen. Lilienthal beugte sich hinaus, atmete tief die kalte Luft ein, es war still, nur ein Hund bellte in der Ferne. Er blickte hinüber zu dem Feld. Die Schafe hatten sich zusammengedrängt. Entfernt hörte er das hohe Blöken eines Lämmchens.

Missmutig wandte er sich um. Wo würde er etwas verstecken? Wenn nicht in diesem Zimmer, wo sonst im Haus? Aber man versteckte doch etwas, was niemand finden sollte, nah bei sich, in seinem ureigensten Refugium. Lilienthal schloss das Fenster und stützte sich auf dem weiß gestrichenen Fensterbrett ab – das Holz knarrte, er sah hinunter. Der Heizkörper darunter war verkleidet, eine sorgfältig ausgeführte Schreinerarbeit. Lilienthal ging zur Tür, öffnete sie und rief nach einem der Kollegen. Torsten, ein junger Kriminaltechniker, blond, mit Irokesenschnitt, kam die Treppe herauf. »Mach das mal bitte auf«, befahl Lilienthal.

Der junge Mann ging in die Hocke, zog einen Schraubenzieher aus der Tasche und schraubte routiniert die Verkleidung ab und stellte sie zur Seite. Ein dunkler, gusseiserner Heizkörper kam zum Vorschein. Lilienthal kniete sich hin, fuhr mit der Hand über die Oberkante, tastete die Lamellen ab. Als er die Hand zurückzog, haftete Staub an seinen Fingerspitzen. Wenigstens hier hatte Hoffmanns Ordnungs- und Putzwut haltgemacht, dachte er. Enttäuscht blieb er sitzen, starrte auf den alten Radiator. Ohne die untere Verkleidung wirkte das Fensterbrett sehr kompakt. Er betrachtete es genauer. Das Brett war mit einem Band überklebt und die Farbe dick darübergestrichen.

»Messer«, knurrte Lilienthal zu dem Kriminaltechniker. In seinem Kopf fing es an zu summen. Der Techniker fummelte ein Schweizer Messer aus seiner Hosentasche und gab es ihm. Vorsichtig löste Lilienthal das Band. Torsten war neben ihm in die Hocke gegangen und schaute neugierig zu. Unter dem oberen befand sich ein zweites, dünneres Brett, beide wurden durch eine verschraubte Leiste zusammengehalten. Der Techniker löste schnell die Schrauben und entfernte die Leiste. Das Fensterbrett war der obere Teil eines schmalen Kastens. Torsten reichte ihm eine Taschenlampe, und Lilienthal spähte hinein.

»Treffer!«, sagte Lilienthal zufrieden und zog vorsichtig nacheinander zwei Päckchen Briefe hervor. »Habt ihr schon die Papier- und Mülltonne durchsucht?«

»Ja, aber kaum etwas drin, Chef. Die Leerung muss vor Kurzem gewesen sein. Brauchen Sie mich noch?«

»Vorerst nicht«, murmelte Lilienthal.

Als der Techniker den Raum verlassen hatte, setzte er sich an den Schreibtisch. Die Briefe waren vergilbt und rochen muffig. Er entfernte die Gummis, mit denen sie zusammengehalten waren, und legte sie nebeneinander vor sich auf die Schreibtischplatte. Alle Briefe trugen die gleiche zierliche Handschrift, adressiert an Dr. Ralf Alsrath, Leverkusen, Absender Isabell Hoffmann. Lilienthal zählte. Vierundzwanzig Briefe hatte Isabell an Ralf geschrieben, und Hoffmann hatte alle unterschlagen.

Lilienthal nahm einen Brief, öffnete ihn vorsichtig, damit der Rand nicht einriss, und kam sich trotz der vielen Berufsjahre wie ein Voyeur vor. Isabell forderte von Ralf eine Entscheidung. Die Behörden, besonders Franz, drängten sie zu einer Abtreibung. »Ich weiß nicht, was ich machen soll, Ralf. Bitte hilf mir! Es ist doch auch dein Kind«, schrieb sie. Lilienthal legte das Blatt zur Seite und fing an, die Briefe nach Datum zu sortieren und zu öffnen. Aus den Inhalten sprach Verzweiflung. In keinem der Briefe hatte sie Ralf beschuldigt, nur Trauer sprach aus ihren Worten, und das machte alles viel schlimmer. Nirgendwo hatte sie ihre Behinderung erwähnt. Nachdenklich legte Lilienthal die Briefe zu einem Stapel zusammen. Warum hatte sie Ralf davon nichts geschrieben? Es wäre doch ein wichtiges Argument gewesen? Aber das hätte ihren Stolz verletzt; sie wollte kein Mitleid, sie hatte um ihr Kind gekämpft, gegen alle Widerstände hatte sie Fabian geboren, dachte er.

Hoffmann war das Charakterschwein. Nicht Ralf. Hoffmann hatte verhindert, dass Isabell Kontakt mit Ralf aufnahm. Verhindert, dass Ralf von seinem Sohn erfuhr. Das Leid seiner Schwester interessierte ihn nicht die Bohne. Ein kleinkarierter Egomane –

gekränktes, piefiges Ehrgefühl, schlimmer noch als Hass. Nie sollte der ehemalige Freund von seinem Sohn erfahren, nicht Isabell hatte das so gewollt, ihr Bruder war es, der ihr eingeredet hatte, in die Geburtsurkunde von Fabian ›Vater unbekannt‹ einzusetzen. Wie grausam gegenüber dem heranwachsenden Kind. Und Hoffmann war Kontrollfreak gewesen, bis zum Schluss, überlegte Lilienthal. Er schob die Briefe zusammen. Dem Überbringer einer schlechten Nachricht drohte Bestrafung, das hatten schon die alten Griechen gewusst. Er nahm die Gummis, schob sie über die Päckchen und legte alles zurück ins Geheimfach. Dann stellte er die Heizkörperverkleidung so davor, dass man sie leicht entfernen konnte. Sollte doch Isabell oder Fabian das Corpus Delicti finden. Er hörte Isabell in der Küche hantieren und ging nach draußen. Werner Hinner, der Leiter der KTU, ein drahtiger Mittvierziger mit millimeterkurzem Haar, berichtete, dass sie nichts Verwertbares, kein einziges Dokument vom MfS, geschweige denn von der HV A oder der BStU, gefunden hätten.

»Habt ihr auch die Nebengebäude durchsucht?«

»Was denkst du denn? Natürlich auch die Garage. Die ist umgebaut zur Töpferwerkstatt. Die dunkle Fee hat uns dabei beobachtet wie ein Adler das Nest seiner Jungen. Nichts. Im Gartenhäuschen waren nur Gartengeräte und ein paar alte Plastikstühle.«

Lilienthal fuhr zurück ins Präsidium. Während der Fahrt klingelte sein Handy. Der Neurologe aus dem Krankenhaus meldete sich. Hoffmann war aus dem künstlichen Koma erwacht und hatte nach einer ersten Untersuchung keine Ausfälle. Auch sein Erinnerungsvermögen schien intakt zu sein.

»Wann ist eine Befragung möglich?«, wollte Lilienthal wissen.

»Morgen früh, aber nur kurz. Es war der Wunsch des Patienten, mit Ihnen zu sprechen, darum habe ich Sie angerufen.«

Lilienthal war wie elektrisiert. Hoffmann wollte ihn sprechen. Dann musste es wichtig sein. Er reflektierte noch einmal das Gespräch mit Isabell. Hoffmann hatte die Rolle des Vaters für Fabian übernommen. Gab es andere Frauen in seinem Leben? Isabell hatte davon nichts erwähnt. Der Unfall seiner Schwester hatte Hoffmanns Lebensplanung geprägt. Als er sich von Isabell verabschiedete, hatte sie eindringlich zu ihm gesagt: »Sie dürfen die Vergangenheit meines Bruders bei der HV A nicht überbewerten, Herr Hauptkommissar, mein Bruder hatte nie etwas mit Menschen zu tun, er war nur zuständig für die Archivierung und Erfassung durch Datenträger.« Lilienthal hatte gespürt, wie wichtig ihr das Thema war, und vermieden, darauf zu antworten, dass die Arbeit des MfS in der Überwachung und Bespitzelung seiner Mitbürger bestand. Warum auch? Isabells Loyalität gegenüber ihrem Bruder musste er nicht zerstören. Zumindest jetzt noch nicht.

Lilienthal versuchte Alicia Meckel zu erreichen, man richtete ihm aus, sie wäre in einer Sitzung. Er bat um Rückruf. Was genau hatte Hoffmann bei der HV A gemacht? Archiv? Das hörte sich vage und nach Persilschein an. Kurz vor der Ausfahrt Potsdam-Babelsberg klingelte sein Handy.

»Entschuldigung, eine Sitzung jagt die nächste«, meldete sich Alicia Meckel fröhlich. »Vier Teilnehmer, fünf Meinungen, das zieht sich, aber ich habe Neuigkeiten, Herr Hauptkommissar.«

Sie verabredeten sich im »Max und Moritz« in Kreuzberg, in der Nähe ihrer Wohnung am Oranienplatz. Lilienthal fuhr zurück. Auf der AVUS Richtung Funkturm floss der Verkehr, aber weiter nach Tempelhof ging es nur noch zähflüssig voran. Er fand einen freien Parkplatz in der Prinzenstraße, lief zum Moritzplatz und bog rechts in die Oranienstraße ein. Das »Max und Moritz« hatte den Charme einer alten Kreuzberger Kneipe: dunkle Holztische und Stühle, eine lange Theke – und um diese Uhrzeit alles besetzt. Lilienthal sah sich um. Hinten im Raum erhob sich die hohe Gestalt von Alicia Meckel und winkte ihm zu. Er drängte sich durch die Gäste und war froh, dass im hinteren Teil der Lärmpegel etwas geringer war. Sie wies auf den gegenüberliegenden Stuhl. Vor ihr stand ein großer Salatteller. Erst jetzt bemerkte er, dass sein Magen wild nach Essen schrie. Er bestellte sich ein kleines Bier und ein Schnitzel.

»Brisante Neuigkeiten, Frau Meckel?«

»Kann man so sagen.«

17

Zufrieden schob Lilienthal seinen Teller beiseite. Alicia Meckel sah ihn spöttisch an. Es war augenscheinlich, dass sie ihn für einen Vielfraß hielt. Sie selbst hatte nur wenig gegessen. Kein Wunder, dachte er, das war eher etwas für Wiederkäuer. Diese Frau brauchte ein großes Steak, nicht mehr und nicht weniger, aber Frauen waren ja der Meinung, dass ein paar grüne Blättchen völlig ausreichend und so gesund wären. Sein Schnitzel von beachtlicher Größe hatte ihn zufrieden und nachsichtig gestimmt.

Alicia Meckel verschränkte die Arme auf dem Tisch und beugte sich vor, damit nicht jeder hören konnte, was sie sagte. »Ich habe mir die letzte Nacht um die Ohren geschlagen und bin der Meinung, dass es sich für Sie gelohnt hat.«

»Das freut mich«, erwiderte Lilienthal und versuchte vergeblich, ein Gähnen zu unterdrücken.

Alicia Meckel schüttelte in gespielter Empörung den Kopf: »Also, wenn hier einer gähnen darf, dann ja wohl ich.«

»Wenn Sie wüssten, wie wenig ich letzte Nacht geschlafen habe, dann würden Sie mich jetzt sofort ins Bett bringen«, erwiderte Lilienthal mit treuherzigem Blick.

»Meinen Sie?«, meinte die Meckel amüsiert.

»Da bin ich mir sicher«, sagte Lilienthal, und seine Augen funkelten.

»Gut, sprechen wir jetzt von dem, was mich vom Schlaf abgehalten hat, Herr Kommissar.« Alicia Meckel faltete die Hände. »Ich habe mir den Abschlussbericht über die Auflösung der ehemaligen HV A vorgenommen. Kennen Sie darüber Einzelheiten?«

Lilienthal verneinte.

»Im Februar 1990 beschloss die Arbeitsgruppe Sicherheit des Zentralen Runden Tisches der DDR die ersatzlose Auflösung der Abteilungen der ehemaligen HV A. Sie sollten ihre Abwicklungsaufgaben zur Auflösung bis zum 30.6.1990 abschließen. Es war beabsichtigt, den Auslandsnachrichtendienst vom AfNS zu trennen und der künftigen Spionageabwehr ihren militärischen Charakter zu nehmen.«

»Entschuldigung, Frau Meckel, was heißt AfNS?«, unterbrach sie Lilienthal.

»Ups, das vergaß ich ganz zu erklären. Am 17. November 1989 wählte die Volkskammer der DDR einen neuen Ministerrat. Das Ministerium für Staatssicherheit wurde daraufhin in Amt für Nationale Sicherheit umbenannt, also AfNS, Herr Hauptkommissar.« Lilienthal schüttelte irritiert den Kopf. »Alle Mitarbeiter inklusive OibE sollten aus dem Dienstverhältnis per 31.3.1990 entlassen werden.« Als sie seinen verständnislosen Blick bemerkte, erklärte sie: »OibE bedeutet Offiziere im besonderen Einsatz.« Sie machte eine Pause, dann sagte sie: »Auf der Personalliste der ehemaligen OibE ohne zeitliches Limit steht auch Franz Hoffmann.«

»Das heißt?«

»Dass er mit Billigung und ohne zeitliches Limit seine Tätigkeit fortsetzen konnte.«

»Ohne zeitliches Limit? In dieser Zeit? Wie das denn?«

»Eben, das fand ich auch sehr interessant«, erwiderte Alicia Meckel. »Aber ich hab noch was.« Sie zog Papiere aus ihrem Rucksack, den sie neben sich auf dem Stuhl deponiert hatte, und reichte sie Lilienthal. »Hier, lesen Sie.«

Am 22.6.1990 eingelagerte fünfundvierzig laufende Meter Akten sowie Karteien gefunden, las Lilienthal. Er blickte sie fragend an.

»Bei diesem Material handelte es sich um überwiegend für die Sicherheit der DDR, ihrer Verbündeten, aber auch anderer Staaten relevantes Material. Unter anderem Informationen über voll identifizierte, weltweit operierende Agenturen anderer Geheimdienste, deren Strukturen und hauptamtliche Agenten.« Sie blickte ihn triumphierend an. »Ist Ihnen die Brisanz dieses Materials bewusst?«, und dabei deutete sie auf die Unterschrift auf dem Dokument. Dort stand in Schreibmaschinenschrift: »Franz Hoffmann OibE«, und schwungvoll darüber seine Unterschrift.

»Das heißt im Klartext, Herr Hauptkommissar, Hoffmann war einer der führenden Offiziere im besonderen Einsatz der HV A, und er hatte Einsicht in die Listen der Agenten, nicht nur die der HV A, sondern auch anderer Nachrichtendienste.«

Lilienthal stieß die Luft aus. »Und da spielt er uns die ganze Zeit das Theater vom kleinen Sachbearbeiter vor.«

Alicia Meckel grinste. »Aber für uns sind auch interessant die Aktivitäten westlicher Geheimdienste bei diesem Auflösungsprozess. CIA und BND bemühten sich sofort nach dem Mauerfall um die Mitarbeiter der HV A. Die waren für sie hochinteressant mit ihrem Wissen.« Sie reichte ihm mehrere Seiten. »Ich habe alle Dokumente, die mit Hoffmanns Unterschrift versehen sind, kopiert. Hoffmann hatte Einsicht und Kenntnis in die Namensverzeichnisse der im Ausland tätigen OibE, im Klartext über die Auslandsspione, was den operativen Bereich BRD einschließt.« Sie winkte dem Kellner. »Damit ist klar, dass Hoffmann den Decknamen und auch die Funktion und den Bereich Ihres Mordopfers gekannt haben musste.« Sie versuchte, ein Gähnen zu unterdrücken. »Ich denke, damit haben Sie genügend Material, Herr Hauptkommissar« – und musste schon wieder gähnen.

»Mein Bett ruft, eigentlich schlafe ich schon«, murmelte sie undeutlich hinter der vorgehaltenen Hand. Sie erhob sich, zog einen bunten Seidenschal aus ihrem Rucksack, schlang ihn mehrmals um den Hals und griff nach ihrer schwarzen Jacke, die über der Lehne ihres Stuhls hing. Sie zog sie über, legte den passenden Eurobetrag neben ihren Teller, hob die Hand zum Abschied und drängte sich zwischen den Besuchern des Restaurants hinaus zum Ausgang. Lilienthal sah ihr hinterher. Schade, er hätte gern noch länger mit ihr zusammengesessen und ohne zu zögern die Nacht mit ihr verbracht. Natürlich hatte er ihren Blick bemerkt, wenn sie dachte, er wäre in die Papiere vertieft, hatte die Spannung gefühlt, die sich zwischen ihnen aufgebaut hatte. Chance verpasst, Alter, dachte er und nahm sich noch mal die Papiere vor. Spionage begann ja nicht erst im Kalten Krieg und hörte auch nach 1990 nicht auf.

Ein Kellner war an den Tisch getreten und fragte, ob er noch einen Wunsch hätte. Lilienthal verstand. Der Tisch wurde gebraucht. Er rollte die Papiere zusammen und steckte sie in seine Jacke. Dann drängte er sich zwischen den wartenden Gästen nach vorn zur Theke. Dort musste er eine Weile warten, bis sich jemand erbarmte und ihn abkassierte. Lilienthal stieß die schwere Tür auf und trat hinaus. Draußen auf der Oranienstraße sog er tief die kalte Luft ein. Über den Dächern der Häuser funkelte ein sternenklarer Himmel. Fröstelnd schlug er den Kragen seiner Lederjacke hoch und trabte im Laufschritt zum Moritzplatz. Als er in die Prinzenstraße einbog, sah er mehrere Jugendliche vor seinem Jaguar stehen. Er spurtete die letzten Meter zum Auto.

»Ey Opa, die Apotheke hat schon zu«, kreischte einer und versperrte ihm demonstrativ den Weg.

»Is Spezialrasse, muss du vorsichtig mit umjehn«, schrie der hinter dem.

»Haste Kohle oder der Schlitten hat 'ne Beule«, grölte ein untersetzter, bulliger Typ mit einer verkehrt herum aufgesetzten Baseballkappe. Blitzschnell ergriff ihn Lilienthal und warf ihn mit einem gezielten Judogriff aufs Pflaster, mit der anderen Hand zückte er seinen Dienstausweis.

»Los, rüber an die Hauswand, alle, aber dalli!«, befahl er.

Aus den Augenwinkeln sah er etwas blitzen. Er wirbelte herum und trat einem Kahlgeschorenen das Messer aus der Hand, und ehe der es aufheben konnte, hatte er seinen Fuß daraufgestellt. »Wer will noch mehr?«, lockte er mit heiserer Stimme.

»Du Bullenarsch«, brüllte der Kahlgeschorene. Die Übrigen stoben davon. Die Glatze zögerte eine Sekunde, dann rannte er den anderen hinterher. Der mit der Baseballkappe rappelte sich hoch.

»Scheiß-Nazi«, fauchte er Lilienthal an.

»Das ist Beamtenbeleidigung, du Pfeife«, entgegnete Lilienthal. Breitbeinig stand er da und wartete auf einen weiteren Angriff, aber der andere hatte vorerst genug und humpelte, so schnell er konnte, davon. Lilienthal ging um sein Auto herum. »Alles heile, meine Schöne«, murmelte er erleichtert und tätschelte das kalte Blech. Er stieg ein und startete; das sonore Summen des Motors beruhigte seine Nerven.

Ohne Eile fuhr er den Mehringdamm hinunter, kreuzte den Columbiadamm, fuhr den Tempelhofer Damm entlang und am Landeskriminalamt vorbei, dann rechts hinter der S-Bahn-Brücke auf die Stadtautobahn Richtung Funkturm. Ein Lkw schob sich vor ihm auf die Ausfahrt zum Messedamm, er wechselte auf die Spur Hamburg/Leipzig zur AVUS und rollte mit den vorgeschriebenen achtzig Stundenkilometern Richtung Potsdam.

Das Telefon vibrierte. An der Nummer auf dem Display sah er, dass es seine Mutter war. Er war müde und entschied mit schlechtem Gewissen, den Anruf nicht anzunehmen. Morgen war auch noch ein Tag. Gerade erst hatte er während der Fahrt Kalumet in groben Zügen über Hoffmanns Testament und Alicia Meckels Recherche informiert und dabei im Hintergrund Heike quietschen gehört. Er konnte sich lebhaft vorstellen, von wo aus Kalumet mit ihm sprach und in welcher Situation. Langsam werde ich zum Spießer, dachte er. Vereinzelt zogen die Scheinwerfer der Autos auf der Gegenfahrbahn vorbei. Vor ihm, im Dunkel der Nacht, tauchten die traurigen Augen von Isabell auf. Unwillkürlich trat er aufs Gaspedal. Der Tacho schoss hoch auf einhundertvierzig Stundenkilometer. Er verringerte die Geschwindigkeit, das fehlte noch, dass man ihn blitzte. Was fasziniert dich so an dieser Frau?, überlegte er. Das ist hoffnungslos, das weißt du doch, murrte sein Alter Ego. Abschalten, befahl er sich, aber die Gedanken ließen sich nicht auf Knopfdruck unterbinden.

Hoffentlich hatte Lorenz nicht wieder eine seiner häufigen künstlerischen Diskussionsrunden angesetzt, wie er offiziell seine Feten nannte. Diese Wohngemeinschaft war keine ungetrübte Erfolgsgeschichte. Maik brauchte nach seiner Arbeit Entspannung, dazu gehörte in letzter Zeit auch klassische Musik. In seiner Jugend hatte er auf eigenen Wunsch Geigenunterricht bekommen und spielte ganz passabel Violine, nur die Zeit dafür fehlte ihm jetzt. Der erste Satz aus »Aus der Neuen Welt« von Dvořák, dazu ein trockener Chianti aus der Region um Siena, das machte den Kopf frei. Lorenz hingegen benötigte nach seiner kreativen Phase genau das Gegenteil. Irgendwann muss ich mir doch eine eigene Wohnung suchen, überlegte Maik, aber das war genau der Punkt.

Einerseits fühlte er sich wohl, ungebunden tun und lassen zu können, wie es ihm behagte, niemandem Rechenschaft schuldig sein. Aber auf der anderen Seite, so ganz ohne ein Weib, das sich nachts in seinen Arm schmiegte, dessen Wärme er an seinem Körper spürte, den Duft ihrer Haut, das vermisste er. Er wollte ja keine Shakira, aber natürlich sollte sie verführerisch aussehen, und reden müsste er mit ihr können, über das, was ihn wirklich bewegte. Gab es überhaupt so eine Frau, oder musste er sie sich erst backen? Nach seiner leidenschaftlichen Beziehung mit Rena, einer zierlichen dunkelhaarigen Kindfrau, temperamentvoll wie ein Vulkan, die ihn mit ihrer hysterischen Eifersucht zur Verzweiflung getrieben hatte, war er vorsichtig geworden. Rena hatte ihre Gefühle zu zweihundert Prozent ausgelebt, in der Liebe und im Hass. Zu Anfang ihrer Beziehung war er hingerissen gewesen von ihrer Impulsivität. Als sie ihn jedoch eines Tages mit einem Messer bedrohte, war er Hals über Kopf aus der gemeinsamen Wohnung geflüchtet und hatte sich in einem Appartement in Kleinmachnow verkrochen.

Gelitten wie ein Hund hatte er nach der Trennung. Sie fehlte ihm, trotz allem. Ihr Lachen, ihr zwitscherndes, ununterbrochenes Reden – es war auf einmal so still um ihn herum geworden. Er hatte sich in die Arbeit gestürzt, morgens der Erste, abends der Letzte, und auch die Wochenenden häufig im Büro verbracht. Bis Körner mit ihm Tacheles redete. »Ich schätze engagierte Kollegen«, hatte der Alte gesagt, »aber das Präsidium ist kein Therapiezentrum. Nimm dir ein paar Tage Urlaub, Maik. Das ist ein dienstlicher Befehl.« Daraufhin war er Hals über Kopf nach Bergamo in die Lombardei gefahren und hatte sich in einer kleinen Pension am Lago d'Iseo eingemietet. Im Nachbarzimmer wohnte Conny aus Heidelberg. Frisch geschieden, wasserstoffblond und rund wie ein überreifer Pfirsich. Mein Kummerspeck, hatte sie ihm seufzend erklärt. Er hatte mit ihr eine heftige Affäre angefangen, bei der beide wussten, dass sie nicht von Dauer sein würde. Als er wieder nach Hause kam, ging es ihm besser.

Nur seine Mutter war inzwischen zur Glucke mutiert. Ihr wäre es am liebsten gewesen, wenn er zu ihr gezogen wäre. Nach kurzer Zeit kam er sich vor wie ein Sechsjähriger. Täglich rief sie an, wollte über alles informiert werden und gab ungefragt Ratschläge. Es eskalierte, als sie sich in einem Restaurant verabredet hatten und er mit einer schweren Erkältung erschien, worauf sie in voller

Lautstärke fragte: »Hoffentlich hast du die langen Unterhosen an, die ich dir geschenkt habe.« Am Nachbartisch hörte er jemanden kichern und kam sich vor wie ein Idiot, sogar der Keller sah ihn mitfühlend an. Anscheinend hüpfte man für Mütter auch als erwachsener Mann immer weiter in kurzen Hosen durchs Leben. Natürlich mochte er seine Mutter, aber bitte mit der nötigen Distanz.

Als Lorenz von der Wohnung im Holländischen Viertel erzählte, die er sich nicht allein würde leisten können, erschien ihm das wie ein Glücksfall. Von da an schraubte seine Mutter ihre Besitzansprüche zurück. Er kannte Lorenz seit ihrem ersten Schultag. Ihre Freundschaft hatte alles überdauert, auch Lorenz' Ehe mit Lina, einer Gesundheitsfanatikerin. Kein Fleisch, kein Alkohol, Lina bestand auf Vollkornprodukten, Tofu und allen möglichen Sprossen aus dem Biomarkt. Lina kleidete sich in ökologisch hergestellte Säcke, die sie Kleider nannte, und ihr hervorstechendes Merkmal war eine kaum noch zumutbare Rechthaberei. In der Zeit hatte Lorenz angefangen, Pyramiden zu malen – aus Gemüse, bevorzugt aus Kürbissen, denen lange gelbe Zähne aus dem Stiel wuchsen. Lilienthal grinste bei der Erinnerung. Da brauchte man kein Psychologe zu sein, um das zu deuten. Auch in seiner Beziehung zu Rena hatte Lorenz ihm mehr als einmal den Rücken freigehalten, als sie anfing, ihm nachzuspionieren. Er hatte Rena geliebt, aber ihre Eifersucht hatte ihm die Luft zum Atmen genommen, und zum Schluss ging es nur noch ums nackte Überleben. Aber das war jetzt eine Weile her.

Was er nicht bedacht hatte: Lorenz lebte sein Künstlerdasein voll aus – auf seine Kosten. Von Ordnung oder auch nur einem Minimum an Sauberkeit hielt er nichts, das fand Lorenz spießig. Bin ich Mutti? Du solltest dankbar sein, dass ich auf dein Immunsystem achte. Dreck härtet ab, mein Bester, waren seine Erwiderungen, wenn Lilienthal ihn darauf ansprach. Und Lilienthal konnte überhaupt nichts Komisches daran finden, wenn er morgens im Bad ein junges Mädchen vorfand – nackt, was nicht unbedingt störend war, aber bestimmt noch nicht volljährig; und wenn sie ihn unter lautstarkem Geschrei hinauswarf und sich auch nicht durch seinen Protest von einem stundenlangen Baderitual abhalten ließ. Lorenz wechselte seine Gespielinnen im Stundentakt, so schien es ihm. Als er sich einmal beschwert hatte, hatte sein Freund ihm ernsthaft erklärt, das seien seine Musen, ohne die er künstlerisch verkümmern würde, worauf Lilienthal ihm einen Vogel gezeigt hatte. Pass nur auf, dass du nicht auch als Leiche endest, so staubtrocken, wie du inzwischen geworden bist, hatte Lorenz erwidert. Dass alle Menschen als Leiche endeten, das zu erklären, war zwecklos.

Inzwischen fuhr er bereits auf der Nutheschnellstraße. Als er die Humboldtbrücke erreichte, leuchtete ihm am rechten Ufer des Tiefen Sees das futuristische, dunkelrot geschwungene Dach des Hans-Otto-Theaters entgegen. Er fuhr über die Kreuzung Berliner Straße, weiter Richtung Neuer Garten und bog links in die Kurfürstenstraße ein. Zu dieser Nachtzeit waren die Bürgersteige in Potsdam hochgeklappt. Als er links abbog, fand er einen Parkplatz in der Nähe seines Hauses. Die Holländerhäuser mit ihren alten roten Backsteinen vermittelten ein Gefühl der Geborgenheit. Lilienthal blickte hoch zu seiner Wohnung; alles war dunkel, hinter keinem der Fenster schien Licht. Er ging die Treppe hoch, schloss auf und horchte. Entweder war Lorenz unterwegs, oder er schlief bereits, aber bestimmt nicht allein, dachte Lilienthal amüsiert. Er ging in sein Zimmer, streifte Schuhe und Strümpfe von den Füßen, zog Jacke, Hemd und Hose aus und warf alles über einen Sessel, dann fiel er, wie er war, ins Bett und schlief sofort ein.

Enne legte nachdenklich das Telefon auf die Ladestation. Sie hatte mehrmals am Abend versucht, Maik zu erreichen, aber er hatte sich nicht gemeldet. Sie wollte ihm von ihrem heutigen Besuch bei Joachim erzählen und seine Meinung dazu hören. Churchill kam zerzaust durch die Katzenklappe hereinspaziert. Seine grünen Katzenaugen beobachteten sie wachsam, die kleinen Ohren zuckten leicht. Mit einem Satz sprang er auf ihren Schoß, stupste gegen ihre Hand und rollte sich zusammen. Sie streichelte sein weiches Fell. »Wenn das so ist, Sir, dann werden wir wohl wieder die Nacht zusammen verbringen«, murmelte sie.

Als sie vormittags im Krankenhaus angerufen hatte, wurde ihr mitgeteilt, dass Hildegard Grothe in der Nacht zuvor verstorben war. Daraufhin war sie zum Haus der Grothes gelaufen. Joachim hatte sie wortlos angestarrt, als er die Tür öffnete, und erst nach einigem Zögern hereingelassen.

Sie kannte das Haus von früheren Besuchen. Bei Hildegard Grothe konnte man vom Fußboden essen. Aber bereits als sie in die Diele trat, stolperte sie über diverse Schuhe. In einer Ecke stand eine Kiste mit leeren Wasserflaschen, daneben stapelten sich mehrere Einkaufstaschen. Das Wohnzimmer mit seinen zierlichen Chippendale-Möbeln, die Hildegard von ihren Eltern geerbt hatte und auf die sie so stolz gewesen war, war kaum wiederzuerkennen. Mehrere Jeans und T-Shirts lagen achtlos hingeworfen auf den Sesseln. Auf dem Esstisch stand eine halb volle Colaflasche neben benutzten Tellern, und auf einem Holzbrettchen trockneten Käseecken und Wurstscheiben vor sich hin. Ein unangenehmer Geruch lag in der Luft, und sie musste sich zusammenreißen, um nicht sofort ein Fenster zu öffnen. Als sie Joachim kondolierte und ihre Hilfe anbot, reagierte er kaum, hatte nur mit den Schultern gezuckt. Jeder Mensch lebt seine eigene Trauer, hatte sie gedacht, aber sein Benehmen irritierte sie zunehmend. Joachim hatte ihr einen Stuhl angeboten und war nach nebenan ins Arbeitszimmer gegangen. Als er zurückkam, hielt er einen Umschlag in der Hand. Es schien ihr derselbe zu sein, den sie ihm erst vor Kurzem von der Postbotin übergeben hatte. Seine Wangen hatten sich mit einer fleckigen Röte überzogen.

»Meine Mutter hat meinem Bruder ein Grundstück überschrieben, Frau von Lilienthal, wussten Sie davon?« Überrascht hatte sie verneint. »Hier, lesen Sie.« Er hatte ihr ein Schriftstück gegeben, und Enne las: »Schenkungsurkunde – Hiermit überschreibe ich meinem Sohn Michael Grothe das Grundstück in Bad Homburg, Weinbergsweg 1a, lastenfrei.« Irritiert hatte sie Joachim angesehen.

»Das Grundstück liegt in der Nachbarschaft der Quandts, von denen haben Sie doch schon gehört, oder?« Enne hatte genickt. Den Grundstock zu dem Reichtum der Quandts hatte der alte Quandt im 19. Jahrhundert im brandenburgischen Pritzwalk mit der Herstellung von Uniformen und später von Zahnrädern gelegt. Sie kannte die sogenannte Villa Katsch am Griebnitzsee in der Karl-Marx-Straße, früher Kaiserstraße 1, die den Quandts damals gehörte und in direkter Nachbarschaft zum Babelsberger Schloss lag, ein nicht zu überbietendes Gütesiegel zu damaliger Zeit.

»Aber Micha hat das Grundstück schon verkauft«, hatte Joachim gesagt. Darauf hatte sie naiv geantwortet: »Sicherlich hat deine Mutter an anderer Stelle auch dich bedacht, Joachim.« Da hatte er angefangen zu kichern, war zu dem Sekretär gegangen, hatte eine Schublade geöffnet und einen anderen Umschlag herausgenommen.

»Und wie sie mich bedacht hat«, hatte er geantwortet, zwei Bögen aus dem Umschlag gezogen und ihr mit einer heftigen Bewegung einen hingehalten. Enne hatte widerstrebend das Blatt genommen und gelesen: »Mein Letzter Wille – Ich, Hildegard Grothe, geborene Arendt, verfüge, dass mein gesamter Besitz an meinen Sohn Michael Grothe geht.« Schnell hatte sie ihm das Blatt zurückgegeben – das war nicht für sie bestimmt – und dabei seinen Blick gemieden.

»Alles für Michael«, hatte er geflüstert. Was sollte sie darauf antworten? Wie sollte sie ihm helfen? Sie hatte versucht, seine Hand zu ergreifen, wollte ihm ihr Mitgefühl ausdrücken, aber er war zurückgewichen. In dieser Familie war eine ganze Menge schiefgelaufen, aber ging sie das etwas an? Halt dich da heraus, hatte sie sich gesagt, war aufgestanden und hatte sich schnell verabschiedet. Als Joachim sie an der Haustür verabschiedete, hatte er wieder den vertrauten freundlichen Ausdruck im Gesicht. Aber seine Arme hingen steif herab, als wenn sie nicht zu ihm gehörten.

»Wenn du meine Hilfe benötigst, ruf an, jederzeit, auch wenn Michael wieder da ist.« Joachim hatte gelächelt, und das hatte sie am meisten irritiert. Enne strich über das warme, vibrierende Katzenfell. Es war gut, dass sie Maik nicht erreicht hatte. Maik mochte Joachim nicht. Das wäre nur Wasser auf seine Mühlen gewesen.

Die Scheibenwischer surrten im Takt und wischten den Graupelregen von der Frontscheibe. Ohne Stau erreichte Lilienthal am nächsten Morgen das Krankenhaus und fuhr auf den Besucherparkplatz. Zuvor hatte er sich telefonisch bei dem behandelnden

Arzt vergewissert, dass Hoffmann auch ansprechbar wäre. Der Fahrstuhl brachte ihn in die sechste Etage. Hoffmann lag in einem Zweibettzimmer. Das andere Bett war nicht belegt und abgezogen. Hoffmanns Haar hatte man zum größten Teil abrasiert und über seinen Kopf ein weißes Netz gestülpt. Dort, wo er operiert worden war, schützte nur ein Verband die Wunde. Das Kopfteil des Bettes war höhergestellt, sodass Hoffmann ohne Mühe sein Gegenüber anblicken konnte. Zehn Minuten hatte der Arzt Lilienthal zugebilligt und war aus dem Zimmer geeilt. Hoffmanns Wangen waren eingefallen, aus tief liegenden Augenhöhlen sah er ihm ausdruckslos entgegen. Lilienthal vibrierte innerlich vor Spannung. »Ich bin froh, dass Sie überlebt haben, Herr Hoffmann«, begrüßte er den Patienten, und das war sein voller Ernst.

»So, sind Sie das?« Hoffmann verzog keine Miene, griff nach einem Glas Wasser, das auf dem Ausstellbrett des Nachttisches stand, und trank. Er stellte das Glas zurück und musterte Lilienthal. Der ausdruckslose Blick seines Gesichtes wechselte, wurde wachsam. »Reden wir Klartext, Herr Hauptkommissar, solange es mir gestattet ist.« Lilienthal hätte zu allem Ja und Amen gesagt, Hauptsache, Hoffmann redete.

»Hören Sie genau zu, Herr Hauptkommissar, ich werde mich nicht wiederholen, und eins muss Ihnen von vornherein klar sein: Fragen können Sie, aber ob ich antworte, entscheide nur ich.« Lilienthal murmelte Zustimmendes. Hoffmann fing an, und seine Stimme war so leise, dass Lilienthal sich vorbeugte, um alles zu verstehen.

»Meine Kindheit ist Ihnen in groben Zügen bekannt, und ich werde nicht weiter darauf eingehen, es tut auch nichts zur Sache. 1980 kam ich auf die Hochschule nach Potsdam-Golm, Studienschwerpunkt war der Lehrbereich B Spezialdisziplin. Das umfasste Operative Psychologie sowie Recht und Sicherheit. Nach dem Studium wurde ich vom Ministerium für Staatssicherheit zur Hauptabteilung Aufklärung versetzt. Wir bei der HV A waren die Elite, die graue Eminenz, wenn Sie so wollen, in unserem Staat.« Stolz schwang in Hoffmanns Stimme. »Wir verfolgten akribisch alle politischen Strömungen in der BRD. Unser Augenmerk richtete sich besonders auf linke Gruppierungen in der Studentenschaft.«

»Sie warben die jungen Leute an.«

»Das war kaum nötig. Viele dieser Studenten hielten unseren Staat für das bessere Deutschland und fühlten sich durch uns bestärkt.« Lilienthal hatte darüber gelesen. Für ihn war sie heute kaum nachvollziehbar, diese Naivität der damaligen linken Szene.

»Diese prädestinierten Jungakademiker wurden mit hohem personellen und finanziellen Aufwand über Jahrzehnte hinweg entwickelt.«

»Sie sollten an wichtigen Stellen eingeschleust werden?«

»Wenn Sie alles wissen, dann verschwende ich nur meine Zeit«, sagte Hoffmann gereizt. Er verlagerte sein Gewicht und unterdrückte dabei ein Stöhnen. »Es gab auch bei uns herausragende junge Leute, die sich für diese Aufgaben eigneten, und nach einer gewissen Ausbildungszeit schleusten wir sie in den Westen ein. Natürlich mit neuer Identität und einer wasserdichten Legende. Ich wurde beim A I eingesetzt.« Lilienthal sah ihn fragend an. »BRD-Staatsapparat«, erklärte Hoffmann knapp. »Wir arbeiteten eng mit den Bruderdiensten im Ostblock zusammen, vor allem mit dem KGB, der seinen Hauptsitz in Berlin-Karlshorst hatte, und dem sowjetischen Geheimdienst GRU, der in Potsdam-Babelsberg residierte. Unsere Hauptaufgabe war die politische, Militär-, Wirtschafts- und Technologiespionage sowie aktive Maßnahmen im Operationsgebiet der BRD und in West-Berlin.«

»Aktive Maßnahmen?«, fragte Lilienthal.

»Unter anderem Desinformationen streuen. Das gehört zum Geschäft, Herr Hauptkommissar. Nicht nur bei uns wurden Gerüchte und Lügen in die Welt gesetzt, um den Gegner zu schwächen.«

»Gehörte Dietger Alsrath zu den jungen Leuten, die Sie in den Westen schleusten?«

Hoffmann verzog spöttisch die Mundwinkel, aber seine Augen blickten kalt.

»Ich muss Sie jetzt bitten zu gehen, der Patient braucht Ruhe.« Der Stationsarzt stand in der Tür. Er ging zum Bett, nahm Hoffmanns Handgelenk und fühlte den Puls. Lilienthal erhob sich widerstrebend. Gerade jetzt, dachte er, wo sie zum Wichtigsten kamen.

»Kommen Sie morgen wieder«, murmelte Hoffmann und schloss die Augen. Lilienthal verließ das Krankenzimmer.

»Er ist noch nicht über den Berg«, sagte der Arzt, als sie draußen auf dem Gang standen. »Bei solchen Operationen kann es immer wieder mal zu Zwischenfällen kommen. Rufen Sie morgen wieder an, bevor Sie kommen.«

Enne nahm auf Körners Wunsch an der Morgenbesprechung teil. Maik empfing sie höflich, aber sein Gesichtsausdruck spiegelte das Gegenteil. Enne begrüßte Heike und Leo herzlich, scherzte mit Körner und setzte sich. Trotz Maiks Distanziertheit war sie vor allem gespannt auf die Neuigkeiten.

Lilienthal berichtete von seinem Besuch bei Hoffmann.

»Er war also für die Führung von Spionen in der Bundesrepublik eingesetzt«, murmelte Enne nachdenklich.

»Und hat indirekt bestätigt, dass Dietger Alsrath eine neue Identität bekam, im Westen studierte und dann an exponierter Stelle eingesetzt wurde.«

»Aber wo? Wenn wir das wissen, dann kommen wir auch auf das Motiv und den Täter«, meinte sie.

»Moment mal«, mischte sich Körner ein, »ich denke, Hoffmann ist unser Hauptverdächtiger.«

»Ja, aber Hoffmann, ausgebildet in Psychologie, Kontrollfreak, bestimmt immer noch mit Kontakten zu alten Seilschaften, der hätte den Alsrath doch viel früher umbringen können. Nein, da steckt noch etwas anderes dahinter«, sagte Lilienthal und malte ein großes Fragezeichen auf seinen Notizblock. »Und einen Mord wird der nicht zugeben, da bin ich mir sicher.«

Heike übernahm. Sie hatte sich bei der BStU nach Hoffmanns Dienstplan erkundigt. »Zum Zeitpunkt des Mordes war er zu einer Besprechung im Resort am Schwielowsee.«

»Nobel«, murmelte Enne.

»Wie lange fährt man vom Schwielowsee bis nach Stahnsdorf zum Südwestkirchhof?«, fragte Lilienthal.

»Zwischen dreißig und vierzig Minuten, je nach Verkehr, denke ich«, erwiderte Heike. »Es handelte sich um eine Klausurtagung, hat man mir erklärt, bei der nur kurze Kaffeepausen eingelegt wurden. Hoffmann war für einen bestimmten Part zuständig und musste auch referieren, war also den ganzen Tag über präsent. Ich habe mit seinem Vorgesetzten gesprochen, und der hat versichert, dass Hoffmann den ganzen Tag über dort gewesen wäre.«

»Er kann doch danach zum SWK gefahren sein«, warf Kalumet ein. Noch mal überprüfen, kritzelte Lilienthal auf seinen Block.

»Ich habe mit dem Dermatologen gesprochen, bei dem Ralf Alsrath sich damals behandeln ließ. Der hat bestätigt, dass er Ende der neunziger Jahre bei unserem Dr. Ralf eine Wucherung entfernt hat. Die histologische Untersuchung ergab, dass es sich um eine fortgeschrittene Keratose handelte, auch weißer Hautkrebs genannt. Eine Vorstufe, aber mit dem eigentlichen Hautkrebs nicht vergleichbar. Die Wucherung befand sich links über der Oberlippe«, berichtete Heike weiter.

»Beide Brüder hatten das Merkmal an der gleichen Stelle«, murmelte Lilienthal.

»Na, Gemini eben, Maik«, grinste Kalumet.

»Die Überprüfungen der drei vom SWK ergaben Folgendes«, fuhr Heike fort: »Klaus Krusanke ist Rentner und wieselt in unterschiedlichen Funktionen in der Gemeinde umher. Er wird von allen, die ich befragt habe, geschätzt. Krusanke ist verheiratet, hat drei erwachsene Kinder und sechs Enkelkinder und gilt als anspruchslos. Seine finanziellen Verhältnisse sind geordnet. Er wohnt seit Jahrzehnten in der Bosch-Siedlung in Stahnsdorf.«

»Den kenne ich, den können wir ausschließen, zu alt, und ich glaube, der hätte auch gar nicht mehr die Kraft für so einen Mord«, erklärte Lilienthal.

»Friedrich Radmann, pensionierter Mitarbeiter im höheren Dienst beim BND, hatte bis vor Kurzem seinen Wohnsitz in Pullach und lebt jetzt mit Frau und Tochter in Potsdam-Eiche. Geboren wurde er in Stahnsdorf.«

»Viele Menschen, die hier geboren wurden, aber ihr Leben im Westen verbracht haben, sind wieder zurückgezogen, so wie ich auch.«

Heike blickte Enne überrascht an. »Sie auch? Ich dachte immer, Sie wären eine alte Stahnsdorferin.« Als sie Leos Blick auffing, bemerkte sie ihren Fauxpas. »Entschuldigung, Frau von Lilienthal.«

»Schon gut«, lächelte Enne. »Ich bin in Stahnsdorf geboren, dort aufgewachsen bis 1961 und in letzter Minute, die Grenztruppen hatten schon abgeriegelt, mit falschen Papieren in den Westen geflüchtet.«

Maik blickte genervt von seiner Mutter zu Heike. »Darf ich mal diesen privaten Plausch unterbrechen? Wo war der überall stationiert, der Major, Heike?«

»Oldenburg, Kiel, München und zum Schluss in Potsdam.«

»Und in welcher Funktion?«

Heike blätterte in ihren Unterlagen. »Nachschub und Versorgung.«

»Gut, ich denke, damit ist der auch raus.«

»Joachim Grothe war bis letztes Jahr an der FU Berlin immatrikuliert und hat Informatik studiert, vorher aber bereits vier Semester Medizin absolviert. Vor dem Physikum hat er das Fach gewechselt. Jetzt soll er sich in Oranienburg bei der Polizeischule beworben haben. Laut Mittelmärkischer Sparkasse, wo Joachim Grothe ein Konto unterhält, sind seine finanziellen Verhältnisse schwankend. Er hat seinen Kreditrahmen überzogen und ist hoch in den Miesen.«

»Da er kein geregeltes Einkommen hat, finde ich das in dem Fall nicht relevant«, mischte sich Enne ein.

»Seine Mutter ist gestern gestorben«, merkte Heike abschließend an.

»Das stimmt. Es ist wirklich sehr traurig«, murmelte Enne. »Ihr Tod kam überraschend. Sie hatte einen Schlaganfall.« Enne schwieg, dann sagte sie leise: »Am Abend bevor sie ins Krankenhaus kam, war sie noch bei mir. Ich hatte eine kleine Feier.«

»Doch nicht deine Schuld, Mutter.« Es tat ihr wohl, dass Maik sie in Schutz nahm.

»Joachim Grothe hat einen Bruder, Michael Grothe, der arbeitet bei der Berliner Komm als Bankberater.«

»Ach«, entfuhr es Enne.

»Seit einigen Tagen wird Michael Grothe vermisst. Er sollte zu einer Schulung nach Baden-Baden, ist dort aber nie angekommen«, beendete Heike ihren Bericht.

»Sehr schön, Heike, aber bis ins dritte Glied brauchen wir wohl nicht zu recherchieren.« Lilienthal trommelte ungeduldig mit den Fingern auf die Tischplatte.

Enne beugte sich vor. »Michael Grothe wird von seinem Arbeitgeber vermisst?« Heike nickte.

»Ich habe auch etwas über Joachim Grothe herausgefunden«, mischte sich Kalumet ein. »Frau von Lilienthal, als Sie letztens erwähnten, dass er zur Polizeischule nach Oranienburg gehen wird, fiel mir ein, dass mein ehemaliger Dozent dorthin gewechselt war. Ich hab ihn einfach mal angerufen.«

»Sehr gut, Herr Kalumet«, lobte Körner. »Immer alle Quellen nutzen.« Kalumet lächelte verschmitzt.

»Wir haben über alte Zeiten geplaudert, und dann habe ich nach einem Joachim Grothe gefragt. Erst tat er so, als ob er sich nicht erinnern könne. Als ich ihm als Köder ein paar Brocken von unserem Mordfall erzählte, fiel ihm dann doch noch etwas ein, und das fand ich ganz interessant. Der Grothe hatte den Einstellungstest bestanden, aber vorher bei der Überprüfung des Fragebogens falsche Angaben gemacht.« Kalumet sah in die Runde. »Wissentlich falsche Angaben und das Verschweigen von zurückliegenden Erkrankungen erfüllen den Tatbestand einer arglistigen Täuschung im Sinne von § 12 des Beamtenstatusgesetzes und bedeuten die Rücknahme der Einstellung, wie wir alle wissen. Was dann auch passiert ist.«

»Was hat er denn verschwiegen?«, hakte Lilienthal nach.

»Hab ich natürlich auch gleich gefragt, aber das fällt unter die Schweigepflicht, hat mir mein alter Lehrer gesagt.«

Enne schob ihren Stuhl zurück und stand auf. Bewegung, dachte sie, ich muss mich bewegen, aber es war nicht ihr Kreuz, was sie anspannte, sondern das, was sie eben gehört hatte. Sie ging zum Fenster und lehnte sich an den Heizkörper. Körner blickte erstaunt zu ihr herüber. Sie gab sich einen Ruck: »Herr Dr. Körner, Kollegen, beim jetzigen Stand der Ermittlungen fühle ich mich befangen.«

»Nun mach dir mal wegen deines Joachims keinen Kopf«, brummte Lilienthal.

»Danke, Maik, aber mir bereiten einige Dinge Kopfschmerzen, ob das mit dem Fall zusammenhängt, kann ich noch nicht beurteilen.« Lilienthal sah sie erstaunt an.

»Bitte Klartext, was meinen Sie damit genau, Frau von Lilienthal?«, mischte sich Körner ein.

Enne erzählte von ihrem gestrigen Besuch bei Joachim. »Er hat mir einen Notariatsvertrag gezeigt, in dem der Verkauf eines Grundstücks protokolliert war. Dieses Grundstück liegt in exzellenter Lage von Bad Homburg und ist ein Erbe des Großvaters. Frau Grothe hat es auf ihren ältesten Sohn Michael übertragen lassen, und der hat es sofort verkauft. Joachim wusste nichts davon. Danach fiel mir ein, dass Hildegard Grothe auf meiner Feier erwähnte, dass sie beunruhigt wäre, weil Michael sich nicht bei ihr gemeldet hätte. Jetzt frage ich mich: Wo ist Michael Grothe?«

»Also bitte, kann mich mal jemand aufklären, wieso uns ein Bankberater, der Grundstücksgeschäfte macht, interessiert?«, warf Lilienthal unwirsch ein.

»Wenn der Grothe lügt, dann stimmt da etwas nicht, und dass sein älterer Bruder über hohe Summen verfügt und verschwunden ist, finde ich schon seltsam«, erwiderte Kalumet angriffslustig.

»Und wo siehst du die Parallele zu unserem Fall, Leo? Meine Mutter interessiert es, das ist das Einzige, was ich hier sehe.«

»Herrschaften, bitte sachlich bleiben«, ermahnte Körner streng.

»Hildegard Grothe hatte zu ihrem ältesten Sohn ein sehr enges Verhältnis«, erklärte Enne.

»Und sie hat alles nur dem ältesten Sohn vererbt?«, hakte Kalumet nach.

»Ja. Natürlich war Joachim, als er davon erfuhr, total verstört.«

»Verständlich, oder?« Kalumet verschränkte die Arme vor der Brust. »Der eine bekommt alles, und der andere kann zusehen, wo er bleibt. Was ist das für eine Mutter?«

»Weißt du, was vorher vorgefallen ist?«, warf Heike ein.

»Dieser Joachim und seine Verhältnisse sind mir so etwas von egal. Priorität hat, was Hoffmann mir morgen sagen wird. Und wir haben immer noch nicht die Akte Dietger Alsrath. Und was ist mit der Täteranalyse?«, wandte Lilienthal sich an seine Mutter.

»Dürfen wir noch hoffen?« Eine scharfe Falte hatte sich über seiner Nasenwurzel gebildet, ihre Blicke kreuzten sich.

»Ich arbeite daran«, erwiderte Enne. Ihre Lippen bildeten einen schmalen Strich. Körner musterte irritiert die beiden Kampf-hähne.

»Maik, an der Einsatzliste wurde manipuliert. Das ist doch nicht von der Hand zu weisen«, versuchte es Kalumet noch mal.

Lilienthal stieß geräuschvoll die Luft durch die Nase. »Ihr ver-rennt euch. Priorität hat Hoffmann – basta.«

»Was soll das denn?«, bullerte Körner.

»Aus meiner Sicht ist das alles Zeitverschwendung, Chef. Aber gut, fahren wir zweigleisig. Leo, finde heraus, warum der Grothe von der Polizeischule geflogen ist, vielleicht ist das interessant. Zumindest für meine Mutter«, fügte er süffisant hinzu. Er griff in seine Tasche und zog eine Beweismitteltüte heraus. »Diesen Papierschnipsel habe ich in Hoffmanns Zimmer gefunden. Heike, erkundige dich bei der Berliner Komm, ob Franz Hoffmann dort ein Konto hatte.« Er wandte sich an Körner: »Haben Sie nicht auch ein Konto bei der Bank, Herr Dr. Körner? Vielleicht können wir Ihre Kontakte nutzen.«

»Blödsinn«, erwiderte Körner scharf. »Das werden Sie doch wohl noch allein hinbekommen.« Er stand auf. »Weitermachen!«, sagte der Alte, und es hörte sich nicht nach einer Bitte an.

Auch Enne nahm ihren Mantel vom Stuhl und verabschiedete sich. Sie fröstelte und wickelte den langen Kaschmirmantel eng um sich. Alles lief durcheinander. Sie brauchte einen klaren Kopf. Dringend musste sie Struktur in diese Ermittlungen bringen. Maik hatte recht. Ihre Täteranalyse war immer noch unvollstän-dig.

Draußen auf dem Gang hatte Körner auf sie gewartet. Er wies in sein Büro. »Wie wäre es mit einem Käffchen, Ennekin?«, fragte er. Sie lächelte müde, Körner wollte sie aufmuntern. Sie wollte schon ablehnen, aber dann sah sie seine bittenden Augen und nahm an. Der große, bullige Kriminalrat hatte an Gewicht verlo-ren. Seine vorher prallen Wangen glichen jetzt eher denen eines alten Hamsters. Von Maik wusste sie, dass Körner vor Kurzem im Krankenhaus gewesen war. Aber aus welchem Grund, hatte Maik ihr verschwiegen. Auf Körners Schreibtisch lag das »Handelsblatt«. Er schob es zur Seite. »An dir scheint das Alter spurlos vorüberzugehen«, sagte er galant zu ihr, als sie sich in seine Besucherecke gesetzt hatten.

»Danke für die Blumen, Richard. Du weißt doch, gute Ware hält sich länger«, antwortete sie bewusst munter. Körner lachte. »Wie möchtest du den Kaffee?«

»Schwarz und süß, bitte.«

Körner goss aus einer bereitstehenden Thermoskanne Kaffee in eine Tasse ein, tat einen Teelöffel Zucker dazu und stellte ihn vor sie hin. Er blickte sie aufmunternd an. Enne überlegte einen kurzen Moment lang, dann gab sie sich einen Ruck.

»Die Filiale in Zehlendorf ist deine Hausbank?«

»Ach, daher weht der Wind«, erwiderte Körner und lehnte sich zurück. »Ja, aber eigentlich sollte ich sagen, *war* meine Hausbank. Ich werde mir demnächst eine andere Bank suchen.«

»Darf ich fragen, warum, Richard?«

Körner faltete die Hände. »Der Handel mit komplizierten Finanzprodukten, deren globale Streuung maßgeblich dafür verantwortlich war, dass die Immobilienkrise in den USA weltweit Nachbeben auslöste, hat auch zu dem Kursverlust Ihrer Anlagen beigetragen – O-Ton meines Bankberaters. Dem Kerl hätte ich am liebsten die Gurgel umgedreht.«

»War es viel?«

»Kann man so sagen.«

»Das tut mir leid.«

»Mir auch«, seufzte Körner.

Enne verrührte den Zucker, trank, und nachdem sie die Tasse abgesetzt hatte, sagte sie ohne Umschweife: »Ich möchte so schnell wie möglich wissen, wo Michael Grothe abgeblieben ist und ob es in dem Zusammenhang finanzielle Unstimmigkeiten gibt. Du hast die Möglichkeit dazu, oder?«

Er zwinkerte Enne belustigt zu. »Oder?«, erwiderte er, und wie auf Kommando fingen beide an zu lachen, sodass Körners Sekretärin Hella neugierig um die Ecke lugte.

Körner hatte gesagt, dass er darüber nachdenken würde, was in Ennes Augen so etwas wie eine diplomatische Zusage war. Sie hatte sich nach dem Gespräch von ihm verabschiedet und war hinüber zu Maiks Büro gegangen, um ihn zu informieren, aber er war bereits außer Haus und auf dem Weg ins Krankenhaus zu Franz Hoffmann. Der Arzt hatte ihn angerufen und dringend gebeten zu kommen. Auch Kalumet hatte sich abgemeldet. Er wollte seinen alten Lehrer von der Polizeiakademie besuchen und ihn »face to face aushorchen«, wie Heike sich ihr gegenüber ausdrückte.

18

Kalumet fuhr auf der A 111 in Richtung Flughafen Tegel, durch
den Tegeler Tunnel, und bog ab auf den Hermsdorfer Damm.
Hohe, alte Bäume und stattliche Häuser aus dem Anfang des letzten
Jahrhunderts säumten die Straße. Er bog links ab in die Berliner
Straße. Der ehemalige Grenzverlauf war kaum noch auszumachen. Glienicke/Nordbahn gehörte zu den bevorzugten Vororten
im Norden der Stadt. Nach der Wende hatten sich dort viele
Zugezogene aufwendige Häuser gebaut. Das zum Teil mit Holz
verkleidete stilvolle Landhaus in der Pariser Straße stand auf einem
nicht einsehbaren Grundstück. Sein ehemaliger Lehrer, Dr. Fuchs,
war erkältet und darum zu Hause. Ja, er würde sich freuen, mit ihm
ein bisschen zu plaudern, hatte er Kalumet am Telefon gesagt. Der
Alte weiß genau, dass ich ihm die Würmer aus der Nase ziehen
will, dachte Kalumet. Gleich nachdem er geklingelt hatte, summte
der Türöffner, und er lief den Weg zwischen sauber geschnittenen
Buchsbaumhecken entlang zum Haus. Kriminalrat Dr. Fuchs stand
in der Tür. Er hatte immer noch, wie schon zu Kalumets Zeiten auf
der Polizeiakademie, einen Schnauzbart von beachtlicher Größe.
Jedoch sein Kopf war inzwischen spiegelblank. Hinter einer alt-
modischen Hornbrille musterten ihn wache Augen.
»Na, Kalumet, immer noch nicht größer geworden?«, begrüßte
er Leo in seiner legendär ironischen Art.
»Im Alter schrumpft man, habe ich gehört«, parierte Kalumet.
»Touché«, grinste Dr. Fuchs. »Kommen Sie rein, mein Lieber,
es ist kalt, und ich habe nicht so viel Geld, um die ganze Nachbarschaft zu beheizen.«
Drinnen, in einem geräumigen hellen Wohnraum, züngelten
rote Flammen in einem Eckkamin. Davor zwei bequeme Korbsessel, und dazwischen auf einem Tischchen aus dem gleichen
Material stand eine Kanne Tee mit zwei Bechern und eine Zuckerdose. Dr. Fuchs wies auf den einen Sessel und ließ sich in dem
anderen nieder.
»Da ich nur Tee trinke, müssen Sie auch damit vorliebnehmen«,

meinte er kategorisch. Er schaute Kalumet prüfend an, und durch die starken Brillengläser wirkte sein Blick wie der eines Habichts. »Überschwängliche Anhänglichkeit für einen alten Lehrer ist selten. Ich stelle jetzt die Hunderttausend-Euro-Frage, und Sie antworten ohne Zusatzjoker, ist das klar?« Kalumet nickte. »Sie wollen mir den Grund für den Rauswurf des Joachim Grothe aus der Nase popeln?«

»Herr Kriminalrat, das hätte ich jetzt nicht gedacht, dass Sie darauf kommen.«

»Ich bin klug und weise, damit das klar ist, junger Mann. Aber reden wir mal Tacheles, Sie Friedenspfeife. Ja, ich habe mir Ihre Vorstellung seinerzeit auf der Polizeiakademie gemerkt.« Dr. Fuchs grinste. »Unterschätze nie dein Gegenüber, es könnte klüger sein als du.« Kalumet fühlte sich wohl. Der Alte war ein Original, und seine Vorlesungen damals auf der Akademie waren der Renner.

»Erzählen Sie mir den ganzen Fall, aber bitte noch einen kleinen Moment.« Dr. Fuchs griff unter das Tischchen und zog eine Flasche Rum hervor, goss sich einen Schluck in seinen Tee und sagte streng an Leo gewandt: »Desinfiziert«, dann verschloss er die Flasche und stellte sie zurück. »Also, schießen Sie los, junger Freund. Ich will alles wissen. Danach entscheide ich, ob ich mich von meiner Schweigepflicht entbinde.«

Kalumet berichtete. Der Alte hörte ihm aufmerksam zu. Als Kalumet geendet hatte, zwirbelte Dr. Fuchs nachdenklich an seinem Schnurrbart. Dann sagte er: »Ich rekapituliere, wenn Sie gestatten. Auf dem Südwestkirchhof wurde ein Torso mit abgetrenntem Geschlechtsteil und ohne Schädel gefunden. Und zwar von Frau von Lilienthal und einem auch mir bekannten Joachim Grothe. Der Tote, ein gewisser Dietger Alsrath, war Spion der Hauptverwaltung Aufklärung der DDR und wurde in der Bundesrepublik oder dem damaligen West-Berlin eingesetzt. Sein Deckname entzieht sich immer noch unserer Kenntnis, da die Unterlagen bei der BStU verschwunden sind. Das Opfer hat einen Zwillingsbruder, Ralf, der durch das Ministerium für Staatssicherheit der DDR zur Zusammenarbeit gezwungen wurde. Ziel des MfS war, Ralf nach seinem Studium als Verbindungsoffizier zwischen dem MfS und den Warschauer-Pakt-Staaten in die Kommandozentrale der Sowjetarmee in Falkenhagen einzuschleusen. Übrigens kann ich dazu etwas beisteuern«, unterbrach sich der Alte. »Es wurde mir berichtet, dass in dem atomsicheren Bunker Falkenhagen angeblich niemand aus der DDR-Führung, also dem Ministerium für Staatssicherheit, dabei war. Die Sowjets trauten ihrem eigenen Bruderstaat nicht über den Weg, darum der natürliche Wunsch der Mielke-Behörde, einen Mitarbeiter dort zu positionieren.«

Dr. Fuchs erhob sich und legte aus einem Korb, der neben dem Kamin stand, ein gewaltiges Scheit Holz in die Feueröffnung. Die Flammen züngelten sofort gierig um die frische Nahrung. Schwerfällig setzte er sich wieder, trank den restlichen Tee aus und stellte die Tasse zurück auf das Tischchen.

»Dietger Alsrath unterschied sich von seinem Bruder Ralf in jungen Jahren durch ein Muttermal. Später bekam Ralf an der gleichen Stelle eine Hautwucherung. Unabhängig voneinander ließen sich die Brüder dieses Merkmal entfernen. Das führte bei den Ermittlungen zu der Frage, ob tatsächlich Dietger Alsrath der Tote ist oder möglicherweise eine Verwechslung vorliegt.« Dr. Fuchs legte die Finger aneinander. »Ich teile die Meinung Ihres Vorgesetzten HK Lilienthal. Es gibt nur eine Person, die mit Sicherheit zu jeder Zeit wusste, wer von den beiden Brüdern Dietger Alsrath war, und das war sein Führungsoffizier bei der HV A.« Der Alte goss sich erneut Tee in sein Glas und vergaß auch nicht, den großzügigen Schuss Rum hinzuzufügen.

»Durch den Einsatzplan des Südwestkirchhofs gerät auf einmal Joachim Grothe in den Fokus. Er interessiert sich für den Fall.« Fuchs erhob sich und stellte sich mit dem Rücken zum Kamin. »Meiner Meinung nach ist das nachvollziehbar. So ein Mord ist interessant.« Er drehte sich, damit auch seine Vorderseite die Wärme abbekam. Als er weitersprach, musste Kalumet sich anstrengen, um alles zu verstehen. »Jetzt ist Joachims Bruder verschwunden, seine Mutter gestorben, er verhält sich merkwürdig – ja und?« Dr. Fuchs wandte sich wieder Kalumet zu. »Wie würden Sie sich denn in so einem Fall verhalten? Cool und liebenswürdig?«

Kalumet zog seine Jacke aus. Seine gefühlte Temperatur lag bei dreißig Grad. Der Alte muss ein Kaltblüter sein, dachte er.

Fuchs trug unter seiner dicken Strickjacke noch zusätzlich einen Rollkragenpullover.

»Die Mutter hat den Bruder bevorzugt. Das soll es geben«, fuhr Dr. Fuchs fort. »Dem jungen Grothe steht zumindest ein Pflichtteil zu.« Er zwirbelte wieder nachdenklich an einem Schnurrbartende. »Ich kann an keiner Stelle eine Verbindung zu Ihrem Fall herstellen, Herr Kalumet.« Er trat zu dem Tischchen, nahm sein Glas, trank den Rest aus, hielt es einen Moment in der Hand und stellte es mit einem Achselzucken zurück. »Wenn ich Sie richtig verstanden habe, dann hat Ihr Verdacht etwas mit der Fallanalyse von Frau von Lilienthal zu tun?«

»Korrekt, Herr Dr. Fuchs. Sie haben alles begriffen.«

»Man tut, was man kann, mein Kind«, erwiderte Dr. Fuchs väterlich.

Kalumet überlegte. Hatte er sich verrannt? Dann sagte er: »Joachim machte Frau von Lilienthal auf das Grab von Hugo Distler aufmerksam.«

»Nie gehört, wer ist das denn?«, brummte Dr. Fuchs.

»Ein Komponist, der hat den ›Totentanz‹ komponiert.«

Dr. Fuchs hob ruckartig den Kopf. »Ach«, murmelte er überrascht.

Kalumet starrte in die Flammen. Plötzlich spürte er die Wärme von Heikes Körper. Eine heiße Welle der Sehnsucht überflutete ihn. »Hören Sie mir überhaupt zu, Herr Kalumet?«, hörte er die Stimme von Dr. Fuchs.

»Entschuldigung«, murmelte er verlegen.

»Konzentration ist das A und O der Polizeiarbeit. Ich stelle fest, eine Frau ist im Spiel.«

»Welche Frau?«, fragte Kalumet verblüfft.

»Bei Ihnen, mein Lieber. Sie hatten eben den leicht verblödeten Blick eines Frischverliebten.« Kalumet schoss die Röte ins Gesicht.

»Habe ich zu drastisch formuliert?«

»Mehr als das«, antwortete Kalumet schmallippig.

»Ich bitte um Entschuldigung, aber nun zum Wichtigsten: Ich habe mich entschlossen, mein Schweigegelübde in Teilen zu brechen.«

Kalumet war sofort hellwach.

»Auf unserem Einstellungsbogen hatte Joachim Grothe unter Krankheiten keine bis auf Windpocken in der Kindheit angegeben. Die Angabe der Adresse seines Hausarztes war ein Pflichtfeld und musste ausgefüllt werden. Unser Psychologe bekommt diese Fragebögen immer erst zum Schluss, um gegebenenfalls Ungereimtheiten zu erkennen. Er setzte sich mit dem Hausarzt in Verbindung und wollte eine Bestätigung der Angaben. Der Hausarzt erwies sich als nicht besonders kooperativ, berief sich auf seine ärztliche Schweigepflicht. Das machte unseren Psychologen stutzig. Was gab es bei Kinderkrankheiten zu verschweigen? Er erklärte dem Hausarzt den Sachverhalt. Daraufhin gab der Arzt ihm die Adresse eines Neurologen in Berlin-Charlottenburg, an den er als behandelnder Arzt Joachim Grothe überwiesen hatte. Wie das Leben manchmal so spielt, unser Psychologe und der besagte Neurologe hatten zusammen in Frankfurt am Main studiert und kannten sich, und so kamen wir zu dem entscheidenden Hinweis.«

»Und?«, platzte Kalumet heraus.

»Nichts und, ich hatte gesagt, dass ich mich entschlossen habe, mein Schweigegelübde in Teilen zu brechen, nicht vollständig.«

»Das ist nicht fair.«

»So ist das Leben, mein Lieber.« Dr. Fuchs zog einen Zettel aus seiner Hausjacke und hielt ihn Kalumet hin. »Hier, die Adresse: Dr. Gerald Wellenstein, Reichsstraße in Charlottenburg. Fragen Sie ihn selbst.«

Kalumet steckte den Zettel ein und erhob sich. Er bedankte sich bei dem Alten dafür, dass er sich Zeit für ihn genommen hatte. Als Dr. Fuchs ihm die Hand zum Abschied reichte, sagte er ernst: »Vernachlässigen Sie niemals Ihren Instinkt, das ist das A und O bei der Kriminalistik, junger Mann.« Dann lächelte er Kalumet spitzbübisch an. »Zum Glück ist das ja in Ansätzen bei Ihnen vorhanden.«

19

Der Anruf aus dem Krankenhaus hatte nicht gut geklungen. Als Lilienthal am Morgen dort gewesen war, schien Hoffmann auf dem Wege der Besserung zu sein. Aber der Arzt hatte ihr Gespräch an der entscheidenden Stelle unterbrochen und ihn mehr oder weniger hinausgeworfen. Ihm fiel die letzte Bemerkung des Arztes ein, dass der Patient noch lange nicht über den Berg wäre. Und jetzt wollte Hoffmann ihn sprechen. Dringend!

Als Lilienthal die Schwingtür zur neurochirurgischen Station aufstieß, erblickte er am Ende des Ganges Isabell Hoffmann im Rollstuhl und daneben ihren Sohn Fabian. Als Isabell ihn bemerkte, senkte sie den Blick, und Fabian kehrte ihm demonstrativ den Rücken zu. Lilienthal ging zu Hoffmanns Zimmer, klopfte und öffnete die Tür. In dem Raum befand sich nur noch ein Bett. Eine Krankenschwester baute die Geräte, an die Hoffmann angeschlossen gewesen war, gerade ab. Sie blickte hoch. Lilienthal spürte, dass jemand hinter ihm stand, und drehte sich um. Vor ihm stand der Stationsarzt, tiefe Schatten lagen unter seinen Augen.

»Es tut mir leid, Herr Hauptkommissar«, sagte er, »die Prognose war gut, alles verlief ausgezeichnet, aber es bleibt immer ein Restrisiko. Leider. Herr Hoffmann bekam eine Blutung. Wir haben unser Möglichstes getan.«

»Tot?«, fragte Lilienthal überflüssigerweise. Der Arzt nickte. Am liebsten hätte Lilienthal ihn an den Kittelaufschlägen ergriffen und geschüttelt. Dieser Arzt in seiner übertriebenen Fürsorge hatte alles vermasselt. Hoffmann hatte mit ihm sprechen wollen – Hoffmann hatte ihm etwas Wichtiges mitzuteilen, und jetzt war es zu spät. Lilienthal atmete tief durch und versuchte sich zu beruhigen. Der Stationsarzt hatte bereits eilig den Raum verlassen.

Lilienthal trat hinaus auf den Gang. Isabell, von Fabian geschoben, rollte auf ihn zu. Als sie auf gleicher Höhe waren, hob sie die Hand, und Fabian hielt das Gefährt an, betätigte den Feststeller und ging zu einem Fenster.

»Guten Tag, Herr von Lilienthal«, sagte Isabell leise.

»Mein aufrichtiges Beileid«, murmelte Lilienthal.

Sie blickte zu ihm auf. »Danke«, sagte sie gefasst. »Wissen Sie, das Wort ›Beileid‹ hat für mich jetzt eine ganz neue Bedeutung bekommen.« Sie legte die Hände übereinander. »Fabian und ich kamen heute früh, kurz nachdem Sie gegangen waren. Trotz der Prognose des Arztes wusste Franz, dass es zu Ende ging. Wir waren beide bei ihm, und ich habe seine Hand gehalten bis zum Schluss.«

Isabell schwieg sekundenlang, dann sagte sie mit brüchiger Stimme: »Es war sein Wille, ich muss das respektieren, auch wenn es schwerfällt. Franz wollte niemandem zur Last fallen. Er wollte mit sich und der Welt seinen Frieden machen. Darum hatte er noch mal gebeten, Sie anzurufen.« Isabell hob den Kopf und sah ihm in die Augen. »Mein Bruder hat einen Brief für Ralf hinterlassen.« Dann fügte sie leise an: »Natürlich haben wir sie gefunden. Gestern Abend.« Lilienthal wusste sofort, was sie meinte.

»Fabian hat mir alle Briefe gebracht. Es war ja nicht mehr schwer, sie zu finden.« Isabell versuchte zu lächeln, was ihr nicht wirklich gelang. »Als ich die Briefe in meinen Händen hielt, es waren wirklich alle Briefe, da hat es mir sehr wehgetan, Herr Hauptkommissar. Ich habe die ganze Nacht darüber nachgedacht, warum Franz das gemacht hat. Aber mein Bruder hat es für mich getan.« Sie atmete tief ein. »So war er, mein Bruder«, flüsterte sie. Was sollte Lilienthal darauf antworten?

»Er hat auch einen Abschiedsbrief an Ralf hinterlassen, ich werde ihn Ralf persönlich übergeben.« Sie wandte den Kopf und blickte hinüber zu ihrem Sohn. »Fabian wird mich begleiten und endlich seinen Vater kennenlernen.« Lilienthal fühlte einen Stich in der Brust. »Aber da ist noch etwas, Herr Hauptkommissar.«

»Ja?«, fragte Lilienthal heiser.

»Franz nannte einen Namen, bevor er für immer die Augen schloss.«

»Was für einen Namen?«

»Thomas Brender.«

»Mehr nicht? Nur den Namen?«

»Nein, mehr nicht.«

Auf dem Weg ins Präsidium rief ihn Heike an und berichtete, dass Hoffmann ein Konto bei der Berliner Komm Bank unterhalten hatte, auf das regelmäßig immer nur ein Betrag pro Monat eingegangen war.

»Wieso nur ein Betrag?«, fragte Lilienthal nach.

»Es war kein Girokonto, Maik.«

»Und in welcher Höhe?«, wollte er wissen.

»Zweitausend Euro seit ungefähr eineinhalb Jahren, überwiesen von einer Firma aus Liechtenstein.«

»Versuch herauszufinden, wer sich dahinter verbirgt, Heike«, trug er ihr auf.

Lilienthal war kaum zur Tür herein, da rief ihn Körner bereits in sein Büro. »Maik, ich habe vorhin mit der Geschäftsstelle der Berliner Komm Bank in Zehlendorf gesprochen.«

»Meine Mutter hat Sie weichgekocht?«, erwiderte Lilienthal.

»Sie disqualifizieren sich«, sagte Körner unwirsch. »Ich denke, das ist nicht uninteressant, was ich erfahren habe.« Körner blitzte Lilienthal an, bat ihn jedoch nicht, Platz zu nehmen. »Die Bank hat eine interne Überprüfung ihres Bankberaters Michael Grothe veranlasst. Das hat mir der Zweigstellenleiter, den ich seit vielen Jahren kenne, im Vertrauen erzählt.«

»Unterschlagung oder Veruntreuung?«, fragte Lilienthal.

»Der Grothe hat spekuliert, was ja an sich nicht verboten ist, aber in seinem Fall mit Insiderwissen. Es geht um illegale Aktiengeschäfte bei Firmenübernahmen«, erklärte Körner.

»Na da schau her, sauber, dieser Grothe«, kommentierte Lilienthal.

»Das Handeln mit Aktien aufgrund geheimer Vorab-Informationen ist verboten, weil es andere Anleger benachteiligt«, dozierte Körner. »Aber jetzt kommt das Wichtigste. Der Grothe hatte angeordnet, dass bei Eingang von eins Komma fünf Millionen Euro auf seinem Konto der Betrag sofort an die isländische Kaupthing Bank zu überweisen sei.«

»Wie bitte? Eins Komma fünf Millionen? Nicht gerade Peanuts«, erwiderte Lilienthal verblüfft. Körner nickte.

»Ganz deiner Meinung, Maik. Der Geldeingang wurde verbucht

und angewiesen. Am nächsten Tag ist einem Kollegen aufgefallen, dass die BaFin ein Zahlungs- und Veräußerungsverbot für alle Kunden der Kaupthing Bank erlassen hat. Kein Anleger in Deutschland konnte mehr an sein Geld heran. Die Kaupthing-Bank ist pleite.« Lilienthal grinste. »Wie gewonnen, so zerronnen. Und das einem Bankberater. Man erlebt doch immer wieder freudige Überraschungen.«

»Ich teile deine Freude, aber bitte lass mich ausreden. Dem Kollegen bei der Komm Bank wurde mulmig, und er versuchte, Michael Grothe telefonisch zu erreichen. Vergeblich. Daraufhin informierte er seinen Vorgesetzten. Es stellte sich heraus, dass Michael Grothe, den man auf einer bankinternen Schulung in Baden-Baden vermutete, nie dort angekommen war. Als man seinen Bruder Joachim anrief, wusste der auch nichts über den Aufenthalt seines Bruders. Jetzt erwägt die Bank, eine Vermisstenanzeige aufzugeben.«

»Geht doch gar nicht«, unterbrach Lilienthal Körner.

»Natürlich weiß ich das und habe es dem Geschäftsstellenleiter auch gesagt. Erst wenn man vermuten kann, dass die vermisste Person in Gefahr sein könnte, darf die Polizei eine Suche einleiten, ansonsten kann jeder Erwachsene seinen Aufenthaltsort frei wählen, ohne irgendjemanden darüber zu informieren.«

Lilienthal hatte sich ohne Körners Aufforderung in den Besucherstuhl vor dem Schreibtisch gesetzt. »Wieso ist der Michael Grothe weg? Der hat doch das Geld nicht bekommen.«

»Richtig, Maik, die Frage drängt sich einem auf. Dabei erfuhr ich außerdem, dass auch mein Bankberater vermisst wird.«

»Wie? Was heißt auch vermisst?«

»Mein Bankberater ist seit einigen Tagen nicht an seinem Arbeitsplatz erschienen. Er hat sich auch nicht krankgemeldet oder um Urlaub gebeten.« Körner grinste. »Das tut hier zwar nichts zur Sache, aber ich weine ihm keine Träne nach und gestehe liebend gern, dass ich ihm alles Schlechte wünsche.«

»Dann war die Beratung nicht optimal?«, fragte Lilienthal.

»Kann man so formulieren.«

»Zwei Mitarbeiter der Komm Bank verschwinden zum gleichen Zeitpunkt, schon ungewöhnlich, oder?« Lilienthal musste sich konzentrieren, um Körners Ausführungen zu folgen. In Gedanken war er immer noch im Krankenhaus. Isabell hatte ihm zum Abschied die Hand gereicht und »Leben Sie wohl« zu ihm gesagt, nicht »Auf Wiedersehen«. Das war eindeutig. Sein Herz lag wie ein Stein in seiner Brust. Er fühlte, dass er etwas verloren hatte, was er noch gar nicht besessen hatte.

Plötzlich schreckte er auf. »Was haben Sie eben gesagt, Herr Dr. Körner?«

»Der Geschäftsstellenleiter bat mich zu überprüfen, ob nicht doch eine Vermisstenanzeige durch seine Bank möglich wäre. Beide Bankberater hätten mit hohen Summen zu tun gehabt. Die Klientel in Zehlendorf ist vermögend und bekannt dafür, größeres Kapital einzusetzen. Zurzeit werden alle Konten überprüft, mit denen beide zu tun hatten. Die Personalabteilung hat versucht, weitere Angehörige zu erreichen. Mein Bankberater hat keine Angehörigen mehr. Seine Eltern sind verstorben.«

»Nein, Herr Dr. Körner, das meinte ich nicht. Wie war der Name Ihres Beraters?«

»Brender, Thomas Brender«, antwortete Körner.

20

Maik öffnete den Mund. Er sah einem Fisch nicht unähnlich.

»Sagten Sie Thomas Brender?«

»Kennst du ihn?«

»Nein.«

Körner betrachtete seinen Hauptkommissar prüfend. »Was erstaunt dich dann so, wenn ich mal ganz naiv fragen darf?«

»Vor wenigen Minuten habe ich den Namen erst gehört.«

»Lass dir nicht alles aus der Nase ziehen, Maik.«

»Herr Dr. Körner, es ist für mich selbst überraschend. Ich komme gerade aus dem Krankenhaus. Leider ist Franz Hoffmann verstorben.«

»Du hast doch erzählt, die Prognose war gut?«

»Ja, allerdings mit Einschränkung, hatte mir der behandelnde Arzt gesagt.«

»Schade«, meinte Körner mit offensichtlichem Bedauern.

»Aber bevor er starb, hat er einen Namen genannt, und seine Schwester hat ihn mir gesagt, Chef.«

»Thomas Brender?«

Lilienthal nickte, und ein breites Grinsen zog über sein Gesicht.

»Ein bisschen viel an Zufällen, oder?«

»Worauf wartest du noch?«, sagte Körner, aber Lilienthal war bereits an der Tür, wo er mit Kalumet zusammenstieß, der ihm dringend etwas mitteilen wollte.

»Später, Leo«, beschied er ihm und spurtete so schnell er konnte die Treppen hinunter, sodass ihm Kalumet kaum folgen konnte.

Während der Fahrt informierte Lilienthal Kalumet über die letzten Ereignisse, und eine knappe Viertelstunde später standen beide im Kassenraum der Komm Bank. Eine schmale junge Frau, noch keine dreißig Jahre alt, in einem dunklen Kostüm führte die beiden Kommissare in die erste Etage in ein mit Kirschholz getäfeltes Büro.

»Nobel, da sieht man, wo das Geld bleibt«, murmelte Maik zu Leo. Wenig später erschien Herr Schreiber, der Leiter der Filiale.

Hochgewachsen, mit unnatürlich dunklen Haaren, die militärisch kurz seinen Kopf bedeckten, bat er sie, Platz zu nehmen. Der dunkelgraue Anzug entsprach der Kleidervorschrift.

»Ich danke Ihnen, dass es so schnell ging«, eröffnete Schreiber das Gespräch. »Ich habe mich gerade eben mit unseren Hausjuristen unterhalten, ob die Möglichkeit einer Anzeige wegen unserer zwei vermissten Mitarbeiter besteht.«

»Wir brauchen ein Bild von Herrn Brender«, fiel ihm Lilienthal ins Wort.

Schreiber lächelte und zeigte seine teuren weißen Zähne. »Ja, ja, der Herr Brender. Ein außergewöhnlicher Mann.«

»Warum?«, schaltete sich Kalumet ein.

»Sehr elitär in seinem Auftreten, hatte nicht nur Freunde im Kollegenkreis.«

»Er war also nicht gerade beliebt?«, hakte Kalumet nach.

Schreiber lächelte maliziös. »Nun ja, so kann man es ausdrücken. Legte sehr viel Wert auf sein Äußeres.«

»Ist das nicht von Vorteil in Ihrem Geschäft?«

»Nun ja, natürlich, aber ein Berater, der eine Uhr von Lange & Söhne trägt, ist bei uns eher ungewöhnlich.«

»Nicht schlecht«, murmelte Lilienthal.

»Es war eher die Art und Weise seines Auftretens«, ergänzte Schreiber. »Herr Brender gehörte eher zu den Ungeduldigen, das war manchmal nicht diplomatisch.«

»Mit Kunden?«, fragte Kalumet ungläubig.

»Wo denken Sie hin? Nein, nein, da war Herr Brender die Professionalität in Person.«

Lilienthal schloss aus der Schnelligkeit der Antwort, dass auch Schreiber selbst damit ein Problem gehabt hatte. »Seit wann war er bei Ihrer Bank beschäftigt?«, fragte er.

»Meines Wissens seit Anfang der neunziger Jahre.«

»Ist Ihnen bekannt, wo er vorher gearbeitet hat?«

Schreiber hob geziert den Zeigefinger an die Lippen und lächelte schelmisch. »Sie haben Glück, Herr Kommissar. Ich habe es gerade eben erfahren. Er kam vom Bundesfinanzministerium aus Bonn. Leider hatte sich Herr Brender nur für einen begrenzten Zeitraum unserer Filiale zur Verfügung gestellt. Von Haus aus war er Investmentbanker; sein Arbeitsplatz war in der Zentrale in Frankfurt am Main. Herr Brender hatte sich auf eigenen Wunsch für ein Jahr zu uns versetzen lassen, begründete es mit persönlichen Angelegenheiten in Berlin. Nun ja, ich fand es etwas merkwürdig, aber damals dachte ich, dass unsere Berater von seinem Wissen profitieren könnten.«

»Haben sie aber nicht, oder?«, hakte Lilienthal nach.

Schreiber blickte auf seine gepflegten Hände: »Ich würde es so formulieren, Herr Brender war eher der einsame Wolf.«

»Haben Sie ein Bild von ihm?«, insistierte Lilienthal noch einmal.

»Leider nein.«

»Dann benötige ich die Personalakte von Herrn Brender.«

Schreibers freundliches Kundenberatergesicht legte sich in diverse Falten. »Auch da muss ich Sie leider enttäuschen. Alle Personalakten werden in der Zentrale in Frankfurt bearbeitet.«

»Das ist aber ungewöhnlich«, schaltete sich Kalumet ein. »Wo heften Sie zum Beispiel Krankmeldungen, Urlaubsanträge und Ähnliches ab?«

»Die Zentrale strebt ein papierfreies Archiv an. Wir müssen alle Unterlagen scannen und per Datenübertragung nach Frankfurt am Main senden.«

Lilienthal zog eine Fotografie aus der Innentasche seiner Jacke. »Kennen Sie den Mann auf diesem Bild, Herr Schreiber?«

Schreiber nahm geziert das Bild, kniff die Augen zusammen, dann legte er es auf den Tisch, griff in die Brusttasche seines Jacketts und zog eine schmale Brille hervor. Umständlich setzte er sie auf, nahm erneut das Bild in die Hand und betrachtete es eingehend.

»Ich glaube, das ist Herr Brender«, sagte er dann zögernd. »Bedeutend jünger zwar, aber er scheint es zu sein.«

Lilienthal steckte die Fotografie wieder ein. »Ich brauche sofort die Personalakte zusammen mit einem Bild. Es ist mir völlig egal, woher Sie die anfordern, Herr Schreiber. Hier meine Visitenkarte, senden Sie die Unterlagen an meine E-Mail-Adresse. Das ist kein Wunsch, Herr Schreiber, sondern eine amtliche Anordnung.«

»Was ist denn passiert?«, fragte Schreiber kleinlaut.

»Herr Brender wurde ermordet.«

»Ermordet?« Schreiber faltete erschrocken seine knochigen Hände wie zum Gebet.

»Ich bitte Sie, das noch strikt vertraulich zu behandeln.«

Schreiber nickte. »Und was wird mit der Vermisstenanzeige für Herrn Grothe?«

»Damit haben wir nichts zu tun. Das kann nur sein Bruder veranlassen«, antwortete Kalumet freundlich. Schreiber wirkte plötzlich betreten.

»Gibt es ein Problem wegen Herrn Grothe?«, fragte Lilienthal.

Schreiber schloss die Augen, dann riss er sie auf und platzte heraus: »Der Bruder von Herrn Grothe hatte vor Kurzem eine Auseinandersetzung hier bei uns in der Bank. Es war ausgesprochen unschön, wenn ich das so formulieren darf.«

»Dürfen Sie«, erwiderte Lilienthal. »Mit wem hatte der Bruder von Herrn Grothe denn die Auseinandersetzung?«

»Mit Herrn Brender.«

»Und worum ging es genau?«

»Das kann ich nicht sagen. Aber der junge Herr Grothe wurde dabei laut, was sich störend auf den Publikumsverkehr auswirkte, sodass Herr Brender sich veranlasst sah, ihn nach draußen zu bringen. Es war für die Kollegen ziemlich peinlich.«

»Und wieso?«, hakte Lilienthal nach.

»Nun, es ist manchmal so, dass Kunden die Gesetze der Marktwirtschaft nicht verstehen«, erklärte Schreiber salbungsvoll.

»Aber Ihre Bank hat da scheinbar auch Defizite; soweit ich informiert bin, muss der Staat, besser wir Steuerzahler, ihrer Bank helfen, eine drohende Insolvenz abzuwenden.«

»Diese Entwicklung konnte niemand voraussehen«, schnappte Schreiber zurück.

»Was hatte Herr Brender damit zu tun?«, mischte sich Kalumet ein.

Schreiber sah verschnupft auf seine Hände, überwand sich dann und sagte: »Ich glaube, er wollte seinen Kollegen in einer familiären Auseinandersetzung unterstützen.«

»Finden Sie das nicht eigenartig?«

»Nun ja«, druckste Schreiber herum. »Die Art und Weise, wie

sich Herr Brender gegenüber dem jungen Herrn Grothe verhielt, stieß allgemein auf Unverständnis im Kollegenkreis.«

»Was genau hat Herr Brender denn gemacht?«

»Er hat ihn ausgelacht.«

»Wie bitte?« Lilienthal war verblüfft.

»Ziemlich laut, und das Lachen wirkte sehr provozierend. Soweit ich weiß, ging es um Geldanlagen und familiären Besitz.«

»Worum auch sonst«, murmelte Lilienthal und dachte, dass Schreiber garantiert nicht die ganze Wahrheit sagte, aber jetzt würde er damit nicht herausrücken. Er bedankte sich für die Auskünfte, und er und Kalumet verabschiedeten sich.

»Vielleicht ist das sogar ein Glücksfall für die Bank, dass Brender tot ist«, meinte Kalumet, als sie draußen vor der Tür standen. »Dietger Alsrath hat unter dem Pseudonym Thomas Brender gearbeitet, und vorher war er Spion der HV A in Bonn.« Lilienthals Laune besserte sich zusehend.

»Warum hast du das Foto von Ralf und Isabell eingesteckt?«, fragte Kalumet ihn.

»Ich clever«, grinste Lilienthal.

»Sie sind doch von der Kriminalpolizei?«, fragte jemand hinter ihnen. Lilienthal und Kalumet drehten sich um. Eine hochgewachsene, schlanke Frau mit straff zurückgekämmten blonden Haaren, die sie zu einem Pferdeschwanz hochgebunden hatte, war ihnen nachgeeilt.

»Ja«, bestätigte Lilienthal und betrachtete wohlwollend die feinen, regelmäßigen Gesichtszüge der Frau. Höchstens fünfundzwanzig, schätzte er. Sie gab ihm einen Zettel.

»Meine Telefonnummer«, sagte sie hastig. »Rufen Sie mich nach Dienstschluss an.«

Bevor Lilienthal nachfragen konnte, worum es ging, war sie zurück in die Bank geeilt. Kalumet griente über beide Ohren und intonierte leise: »Du hast Glück bei den Frau'n, Bel Ami! So viel Glück bei den Frau'n … dieses Klasseweib gibt dir unaufgefordert ihre Telefonnummer. Kannst du mir nicht auch mal den Trick verraten?«

Lilienthal lächelte zufrieden. »Man hat's oder man hat es nicht«, erwiderte er.

Kalumet blieb abrupt stehen. »Merde, der Termin beim Neurologen in Charlottenburg.«

»Was Ernsthaftes?«, fragte ihn Lilienthal besorgt.

»Es geht um Joachim Grothe und seinen Rausschmiss aus der Polizeiakademie. Ich war doch vorhin bei dem Dozenten, Dr. Fuchs. Der hat mir die Adresse eines Dr. Gerald Wellenstein in Charlottenburg gegeben. In zehn Minuten haben wir den Termin.«

»Und wieso weiß ich nichts davon?«, erwiderte Lilienthal ungehalten.

»Wann denn? Du hast mich vorhin überhaupt nicht zu Wort kommen lassen«, konterte Kalumet.

»Joachim kannte Thomas Brender. Das wissen wir jetzt. Da besteht eine Verbindung.« Sie spurteten zum Auto.

Die Praxis in der Reichsstraße lag in der vierten Etage eines alten Berliner Gründerzeithauses. Im Warteraum war jeder Stuhl besetzt. Zwei Arzthelferinnen steuerten professionell mit erstaunlicher Ruhe den Ablauf. Nachdem Lilienthal und Kalumet sich ausgewiesen hatten, wurden sie in eines der Sprechzimmer geführt. Dr. Wellenstein erwartete sie hinter seinem Schreibtisch. Hager, mit einer schimmernden hellen Alabasterhaut, die jede Frau vor Neid hätte erblassen lassen, und weißblondem Haar, das sich bereits merklich von der Stirn zurückgezogen hatte, musterte er die beiden Kommissare mit wachem Blick. Lilienthal hatte erst einmal in seinem Leben einen Albino gesehen. Augenscheinlich gehörte Wellenstein zu dieser seltenen Spezies Mensch.

»Bitte nehmen Sie Platz, meine Herren.« Wellenstein wies auf zwei schwarz gepolsterte Lederstühle vor dem Schreibtisch. Rechts von ihm stand eine Patientenliege, und hinter seinem Rücken befanden sich große Doppelfenster. Von dem brodelnden Verkehr, der um diese Zeit auf der Reichsstraße herrschte, hörte man drinnen kaum etwas. »Ihr Besuch wurde mir durch Dr. Fuchs bereits angekündigt. Wie darf ich Ihnen helfen?«, fragte der Neurologe zurückhaltend.

Lilienthal kam gleich zur Sache. »Wir benötigen Auskünfte über die Krankengeschichte eines Joachim Grothe, wohnhaft in Stahnsdorf. Joachim Grothe war vor Jahren ein Patient von Ihnen.«

»Sie haben nicht zufällig ein amtliches Schreiben?«, fragte Wellenstein förmlich. Lilienthal bedauerte.

»Sie wissen, dass Krankenakten besonders sensibel gehandhabt werden, damit sichergestellt wird, dass Daten nicht in unbefugte Hände gelangen. Nicht nur durch meine ärztliche Schweigepflicht, auch nach dem Datenschutzgesetz darf ich nicht ohne richterliche Verfügung die Krankenakte weitergeben.«

»Das ist uns bekannt, Herr Dr. Wellenstein. Sie wurden aber bereits durch Herrn Dr. Fuchs informiert, dass wir wegen eines Tötungsdeliktes ermitteln. Im Augenblick benötigen wir noch keine Unterlagen. Sie würden uns aber bereits sehr helfen, wenn Sie uns einige Fragen beantworten könnten.«

Wellenstein überlegte einen Moment, dann sah er Lilienthal an und nickte. Er tippte auf der vor ihm stehenden Tastatur einige Worte und Zahlen ein, blickte auf den Bildschirm und fragte dann: »Was wollen Sie wissen?«

»Aufgrund welcher Erkrankung wurde Joachim Grothe von der Polizeiakademie ausgeschlossen?«, antwortete Lilienthal.

»Da muss ich ausholen, meine Herren.« Der Arzt lehnte sich in seinem Stuhl zurück. »Die Vorgeschichte spielte eine wichtige Rolle in der Anamnese im vorliegenden Fall. Joachim Grothe kam vor circa zehn Jahren durch Überweisung seines Hausarztes in meine Praxis. Seine Mutter begleitete ihn. Er hatte ein erhöhtes Erregungsniveau. Nach einer Routineuntersuchung stand für mich fest, dass sich der Patient in einer akuten Belastungsreaktion befand.«

»Belastungsreaktion?«, fragte Lilienthal.

Wellenstein hob entschuldigend die Hände. »ABR, wie wir dazu sagen, also eine akute Belastungsreaktion, ist die Folge einer extremen psychischen Belastung, für die der Betroffene keine geeigneten Bewältigungsstrategien besitzt. Dabei spielte auch die Anwesenheit seiner Mutter eine Rolle, die keinen positiven Einfluss auf seinen Zustand hatte, sodass ich sie bat, uns allein zu lassen.« Wellenstein schwieg einen Moment. »Danach gab es eine unschöne Szene, aber das spielt im Augenblick keine Rolle.«

»Für uns ist alles wichtig. Um was für eine Szene ging es?«

»Nun, die Mutter wurde laut, beschimpfte ihren Sohn und

wollte ihn wieder mit nach Hause nehmen. Sie störte durch ihr Verhalten den Patientenbetrieb. Nach einiger Zeit konnte ich sie dann doch überzeugen, mich mit ihrem Sohn allein zu lassen.« Wellenstein überlegte kurz. »In den folgenden Gesprächen stellte sich heraus, dass der Patient während eines Urlaubs in Marseille von seinem Bruder gezwungen worden war, ein Bordell aufzusuchen, um, so die Worte meines Patienten, endlich ein Mann zu werden. Der Besuch verlief nicht wie erwartet. Joachim Grothe war gehemmt, und es kam nur zu einem kurzen Sexualkontakt mit einer farbigen Prostituierten, dabei infizierte er sich mit Syphilis. Die Infektion wurde verschleppt und erst Wochen später vom Hausarzt diagnostiziert, der die erforderliche Medikation vornahm und die Mutter in Kenntnis setzte.«

»Ist Syphilis nicht meldepflichtig?«, fragte Kalumet.

»Ja, das ist richtig, was auch durch den Hausarzt geschah. Die Infektion wurde behandelt und ausgeheilt. Der Patient konnte das Erlebnis jedoch nicht verarbeiten und entwickelte eine psychische und soziale Beeinträchtigung. Wir sagen dazu ›eine posttraumatische Belastungsstörung‹. Von da an fühlte sich Herr Grothe stigmatisiert. Leider, muss ich sagen, trug das Verhalten seiner Mutter erheblich dazu bei. Während unserer Gespräche stellte sich heraus, dass sein älterer Bruder daran nicht unschuldig war und das Trauma ausnutzte.«

»Hat Joachim Grothe Beispiele genannt?«

»Natürlich.« Wellenstein legte die Fingerspitzen aneinander und sah auf die blank polierte Tischplatte. »Der Patient hatte sich in ein junges Mädchen verliebt. Er brachte sie mit nach Hause. Zwischen meinem Patienten und dem Mädchen war es noch zu keinem sexuellen Kontakt gekommen. Das Mädchen war nach seiner Aussage unberührt. Eines Tages schickte ihn der ältere Bruder unter einem Vorwand aus dem Haus und zwang das Mädchen, so die Worte meines Patienten, zum Verkehr. Als Joachim zurückkam, erklärte ihm der Bruder zynisch, das wäre das Recht des Erstgeborenen.« Lilienthal und Kalumet blickten den Arzt ungläubig an. »Die Beziehung zwischen dem Mädchen und meinem Patienten ging danach auseinander.«

Von draußen hörte man leise die Geräusche des Praxisalltags.

Wellenstein hob den Kopf. »Laiensprachlich ausgedrückt stand Joachim Grothe vor einem Nervenzusammenbruch. Sein Hausarzt hatte das erkannt und ihn zu mir überwiesen. Im Laufe der Therapie traten jedoch zwei weitere Aspekte zutage. Der erste war eine erektile Dysfunktion, der gebräuchliche Ausdruck ist Impotenz. Seine Libido war eingeschränkt. Durch das Erlebte kann es zu emotionaler Verflachung kommen, also zu einer eingeschränkten Empfindungsfähigkeit – aufgrund der Vorgeschichte nachvollziehbar. Auch findet man häufig ein erhöhtes Erregungsniveau mit Reizbarkeit und Schlafstörungen. Die Dysfunktion bei dem Patienten hatte psychische Ursachen. Er litt unter Minderwertigkeitsgefühlen. Ich schlug ihm damals eine Psychotherapie vor, die jede Krankenkasse aufgrund der Diagnose übernommen hätte. Joachim Grothe verweigerte das aber vehement.«

»Und der zweite Aspekt?«, fragte Lilienthal.

»Seine psychische Belastbarkeit variierte. Das war auch der Grund, warum ich von einem Dienst bei der Polizei abriet.«

»Wie äußerte sich das?«

»Er hatte das Erlebnis und die Krankheit nicht verarbeitet, sodass es oft zu einem Wiedererleben der Ereignisse, also das Eindringen des Erlebten in den Alltag, kam. Wir nennen diese Erinnerungen auch Flashbacks. Diese Wahrnehmungen können durch Geräusche, Gerüche und Ähnliches ausgelöst werden. Strikte Anweisungen, die sofort ausgeführt werden müssen, oder Leistung, unter Zeitdruck zu erbringen. Der Patient erlebt das als Zwang. Ich schlug ihm eine Behandlung mit einem hoch dosierten Sedativ vor. Was er auch anfangs einnahm, sodass sich seine Angstzustände reduzierten. Ich bezweifle aber, dass er das Medikament regelmäßig weiter genommen hat.«

»Wie kommen Sie zu dieser Annahme?«

»Joachim Grothe brach leider die Behandlung ab. Das Medikament ist verschreibungspflichtig und darf nur unter Aufsicht und Kontrolle eines Facharztes eingesetzt werden.«

Lilienthal verspürte Mitgefühl für diesen dicklichen Joachim aus der Nachbarschaft, den auch er immer spöttisch behandelt hatte. Er bedankte sich, und Kalumet und er verabschiedeten sich.

Wellenstein begleitete sie bis zur Tür. Als er sie öffnete, hielt er inne.

»Da fällt mir noch etwas ein. Während der Dauer der Behandlung gab sich der Patient als freundlicher, eher schüchterner junger Mann. Im Englischen gibt es diesen Begriff ›everybody's darling‹, ich denke, das kommt der Beschreibung am nächsten. Er wollte es jedem recht machen. Während der Behandlung hatte er sich in eine meiner Arzthelferinnen verliebt. Die junge Dame, sie ist nicht mehr bei uns, befand sich damals noch in der Ausbildung. Nachdem sie seine Annäherungsversuche zurückgewiesen hatte, lauerte er ihr eines Abends auf und wurde zudringlich. Als sie ihn abwehrte, wurde er handgreiflich. Sie konnte ihn überwältigen, da sie Judo beherrschte. Meine Mitarbeiterin verschwieg den Vorfall, weil sie um ihre Ausbildung fürchtete, und erklärte sich mir erst, nachdem Joachim Grothe die Behandlung abgebrochen hatte, was kurz darauf geschah.« Wellenstein sah auf seine Uhr und lächelte entschuldigend. »Das war jetzt alles. Entschuldigen Sie mich bitte, meine Patienten warten.«

Auf dem Weg zum Auto erinnerte Kalumet Lilienthal an die junge Frau von der Bank: »Dein Date, Maik!«

»Wenn ich dich nicht hätte, Leochen«, stöhnte Lilienthal.

»Blödmann«, murmelte Kalumet.

»Aber, aber, so etwas sagt man nicht zu seinem Vorgesetzten.« Lilienthal schob den Ärmel hoch und sah auf seine Uhr. Viertel vor sieben, die Bank machte um sechs Uhr dicht. Er gab Kalumet den Autoschlüssel und registrierte, dass der Kollege sich mit kaum verborgener Begeisterung hinter das Steuer des Jaguars setzte. Lilienthal zog sein Handy aus der Jacke und wählte die Nummer auf dem Zettel. Gleich nach dem ersten Rufton meldete sie sich.

»Wo sind Sie jetzt?«, fragte sie.

»Theodor-Heuss-Platz.«

»Ich bin in einem Café nicht weit entfernt am Kaiserdamm. Wenn Sie Lust haben, können wir uns hier treffen.«

Lilienthal ließ sich die Adresse geben. Wenig später hatten er und Kalumet das kleine Café gefunden. Die junge Frau saß im hinteren Bereich an einem Ecktisch, vor sich ein Glas mit Cola.

Sie setzten sich dazu. Lilienthal stellte sich und Kalumet vor und fragte nach ihrem Namen. Die Frau winkte ab und entgegnete, dass der keine Rolle spielen würde.

»Ich habe bei der Komm Bank gekündigt. Heute war mein letzter Arbeitstag dort. Bitte verstehen Sie mich, ich möchte keine Altlasten mit in meine neue Firma nehmen.« Lilienthal verkniff sich die Bemerkung, dass es für ihn ein Leichtes wäre, ihren Namen herauszufinden. Wichtig war, dass sie Informationen für ihn hatte.

»Sie ermitteln doch wegen des Verschwindens von Herrn Brender, nicht wahr?«, fragte sie, nachdem der Kellner für Lilienthal und Kalumet die beiden bestellten Espressos gebracht hatte. Lilienthal nickte.

»Herr Kommissar, ich weiß nicht, ob das von Belang ist, aber ich habe vor nicht langer Zeit unbeabsichtigt einem Streit zwischen Herrn Brender und einem Kunden zugehört«, fuhr sie fort.

»Worum ging es dabei?«, fragte Lilienthal.

»Es ging um Veruntreuung«, sagte sie leise. »Das Gespräch fand im Tresorraum unserer Bank statt. Hinter den Schließfächern haben wir einen separaten Raum, in dem bankinterne Unterlagen aufbewahrt werden. Die Wand dazwischen fehlt, sodass man alles, was im anderen Raum gesprochen wird, hören kann. Für die Kunden ist das aber nicht sichtbar.«

»Ich dachte, Ihre Bank bevorzugt das papierlose Büro?«, entgegnete Lilienthal.

Sie lachte spöttisch. »Schreiber, der alte Traumtänzer, oder?« Lilienthal grinste. »Anscheinend hatte sich der Kunde unrechtmäßig Reserven aus einem Schließfach genommen und damit spekuliert, und der Brender wusste davon.«

»Geht das so einfach?«

»Nur wenn der Kunde eine Vollmacht für das Schließfach hat.«

»Was war denn in dem Schließfach?«

»Wir wissen nicht, was in den Schließfächern unserer Kunden lagert«, sagte die junge Frau empört. Sie trank einen Schluck aus dem Glas, überlegte, dann sagte sie: »Herr Kommissar, alles, was ich Ihnen jetzt erzähle, ist strikt vertraulich, im Zweifelsfall werde ich jeden Satz abstreiten.«

Kalumet hatte bisher zugehört und beobachtete sie nur.

»Es muss sich um Gold gehandelt haben«, fuhr die junge Frau fort. »So viel konnte ich dem Gespräch entnehmen.«

»Wie viel?«, fragte Lilienthal.

Sie zögerte, dann sagte sie: »Wenn ich richtig gehört habe, waren es so um die vier Kilo.«

»Und das ist in Euro?«

»Zwischen hundert- und hundertzwanzigtausend zum jetzigen Kurs.«

»Schau an, ein kleines verschwiegenes Pölsterchen«, brummte Lilienthal.

»Der Kunde hatte es verkauft und damit spekuliert, und zwar auf Anraten von Herrn Brender auf steigende Kurse am Dax, das konnte ich dem Gespräch entnehmen.«

»Darauf kann man spekulieren?«

»Damit kann man eine Menge Geld verdienen, aber genauso schnell alles verlieren. Das ist wie Roulette, so müssen Sie sich das vorstellen.«

»Und der Kunde?«

»Hat alles verloren.«

»Und das haben Sie gehört?«

»Ja, aber darum ging es bei dem Streit nicht vorrangig.«

»Worum denn?«, fragte Lilienthal gespannt. Er spürte sein vertrautes Kribbeln im Nacken.

Sie schwieg einen Moment, dann sagte sie beherrscht: »Der Brender war ein Schwein. Der manipulierte jeden, ob Kunden oder Kollegen. Schreiber hat Ihnen sicher nicht gesagt, dass Brender Kunden gern wertlose Wertpapiere aufschwatzte, die die Bank loswerden wollte. Einmal habe ich Brender darauf angesprochen. Da hat er mir erklärt, ich wäre naiv und verstünde absolut nichts vom Geschäft. Die Papiere will die Bank loswerden, das heißt, ran an den Kunden. Ich bekomme meine Provision, und mein Arbeitgeber ist zufrieden, so funktioniert das, Mädchen. Wir sind hier nicht beim Sozialamt, jeder Kunde muss selbst entscheiden, was er kauft. Ihm wäre es scheißegal, ob die Oma oder der trottelige Familienvater hopsgeht oder nicht. Solange er seine Provision bekäme, würde er den Kunden alles verkaufen, was die Bank loswerden will – ›... und unsere Bank ist mit meinen Geschäften hochzufrieden‹. O-Ton Brender, Herr Kommissar.« Sie stieß empört die Luft durch die Nase.

Kalumet schaltete sich ein: »War dem wirklich so?«

»Ja, so waren die Praktiken des Herrn Thomas Brender. Der war immer und ausschließlich nur auf seinen persönlichen Vorteil bedacht.« Sie biss sich auf die Lippen, dann stieß sie hervor: »Das ist auch der Grund, warum ich gekündigt habe.«

»Hat er Sie auch betrogen?«

Die junge Frau lachte spöttisch auf. »Betrogen? Er hat sich an mich herangemacht, Herr Kommissar. Ich habe ihn nicht nur einmal, sondern mehrmals sehr deutlich darauf hingewiesen, dass ich nicht an ihm interessiert wäre, darauf fing er an, mich auf richtig fiese Art bei Vorgesetzten und bei Kollegen zu mobben.«

»Worum ging es bei dem Streit zwischen Brender und dem Kunden?«, kam Lilienthal auf das Vorhergehende zurück.

Sie strich sich über das Haar. »Der Kunde beschuldigte Brender, dass er sich an seinem Geld bereichert hätte. Er wollte sich bei der Bankenaufsicht beschweren, sagte, dass er von Brender reingelegt worden wäre und der ihn nicht über die Risiken der Anlage informiert hätte. Aber Brender hat ihn kaum ausreden lassen, hat ihm gesagt, das könne er gern versuchen, aber vorher würde er – Brender – auspacken, und das wäre ihm geradezu ein Vergnügen. Er wüsste, dass der Kunde die Vollmacht seiner Mutter gefälscht hätte, und er solle den Mund nur nicht zu voll nehmen, besonders über dessen Vorlieben würde er gern plaudern. Und dabei lachte Brender.« Sie schüttelte sich leicht, und man konnte ihr den Widerwillen ansehen. »Dieses Lachen«, murmelte sie. Lilienthal fiel ein, dass auch Schreiber in der Bank davon gesprochen hatte.

»Woher wusste Brender von der Urkundenfälschung?«, unterbrach sie Kalumet.

»Genau weiß ich es nicht, das ging auch nicht aus dem Gespräch hervor. Aber wenn Brender den Schließfachinhaber kannte, dann ist es leicht, das herauszufinden.«

»Sie kennen den Kunden? Sagen Sie uns bitte, um wen es sich handelt«, sagte Lilienthal streng. Die junge Frau schürzte die Lippen, vermied seinen Blick. Es blieb einen Moment still. Die Geräusche des Cafés klangen gedämpft von vorn zu ihnen.

»Gut«, sagte sie plötzlich, griff nach ihrer Handtasche, holte eine Packung Zigaretten hervor, zog ungeschickt eine heraus und sah Lilienthal an:»Ja, ich kannte den Kunden.« Unschlüssig blickte sie auf die Zigarette. Behielt sie in der Hand.»Wir haben uns ein paarmal getroffen«, sagte sie leise.»Ich mochte ihn und er mich auch. Brender hat uns zufällig einmal gesehen. Bei nächster Gelegenheit erzählte er ihm, er solle die Finger von mir lassen, ich würde es mit jedem in der Bank treiben. Er hätte mich auch schon mehrmals flachgelegt.« Die letzten Worte konnte man kaum verstehen. Lilienthal rührte in seinem Espresso, und Kalumet blickte fassungslos auf die Tischplatte. Eine Träne rollte über ihre Wange, sie wischte sie entschlossen fort und sagte dann mit fester Stimme:»Brender hat zu ihm gesagt, die steht nur auf 'nen Großen, da hast du keine Chance, deiner ist doch verkümmert, das weiß doch jeder. Das hat mir Brender später höhnisch erzählt«, fügte sie mit brüchiger Stimme hinzu. Sie zog ein Papiertaschentuch aus ihrer Handtasche und putzte sich umständlich die Nase.

Lilienthal räusperte sich:»Was meinte Brender mit Vorlieben? Drogen?« Die junge Frau schüttelte den Kopf.»Nein, ich glaube, es ging um etwas anderes. Brender benutzte ein Wort.« Sie überlegte. »Irgendetwas wie ›nekrophile Vorlieben‹.«

»Und warum haben Sie das nicht Ihrem Vorgesetzten erzählt?«

»Für wie naiv halten Sie mich, Herr Kommissar? Wem hätte man denn geglaubt? Mir«, sie lachte hart auf, »oder dem brillanten Investmentbanker Brender?« Sie hob den Kopf und winkte dem Kellner. Lilienthal überlegte. Natürlich hatte sie recht. Man hätte ihr nicht geglaubt. Und wenn, dann wäre der Spott der Kollegen noch dazugekommen.»Ich hoffe, das hilft Ihnen weiter«, sagte sie leise, nachdem sie bezahlt hatte.

»Ich brauche den Namen des Kunden«, sagte Lilienthal schnell.

Die junge Frau erhob sich.»Den müssen Sie schon selbst herausfinden. Aber da war noch etwas. Brender sagte, es wäre ihm ein persönliches Vergnügen, alles dem Bruder des Kunden zu erzählen.«

Als sie gegangen war, fragte Kalumet Lilienthal:»Nekro... was?«

»›Nekros‹ ist griechisch und heißt Leiche, und ›philia‹ heißt

übersetzt Zuneigung. Wenn ich mich richtig erinnere, ist das eine Sexualpräferenz, die auf Leichen ausgerichtet ist.«
»Aber unsere Informantin hat nur von einer Vorliebe gesprochen. Ist die Ausübung nekrophiler Handlungen in Deutschland nicht auch strafbar?«
»Genau, und was schlussfolgern wir daraus?«
»Brender war ein Schwein.«
»Und wer war der Kunde?«
»Sag es mir, großer Massa.«
»Mensch, Leo, wer hat einen Bruder in der Bank? Das erklärt auch den Auftritt zwischen den beiden, von dem uns Schreiber erzählte. Unser kleiner Joachim hatte das Schließfach seiner Mami geplündert. Mehr als hunderttausend Mäuse sind futsch. Wahrscheinlich die Altersreserve seiner Mutter. Und dann erwähnt Brender etwas, was niemand wissen darf, und er will alles ausplaudern. Böse, böse, dieser Brender.«
Kalumets Handy gab Laut. Nachdem er sich gemeldet hatte, reichte er es Lilienthal. Heike war dran. Sie hätte jetzt die Info, wer auf Hoffmanns Konto bei der Berliner Komm die zweitausend Euro eingezahlt hatte.
»Die von der Liechtensteiner Bank?«
»Ja, das Konto besteht bereits seit Ende der achtziger Jahre. Es war ziemlich mühsam, den Kontoinhaber zu erfahren, aber bei Mord werden sogar die Liechtensteiner zahm.«
»So richtig zutraulich sind die in ihrem kleinen Bergstaat nicht«, meinte Lilienthal.
»Der Kontoinhaber ist Dietger Alsrath, Chef.«
Also Hoffmann und Dietger Alsrath hatten Kontakt gehabt. Wenn Alsrath dem Hoffmann regelmäßig Geld überwiesen hatte, dann war das Schweigegeld, so viel war klar. Aber warum sollte Hoffmann die Gans, die goldene Eier legt, umbringen? Das machte keinen Sinn. Lilienthal grübelte, während Kalumet den Jaguar durch den Verkehr steuerte und mit Heike weiter über das Headset telefonierte. Dabei schnurrte Kalumet wie ein rolliger Kater. Lilienthals Gedanken bewegten sich auf einer ganz anderen Baustelle.
»Sollten wir nicht noch kurz bei deiner Mutter vorbeifahren, Maik, um sie über die letzten Erkenntnisse zu informieren?«, un-

terbrach Kalumet auf einmal seine Gedanken. Lilienthal war froh, dass Kalumet damit anbot, mitzukommen. Das gab dem Besuch einen offiziellen Charakter. Er nickte, und Kalumet setzte den Blinker. Sie fuhren über Kleinmachnow Richtung Schleuse nach Stahnsdorf. Als sie vor dem Haus seiner Mutter hielten, ausstiegen und Lilienthal an der Haustür klingelte, öffnete niemand.

21

Enne war nach der Morgenbesprechung im Präsidium nach Hause gefahren. Dass Michael Grothe verschwunden war, beunruhigte sie. Warum hatte Joachim ihr das nicht gesagt? Hing es damit zusammen, dass Joachim bei ihr im Mittelpunkt stehen wollte, geradezu nach Anerkennung und Zuneigung hungerte, und ein Bruder, der durch seine Abwesenheit alle Aufmerksamkeit auf sich zog, nur störte? Aber warum hatte Hildegard Grothe ihren Ältesten so extrem dem Jüngeren vorgezogen? Dass Mütter ein Kind besonders mochten, war nicht ungewöhnlich. Aber den einen bedenken und den anderen ausschließen, sodass er nichts, aber auch gar nichts erben würde – so konsequent? Was verbarg sich dahinter?

Seit wann wusste es Joachim eigentlich?, überlegte sie. Den Brief des Notars aus Bad Homburg, den sie angenommen hatte, hatte er von ihr bekommen. Da lebte seine Mutter noch. Dass er ihn geöffnet und gelesen hatte, ergab sich aus den Umständen. Seine Mutter lag zu dem Zeitpunkt bereits auf der Intensivstation. Also musste er es von da an gewusst haben. Aber dann verstarb seine Mutter. Das war doch eine Situation, in der Geschwister zusammenrückten. Nein, du gehst von dir aus, korrigierte sie sich. Nicht unter diesen Umständen. Dem, der dich auf die Wange schlägt, halte auch die andere hin, und dem, der dir den Mantel wegnimmt, verweigere auch das Hemd nicht – so weit ging Joachims Bruderliebe nicht. Menschen waren fehlbar. Und hinzu kam, dass Michael ausnehmend gut aussah. Ein Frauentyp, groß, schlank, mit dunklen, gewellten Haaren, charmant, intelligent, der hatte seinen Weg gemacht. Und Joachim? Enne seufzte. Eher das Gegenteil. Unruhe überfiel sie. Wo war nur Michael?

Zu Hause hatte Enne sich an ihren Schreibtisch gesetzt und sofort angefangen zu arbeiten. Diesmal fasste sie ihre Gedanken und Schlussfolgerungen auf einem alten Schreibblock zusammen. Nachdem gestern ihr Laptop abgestürzt war und sie nur durch den externen Speicher die Daten wiederherstellen konnte, misstraute sie dem Ding. Als sie sich vor Kurzem einen größeren LCD-Bildschirm kaufen wollte, um ihn an den Laptop anzuschließen und damit besser arbeiten zu können, hatte der Verkäufer im Computerladen auf ihr Notebook geschaut und bemerkt: zu alt. Das Gerät war noch nicht einmal fünf Jahre alt, in ihren Augen noch so gut wie neu. »Die Grafikkarte kann bei so einem alten Gerät keine zwei Bildschirme unterstützen«, hatte der Verkäufer erklärt. Sie kam sich vor wie ein Vorschulkind, dem man etwas so Simples erklären musste.

»Eins wollen wir hier mal klarstellen, junger Mann«, hatte sie ihm geantwortet. »Erzählen Sie mir nichts vom Alter. Da müssen Sie noch hineinwachsen. Ich kenne noch Professor Konrad Zuse. Habe einen netten Abend in Hamburg mit ihm verbracht. Aber der Name wird Ihnen wohl nichts mehr sagen.«

»Zuse, der Erfinder des Computers in Deutschland? War das nicht in den dreißiger Jahren des vorigen Jahrhunderts?« Der Verkäufer hatte sie angelächelt. »Natürlich kenne ich Professor Zuse, wenn auch nur dem Namen nach. Aber Sie sind doch viel zu jung, um den alten Zuse noch gekannt zu haben«, hatte er galant nachgeschoben. Vor so viel charmanter Frechheit hatte sie kapituliert.

Enne schob die Bögen zusammen. Sie ging in die Küche und nahm aus einer Dose getrocknete Pfefferminze, die sie im Sommer im Garten gepflückt hatte. Sie gab mehrere Blätter in eine bauchige Tasse, füllte Wasser in den Wasserkocher, und als es anfing zu sprudeln, übergoss sie die Kräuter. Ein aromatischer Geruch verbreitete sich im Raum. Sie nahm die Tasse, ging zurück zum Schreibtisch und setzte sie ab, dann trat sie ans Fenster. Feiner Nieselregen haftete wie an einer Perlenschnur in winzigen Tropfen an den Zweigen des japanischen Apfelbaumes vor dem Fenster.

Enne rekapitulierte, was sie über Hoffmann geschrieben hatte. Verlust der Eltern, dann zur Großmutter, danach ins Heim. Ein unangepasster Junge, der aufbegehrte, in Resignation verfiel und sich schließlich total anpasste. Die Umerziehungsmethoden waren bekannt und wurden von den Erziehern rigoros eingesetzt. Jede

Diktatur hatte sich derer bedient. Anpassung und Aufnahme in die Gemeinschaft oder Ausgrenzung und Isolation. Das hielt kaum ein Erwachsener aus, geschweige denn ein Kind. Danach Karriere beim MfS. Hoffmann hatte in seiner Position bestimmt gleich zu Anfang seiner Bekanntschaft mit Ralf Alsrath Erkundigungen über ihn eingezogen. Enne ging zurück zum Schreibtisch, nahm die Tasse und trank einen Schluck. Das heiße Getränk breitete sich wohlig warm in ihrem Körper aus. Aber was war Hoffmanns Motiv? Erpressung? Wer wurde von wem erpresst? Der Alsrath hatte mit Sicherheit heute eine hoch dotierte Position. Und Hoffmann, vorher privilegiert, schlug sich nach der Wende durch, zwangsläufig musste sein Selbstwertgefühl gelitten haben. Oder war es andersherum, hatte Alsrath Hoffmann erpresst? Und wenn ja, warum? Oder die dritte Möglichkeit: War es doch eine Verwechslung gewesen?

Nachdenklich malte Enne viele kleine Fragezeichen auf das Papier. Aber was hatte das alles mit einem Sexualdelikt zu tun? Sie griff nach der Zigarettenschachtel, stellte fest, dass nur noch eine Zigarette in der Packung war, zog sie heraus und zündete sie an. Tief inhalierte sie den ersten Zug. Hoffmann war auf seine Schwester und deren Sohn fixiert, überlegte sie weiter. Eine feste Beziehung oder andere sexuelle Vorlieben waren nicht bekannt. Konnte man das abgetrennte Organ als Racheakt für unerfüllte Wünsche von Hoffmann deuten? Und wem gehörte das andere Organ? Enderlein hatte in seinem Bericht ausgeführt, dass das Geschlechtsteil, das nicht zum Leichnam gehörte, vorher – bevor Alsrath getötet wurde – abgetrennt wurde. Der Rechtsmediziner hatte eine Differenz von wenigen Stunden angegeben. Also musste vorher ein anderer Mann getötet worden sein. Enne fröstelte.

Weiter, nächster Punkt, dachte sie. Warum waren die Finger zum Schwur gebogen? Dietger und Ralf hatten dem DDR-Staat Treue geschworen. Hatten sie aus Hoffmanns Sicht ihren Schwur gebrochen? Sie nahm noch einen Zug, dann war die Zigarette aufgeraucht. Sie drückte den Stummel im Aschenbecher aus. Nahm die leere Schachtel, zerknüllte sie und warf sie in den Papierkorb. War Hoffmann Täter, oder war er auch Opfer? In einem diktatorischen Umfeld, in dem Misstrauen zur Staatsräson erhoben wurde, konnte ein Täter manchmal beides sein. Enne überlegte. Das müsste sie noch mal mit Maik besprechen. Sie stand auf, brachte die Tasse zurück in die Küche, schüttete die Teeblätter in den Mülleimer, spülte sie aus und stellte sie in den Abtropfkorb. Unter dem Küchentisch saß Churchill. Seine weißen Barthaare vibrierten. Er spürte ihre Unruhe.

»Sir, du hast einen Hängebauch«, sagte sie missbilligend. »Vor dem Mittagessen gibt es nichts.« Der Kater verließ geräuschlos auf Samtpfoten die Küche.

Unschlüssig ging Enne zurück zum Schreibtisch. Sie musste eine Zusammenfassung über Joachim anfertigen, das erwartete Maik zu Recht von ihr. Sie merkte, dass sie anfing, sich über sich selbst zu ärgern. Warum fühlte sie sich nur für Joachim verantwortlich? Aber innerlich wusste sie es. Es ging bei ihr hier nicht nur um die Ereignisse, über die sie mit Joachim häufig gesprochen hatte. Sie hatten Vermutungen aufgestellt und das Für und Wider abgewogen. Sie hatte sich über sein Interesse gefreut. Joachim wollte ihr gefallen, das war ihr nicht entgangen. Es ging darum, dass er ihr die Aufmerksamkeit entgegenbrachte, die sie sich von Maik erhofft hatte. »Um auf den Punkt zu kommen, um deine blöden Muttergefühle«, murmelte sie.

Mit ihrem Sohn war sie früher härter umgegangen. Ihre Ansprüche an ihn waren hoch. Nur leider war das Resultat heute, dass er sich immer mehr entfernte. Das tat weh. Besser machen wollte sie alles bei ihm. Das, was ihr in der eigenen Kindheit bei ihren Eltern missfallen hatte, wollte sie bei ihrem Sohn vermeiden. Und hast du es besser gemacht?, flüsterte die Stimme in ihrem Kopf. »Was soll das, machst du jetzt eine Mutti-Selbstanalyse?«, knurrte sie gereizt. Aber die Gedanken ließen sie nicht los. Joachim kam, wenn sie ihn brauchte, und war immer höflich. Gut, das letzte Mal hatte er sich merkwürdig verhalten, aber fairerweise musste man ihm die Umstände zugutehalten. Und jetzt? Was sprach gegen ihn? Joachim war nicht an der Polizeischule angenommen worden. Na und, dachte Enne, das ist ja kein Beinbruch. Aber Kalumet hatte darauf hingewiesen, dass Joachim sich auffällig um die Ermittlungsarbeit gekümmert hatte. Blödsinn, dachte sie, was heißt hier auffällig. Jeder, mit dem sie in letzter Zeit gesprochen hatte, schien eine

These über den Mord zu haben, und kaum jemand hatte nicht versucht, mit ihr darüber zu diskutieren. Unruhig stand sie wieder auf und blieb vor dem Fenster stehen. Sie fuhr mit dem Finger über die beschlagene Scheibe und malte lauter kleine Smileys. »Genau«, sagte sie laut, sodass Churchill neben der Couch die Ohren anlegte. Entschlossen ging sie in die Diele, zog sich die dicke Winterjacke über, schlüpfte in die Schuhe und verließ das Haus.

Lilienthal wartete ungeduldig, aber nichts regte sich. Er drückte erneut auf den Klingelknopf, hörte das Läuten im Inneren des Hauses.

»Niemand zu Hause?«, fragte Kalumet hinter ihm.

Lilienthal fummelte in seiner Jackentasche. »Hast du nicht angerufen, dass wir kommen?«

Kalumet nickte und verkniff sich die Bemerkung, dass Lilienthal danebengesessen hatte, als er telefonierte. »Ich habe nur eine Nachricht auf dem AB hinterlassen, dass wir gleich da sind.« Kalumets Handy gab erneut Laut. Er meldete sich, und an seiner Mimik erriet Lilienthal, dass es Heike war, mit der er sprach.

Lilienthal durchsuchte nervös alle Taschen. »Moment mal«, sagte er zu Kalumet, lief zum Jaguar, öffnete die Tür und langte ins Handschuhfach. Einen Berliner Stadtplan, einen kleinen Notizblock, zwei ungleiche Lederhandschuhe und mehrere Packungen Papiertaschentücher warf er auf den Beifahrersitz. Ein einsamer Kugelschreiber rollte als Letztes auf den Boden. Lilienthal tauchte aus dem Wageninneren auf und blieb unschlüssig stehen. Kalumet beachtete ihn nicht, sondern war in sein Gespräch vertieft. Lilienthal beugte sich erneut in das Wageninnere und griff zur Mittelkonsole. Triumphierend kam er wieder zum Vorschein. Er hielt einen Schlüssel hoch. Kalumet beendete das Gespräch.

Als Lilienthal die Tür zum Wohnzimmer öffnete, lief ihm Churchill entgegen. Der Kater richtete sich an seinem Bein hoch und mauzte empört. Lilienthal kraulte seinen Kopf. »Na, Sir, alles im grünen Bereich?« Der Kater entwand sich seinen Händen und lief zur Küche. Er folgte ihm. Anklagend blieb Churchill vor dem Futternapf stehen. Der Napf war unbenutzt, auch der Wassernapf daneben war leer.

»Du armes Katertierchen.« Lilienthal hockte sich nieder. »Alle, alle, kein Fresschen? Die böse Mami. Wo ist sie denn?« Er richtete sich auf und rief hinüber zu Kalumet: »Meine Mutter muss schon länger weg sein. Churchill hat heute noch kein Fressen bekommen.«

Kalumet sah sich im Wohnzimmer um. Auf dem Schreibtisch lagen ordentlich zusammengelegt mehrere Blätter Schreibpapier. Interessiert trat er näher. »Deine Mutter hat sich Notizen gemacht«, sagte er zu Lilienthal, als der aus der Küche auftauchte. Lilienthal nahm die Blätter und überflog sie, danach legte er sie zurück auf den Tisch. Wo trieb sich seine Mutter nur herum? Abends hatten ältere Frauen gefälligst zu Hause zu sein. Er wählte ihre Handynummer. Die Mobilbox sprang an. Kurz angebunden sprach Lilienthal eine Nachricht darauf, dass er und Kalumet bei ihr zu Hause auf sie warten würden.

»Vielleicht ein Arztbesuch?«, fragte Kalumet. »Es ging ihr doch in den letzten Tagen nicht so gut.«

»Woher weißt du das denn?«

»Das konnte doch jeder sehen, Maik.«

Lilienthal erwiderte nichts. Es war ihm peinlich, zuzugeben, dass er nichts bemerkt hatte. Er sah auf seine Uhr. Kurz nach acht. »So spät noch beim Arzt, das glaube ich kaum«, meinte er. Er sah sich um. Das Zimmer war aufgeräumt, ein Hauch von Pfefferminze lag in der Luft. Er ging die Treppe hinauf in den ersten Stock. Alle Zimmer waren aufgeräumt, die Heizung heruntergedreht. Das machte seine Mutter tagsüber immer, fiel ihm ein. Churchill miaute kläglich vor der Küchentür. Sein Schwanz zuckte hin und her, und seine Augen sahen vorwurfsvoll zu dem Menschen, der sich um alles kümmerte, nur nicht um einen leeren Katzenmagen.

»Ist ja gut, mein Dicker«, murmelte Lilienthal, als er wieder herunterkam und in die Küche ging. Er nahm aus der Speisekammer eine Büchse Katzenfutter, öffnete sie und füllte den Napf. Dann goss er Wasser in das andere Schälchen. Kaum dass er alles hingestellt hatte, atmete Churchill das Futter ein. Die Fressgewohnheiten des Katers ähnelten eher denen eines Hundes.

»Zufrieden, du alte Dampflok?«, murmelte Lilienthal und strich dem Kater über den Kopf. Der putzte sich ausgiebig das Mäulchen mit der Pfote. Mit einer Flasche Chianti Classico, die er in der Speisekammer gefunden hatte, und zwei Gläsern aus dem Küchenschrank ging Lilienthal zurück ins Wohnzimmer zu Kalumet. »Ich denke, meine Mutter wird jeden Augenblick aufkreuzen«, meinte er betont munter und setzte sich auf die Couch. Kalumet hatte bereits einen Sessel in Beschlag genommen.

»Das Wichtigste weißt du noch gar nicht, Maik. Alicia Meckel hat den Ordner persönlich ins Präsidium gebracht.«

»Welchen Ordner?«, fragte Lilienthal und goss die Gläser voll.

»Die HV-A-Akte über Dietger Alsrath.«

Mit einem dumpfen Ton setzte Lilienthal die Flasche auf den Tisch. »Wieso hat mich Heike nicht gleich informiert?«, brauste er auf.

»Entschuldigung, aber du hast vorhin den Haustürschlüssel gesucht.«

»Wo war denn die Akte?«

»Stand die ganze Zeit über im Schrank in Hoffmanns Büro. Auf dem Ordnerrücken stand ›Büromaterial‹. Im vorderen Teil waren auch Bestellungen abgeheftet, aber der Meckel kam so viel Papier für Büromaterial eigenartig vor, und sie hat sich daraufhin jedes Blatt angesehen. Und dahinter war die komplette Akte abgeheftet. Heike hat mir in groben Zügen Einzelheiten erzählt. Alsrath wurde damals als Neunzehnjähriger unter dem Namen Thomas Brender, geboren in Langenhagen bei Hannover, in den Westen eingeschleust. Er studierte in Paderborn und Bonn Wirtschaftswissenschaften und konnte seine Studienzeit um zwei Jahre verkürzen, da er ein Hochbegabtenstudium absolvierte. Anschließend bewarb er sich für den höheren Dienst im Bundesfinanzministerium in Bonn und wurde natürlich genommen.«

»Das steht alles in der Akte?«

»Jedes Detail, sagt Heike. Mit Immatrikulationsnachweis für das Studium, dem Vordiplom und der Abschlussarbeit. Danach war er der richtigen Partei beigetreten.«

»FDP?«, mutmaßte Lilienthal.

»Nein, CDU. Zuerst in der Jungen Union, wo er sich aktiv beteiligte. Zum Zeitpunkt der Wende arbeitete er bereits in verantwortlicher Position in Theo Waigels Finanzministerium, unter anderem zuständig für die Ausarbeitung der Kredite der Bundesrepublik für Ost-Berlin. Übrigens, da fällt mir ein, Heike hat mal erwähnt, dass sich Honecker die Loyalität der DDR-Bürger erkaufen musste, und er war damit über Jahre hinweg durchaus erfolgreich. Ihre Eltern schwärmen heute noch von den sozialen Wohltaten zu DDR-Zeiten. Dass die nur mit Hilfe westlicher Kredite finanziert werden konnten, diese Tatsache ignorieren ihre Eltern standhaft.«

Churchill hatte sich neben Lilienthal auf der Couch zusammengerollt und blinzelte schläfrig zu den beiden Männern.

»Leo, das ist nur allzu menschlich. Niemand lässt sich das, was er in guter Erinnerung hat, von anderen schlechtreden.«

Kalumet zuckte mit den Schultern. »Aber Tatsachen kann man doch nicht ignorieren.«

»Ach, du kleines Engelchen«, grinste Lilienthal.

Kalumet überhörte die Anspielung und fuhr fort: »Alsrath informierte das MfS, das seine Informationen weiter an die Kommerzielle Koordination gab, sodass bereits im Vorfeld alle über die beabsichtigten Transferleistungen informiert waren.«

»Clever«, unterbrach ihn Lilienthal, »der Alsrath saß genau an der richtigen Stelle. Die KoKo sollte mit verdeckten Geschäften zur Devisenbeschaffung die Zahlungsfähigkeit der DDR sichern. Der Schalck-Golodkowski war einer der wichtigsten Männer für die DDR-Wirtschaft. Stellvertretender Minister, Staatssekretär und ZK-Mitglied.«

»Irgendwo habe ich den Namen auch mal gelesen«, überlegte Kalumet laut.

»Ungebildete Nulpe«, sagte Lilienthal streng. »Das gehört für einen Kriminalisten zur Allgemeinbildung. Ende 1989 flüchtete der Schalck-Golodkowski, tauchte unter und wurde dann einer der wichtigsten Informanten beim Bundesnachrichtendienst über die kriminellen Wirtschaftsmethoden der KoKo. Dass ihm dafür Straffreiheit in Aussicht gestellt wurde, ging damals durch die Presse. Frag mal Heike, die kennt sich da bestimmt aus. Bei der Gelegenheit muss ich mal sagen, Heike recherchiert ausgezeichnet, Leo.«

»Das könntest du ihr vielleicht mal selbst sagen.«

»Wieso? Wir arbeiten bei der Kripo, das ist ihr Job, und wenn einer Spezialwissen einbringen kann, umso besser.«

Kalumet schüttelte bei Lilienthals Worten empört den Kopf. »Schon mal was von Mitarbeitermotivation gehört, Chef?«

»Ach du liebes Lieschen.« Lilienthal verlagerte seine Sitzposition. Der Schmerz, der sich seit geraumer Zeit in seinem Bein ausbreitete, machte ihn aggressiver als beabsichtigt. »Ich erwarte von jedem in unserem Team hundertprozentigen Einsatz, und das soziale Getue geht mir auf die Nerven. Deinen Beschützerinstinkt kannst du in deinem privaten Umfeld ausleben.«

Kalumet sah ihn sprachlos an. Lilienthal merkte, dass er zu weit gegangen war. Aber das musste der Kollege aushalten, sie waren kein Kuschelverein. Verdammt, dachte er, bin ich hier der Ersatzpapi?

»Beschützerinstinkt ist eine Eigenschaft, die einem zur Ehre gereicht, Herr Hauptkommissar.« Lilienthal hatte Kalumet noch nie zornig gesehen. »Und um das mal klarzustellen, Heike ist anders als die Frauen, die ich bisher kannte, in ihrer Arbeit hundertfünfzigprozentig, viel ernsthafter als die meisten in ihrem Alter, und, Herr von Lilienthal, sie hat sich nie verbiegen lassen.«

»Schön für sie«, murmelte Lilienthal.

»Ihre Eltern waren linientreu, nach DDR-Standard ging es der Familie gut.«

Lilienthal hörte nur noch mit einem halben Ohr zu. Im Gegensatz zu Kalumet kannte er eine Menge solcher Geschichten aus seinem Umfeld. Für seinen Kollegen war das alles neu. In seinem Kopf tickte es. Wo blieb seine Mutter? Bin ich paranoid?, dachte er. Meine Mutter ist erwachsen und kann tun und lassen, was sie will. In den letzten Tagen hatte sie ihn genervt mit ihren Anrufen und Fragen. Und heute, überlegte er, hatten sie sich morgens gesehen und danach nicht mehr gesprochen. Sie hatte auch nicht versucht, ihn anzurufen.

Kalumet redete immer noch. »Heike hatte einen Freund. Jahrgangsbester beim Abi. Der war weder den Jungen Pionieren noch der FDJ beigetreten. Er durfte nicht studieren und machte eine Gärtnerlehre. Danach fing er an, Theologie zu studieren. Es war die einzige Möglichkeit eines Studiums. Heike ging mit ihm in die Kirche. Bekam Kontakt zu Oppositionellen. Sie diskutierten, wie man etwas verändern könnte. Sie wollten keinen Umsturz, sie wollten nur Verbesserungen, mehr Lebensqualität. Den Sozialismus stellten sie nie in Frage. Aber ihr Freund wurde verhaftet, kam ins Gefängnis. Heike wurde verschont, wahrscheinlich, weil ihre Eltern privilegierte Genossen waren.« Kalumet schwieg, dann sagte er: »Ihr Freund nahm sich in Bautzen das Leben.«

Lilienthal fand das bedauerlich, aber was hatte das konkret mit ihrem Fall zu tun?

»Weißt du eigentlich, dass diese Bürgerrechtler im Herbst 1990 in den Hungerstreik traten, als die Regierung Kohl die Stasi-Akten für dreißig Jahre in das Bundesarchiv wegschließen wollte? ›Die Akten gehören uns‹, das war eine zentrale Forderung der Bürgerrechtler. Unter diesem Druck gab die Kohl-Regierung nach, und es wurde die jetzige Bundesanstalt für Stasiunterlagen geschaffen.«

»Der Agentenführer von Alsrath war Hoffmann?«, unterbrach Lilienthal Kalumets Erzählungen. »Darum hat Hoffmann die Unterlagen versteckt. Ich denke, der hat den Alsrath einfach weiter überwacht. Die HV A hat nicht abrupt ihre Kontakte gekappt, das war eine verschworene Gemeinschaft, und Hoffmann ließ Alsrath dafür mit barer Münze zahlen.« Lilienthal griff in seine Jackentasche und zog sein Handy hervor. »Eine SMS von meiner Mutter?«, murmelte er erstaunt. »Maik, entschuldige, aber es ist mir was Wichtiges dazwischengekommen. Bis morgen«, las er Kalumet vor.

22

Enne zitterte, nicht nur wegen der Kälte. Sie zitterte auch vor Wut. Wie kannst du nur so dämlich sein, du gefühlsduselige alte Kuh, dachte sie. Das hast du nun davon. Über sich hörte sie Schritte. Etwas Schweres wurde über den Fußboden gezogen. Sie versuchte, eine bequemere Position zu erlangen. Hier unten war der Geruch intensiver als oben. Wieder sah sie das Schriftstück vor sich und hörte seine hasserfüllten Worte. »Lesen Sie!«, hatte er geschrien und dabei mit dem Blatt vor ihren Augen herumgefuchtelt. Da hätte sie sofort gehen sollen, aber zu diesem Zeitpunkt wollte sie sich keine Blöße geben, keine Schwäche zeigen. Er hatte sich in einen Sessel fallen lassen und sie angestarrt. »Das ist eine Adoptionsurkunde«, hatte er geflüstert. Sie hatte nichts verstanden. »Sie war nicht meine Mutter«, hatte er plötzlich geschrien. Und da verstand sie.

Die Kellertür wurde aufgerissen. Der Strahl der Taschenlampe blendete. Enne kniff die Augen zusammen. Der Lichtschein bewegte sich auf sie zu, dann von ihr fort und beleuchtete eine Lattentür schräg gegenüber. Undeutlich sah sie seine untersetzte Gestalt. Hörte sein nervöses Kichern. Sie kniff die Augen zusammen, um besser erkennen zu können, was er vorhatte. Der Strahl der Lampe bewegte sich auf und ab. Er fingerte an dem Schloss der Holztür herum. Dann öffnete er sie. Durch seine Beine huschte ein Schatten.

»Blöde Viecher«, murmelte er, drehte sich um und sagte: »Ratten.« Sie zuckte zusammen, schloss die Augen. Er hatte den Lichtstrahl der Taschenlampe auf ihr Gesicht gerichtet. »Na, na, na. Wer wird denn Angst haben? So liebe kleine Tierchen. Augen auf. Jetzt wird es doch erst richtig interessant.« Er kicherte mit dieser hohen Stimme, die ihr fremd war.

»Aufstehen«, kommandierte er. Witzbold, dachte Enne, die zusammengeschnürt wie ein Bündel an der Wand lehnte. Um ihre Knöchel spannte sich hart und fest Klebeband. Er packte sie an den Schultern und schob sie bis zum Eingang des Verschlages. Der abgetrennte Kellerraum war vollgestellt mit Eimern und Kisten. An einer Seite lehnten Bretter, an der anderen Seite stand eine alte Werkbank, auf der sich Kartons türmten.

»Hier ist das Objekt Ihrer Begierde.« Er stieß mit dem Fuß an etwas, das vor ihnen auf dem Boden lag. Der Strahl der Taschenlampe wanderte über etwas Großes, Unförmiges – verweilte dann. Und da sah sie es. Verklebtes dunkles Haar, Ohren eigentümlich gedrückt, spitz stach der Nasenknochen hervor. Ennes Magen revoltierte. Die Zähne bleckten aus dem Kiefer, die Haut hing in Fetzen. Die Ratten, dachte sie und schauderte. Über dem Körper lag eine alte dunkle Decke. »Ach, wie bedauerlich, mein schöner Bruder«, sagte Joachim. Mit einem Ruck riss er die Decke weg. »Der kann jetzt auch nicht mehr.« Seine Stimme klang zufrieden. Enne verstand nicht. Dann sah sie es. Wenn ich mich jetzt übergebe, dann ersticke ich, ging es ihr durch den Kopf. Automatisch schloss sie die Augen. Aber der Anblick des grinsenden Schädels wich nicht aus ihrem Gedächtnis, war festgebrannt wie ein Standbild. In ihren Ohren dröhnte es. Er hatte die Tür des Verschlages zugeworfen.

»Zufrieden?«, fragte er freundlich. »Sie wollten doch unbedingt wissen, wo mein Bruder ist.« Er stieß sie zurück an die Wand, sodass sie halb sitzend, halb liegend dagegenlehnte. Enne versuchte, tief zu atmen. Keine Reaktion zu zeigen. Joachim blieb vor ihr stehen. »Ihr alten Weiber«, flüsterte er, »zäh und doch zu nichts mehr nütze. Gierig nach Macht – das Einzige, was euch noch bleibt.« Und plötzlich spuckte er ihr ins Gesicht. Enne zuckte zusammen, zwang sich aber sofort, ruhig zu bleiben. Das Klebeband über ihrem Mund zerrte an ihrer Haut. Meine Mutter ist zäh, das hatte Joachim am Telefon zu ihr gesagt. Und Maik hatte kurz darauf die gleichen Worte benutzt. Du bist doch zäh. Wenn sie damals bereits eine Verbindung gezogen hätte. Wenn, ja wenn, dachte sie, und Panik schoss in ihr hoch. Joachim beobachtete sie. Dann kicherte er wieder. »Aller guten Dinge sind drei«, rief er fröhlich, »don't panic, learning by doing.« Eiskalt lief es ihr den Rücken herunter. In ihrem Kopf wirbelte alles durcheinander. Wieso drei?, dachte sie. In dem Verschlag lag die Leiche von Michael. Trotz der Schnelligkeit, mit der Joachim die Decke angehoben hatte,

hatte sie die Verstümmelung gesehen. Die Hose war zerrissen und der Unterleib schwarz von getrocknetem Blut. Also war das Geschlechtsteil in der Hand des Opfers auf dem Südwestkirchhof das von Michael gewesen. Machte zwei Tote. Wer war die dritte Leiche? Seine Mutter, gellte es in ihren Ohren. War er auch an ihrem plötzlichen Schlaganfall schuld?

Oben schrillte die Klingel. »Besuch?«, murmelte Joachim, knipste die Taschenlampe aus und stieg die Kellertreppe hoch. Wieder umgab sie Dunkelheit. Entfernt hörte sie es rascheln. Sie spürte den Gallensaft hochsteigen und schluckte krampfhaft. »Lesen Sie!«, hatte er sie oben angeschrien, und als sie sich seinen Ton verbat, hatte er ihr ins Gesicht geschlagen. Einfach so. Es traf sie völlig unvorbereitet. Von der Wucht des Schlages war sie zu Boden gestürzt und benommen liegen geblieben, und ehe sie sich wehren konnte, hatte er sie mit diesem Klebeband gefesselt und brutal in den Keller gezerrt. Sie hörte von oben Stimmengemurmel, versuchte zu schreien. Aber das Klebeband über dem Mund saugte sich nach innen und löste einen Hustenreiz aus. Voller Panik versuchte sie, wieder ruhig zu atmen. Du musst dich bemerkbar machen, hämmerte es in ihrem Kopf. Aber wie? Wie konnte man sich als verschnürtes Päckchen bemerkbar machen? Sie spannte die Bauchmuskeln an, hob mit aller Kraft ihre gefesselten Beine, so weit es ging, und ließ sie zurück auf den Boden fallen. Der Schmerz trieb ihr die Tränen in die Augen. Das war offensichtlich die falsche Methode. Aber welche war die richtige? Sie musste etwas finden, um sich zu befreien. Von oben hörte sie das Geräusch der zufallenden Haustür. Sie lauschte. Die Kellertür öffnete sich erneut, und Joachim kam herunter. Oh mein Gott, dachte Enne. Was hat er jetzt vor? Er blieb vor ihr stehen und sah nachdenklich auf sie hinunter. Plötzlich bückte er sich und riss ihr mit einem Ruck das Klebeband vom Mund. Sie schrie auf, hatte das Gefühl, als würde er ihr die Haut im Gesicht abziehen.

»Leider wurden wir unterbrochen, aber so eine nette Unterhaltung wie in alten Zeiten, das war doch immer schön, nicht wahr?« Seine Worte klangen seltsam hölzern. Enne zwang sich zum Nicken. Bereitschaft zeigen, auf ihn eingehen. Die Regeln aus dem Lehrbuch schossen ihr durch den Kopf. Joachim hatte sich auf die unterste Stufe der Kellertreppe gesetzt.

»Bastard«, hörte sie ihn plötzlich sagen. »Ich wäre nur ein Bastard, hat Micha gesagt. Streng dich erst gar nicht an, das schaffst du sowieso nicht. Bist einfach nur blöd. Von Bankgeschäften verstehst du nicht mal ansatzweise etwas.« Joachim wiegte sich hin und her. »So war er, der liebe Micha, eine ehrliche Haut.« Unvermittelt sprang er auf, lief zur Lattentür und schlug mit der Faust dagegen: »Du blödes Arschloch«, brüllte er. Dann drehte er sich um, kam langsam zurück und ließ sich wieder auf die unterste Stufe fallen. Er zog die Füße an, umschlang die Knie und schaukelte hin und her. Enne zog sich das Herz zusammen. Dieser Mensch war im Innersten deformiert. Als er erneut zu sprechen anfing, konnte sie ihn kaum verstehen, so schnell kamen die Worte. »Hatte die Notierungen auf seinem Laptop gesehen. Gezockt hat er. Das ganze Geld hat er verzockt, der Idiot.« Dabei wiegte er sich und summte leise vor sich hin. Enne fühlte sich wie in einem Vakuum. Nur sie und Joachim – ganz allein.

»An dem Abend, als die Alte von Ihrer Party nach Hause kam, habe ich sie gefragt: Was meint Micha mit Bastard? Erkläre es mir. So fragt man doch als wohlerzogenes Kind, oder?« Er blickte sie aus schmalen Augen an. »Oder?«, brüllte er plötzlich. Enne nickte erschrocken.

»Geht doch«, sagte er zufrieden und schniefte, wischte sich mit dem Ärmel über die Nase und fuhr dann fort: »Geschielt hat sie, besoffen, wie sie war. Pfui Teufel, in dem Alter!« Er spuckte auf den Boden. Enne merkte, wie ihre Gliedmaßen unkontrolliert anfingen zu zittern. »Stimmt, dich hat der Esel im Galopp verloren, hat sie gesagt und sich dabei ausgeschüttet vor Lachen.« Forschend blickte er Enne an und sagte plötzlich laut: »Iah, iah, komm mit nach Bremen, etwas Besseres als den Tod findest du überall. Das kennen Sie doch auch?« Enne nickte gehorsam. Die Worte aus dem grimmschen Märchen bekamen für sie eine furchtbare Bedeutung.

»Dann wollte die liebe Mami ins Bett.« Joachim atmete in heftigen Stößen. »Das hatte sie gut drauf, einen einfach so stehen lassen. Kein Wort sagen. Nichts verraten. Zappel doch, du blödes

Gör. So war sie, die liebe Mama.« Er schniefte wieder. »Da habe ich sie festgehalten«, sagte er auf einmal ganz ruhig. »Wenn ich ein Bastard bin, was bist dann du?« Er beugte sich vor, blickte Enne bittend an. »Das ist doch eine legitime Frage, oder?« Enne nickte zwanghaft. Joachim lehnte sich zurück, starrte auf seine Hände. Dann faltete er sie wie zum Gebet. »Wissen Sie, das war schon komisch. Meine Mutter konnte gar nicht mehr aufhören zu lachen. Das fand ich ungehörig. Man muss doch ein Vorbild sein für seine Kinder, nicht wahr?« Enne schluckte krampfhaft.

»Und dann hat sie angefangen zu husten«, fuhr er fort, so als wenn er ihr etwas von jemand Fremdem erzählen würde. Und Enne sah alles vor ihrem geistigen Auge. Hildegard Grothe in der grauen Seidenbluse, angetrunken, und Joachim. »Das hat mir natürlich leidgetan, aber ich musste weitermachen, diesmal war ich am Zug, das verstehen Sie doch, nicht wahr?« Enne schmerzte der Nacken. Sie wusste nicht mehr, ob sie genickt hatte. Joachim beachtete sie nicht. Er fuhr fort: »Rede, habe ich gesagt, sag endlich, was los war. Wieso hat gerade mich der Esel im Galopp verloren?« Er schwieg für einen Moment, und als er fortfuhr, konnte Enne ihn kaum verstehen.

»Angeschrien hat sie mich.« Seine Augen waren weit aufgerissen. Plötzlich keifte er in einer hohen schrillen Stimmlage: »Du warst sein Janusgeschenk – mitgebracht hat dich dein Vater. Sein Bankert warst du. Das Flittchen, deine Mutter, war bei deiner Geburt verreckt. Geschrien hast du, rot und fleckig ausgesehen. So ein hässliches Baby. Aber der feine Herr hat gesagt, er hätte sie geliebt! Geliebt? Und mich? Was war ich für ihn? Dich habe ich nie gewollt, du Bastard.« Enne wagte sich kaum zu rühren. Joachim hatte ihr die Szene mit seiner Mutter vorgespielt. Er keuchte, und Speichel lief ihm aus dem Mundwinkel. Doch schon wieder veränderte sich sein Gesichtsausdruck. Seine Augen glitzerten böse. Er blickte Enne an: »Sie hat es verdient«, flüsterte er. »Sie war auch hässlich.« Auf einmal lachte er gellend und konnte gar nicht mehr damit aufhören. Enne schauderte es. Abrupt schwieg er, und in die einsetzende Stille flüsterte er: »Leider fiel sie so unglücklich. Die Mami. Geschrien hat sie. Sei still, habe ich gesagt. Man schreit nicht. Du brauchst Ruhe. Das Elend wollte ich mir nicht ansehen, verstehen Sie. Dabei kann man doch nicht zusehen, wie einer verreckt.« Er wiegte sich wieder vor und zurück und summte mit kindlicher Stimme: »Etwas Besseres als den Tod findest du überall.« Seine Hände verkrampften sich ineinander. Er hob den Kopf und starrte Enne an: »Aber am nächsten Morgen lebte sie immer noch. Ich habe sie ins Krankenhaus bringen lassen. Mein weiches Herz, verstehen Sie.« Dabei klang seine Stimme so ruhig und sanft. Er erhob sich und ging die Kellertreppe hoch. Leise schloss er oben die Tür.

Ennes Herz raste. Diese Tat hatte einen erschreckend pubertären Hintergrund. Nach dem wenigen, was sie wusste, war er über Jahre hinweg gedemütigt worden. Er sah sich als Opfer. Aber jetzt hatte er den Spieß umgedreht. Der Erste war Michael. Das gab ihm Macht. Und die letzte, die größte aller Kränkungen, dass seine Mutter ihn nie geliebt hatte, hatte zu dieser Reaktion geführt. Konzentriere dich, du bist sonst die Nächste, flüsterte eine Stimme in ihrem Kopf. Sie horchte, aber oben war es still. Mit den Füßen tastete sie weiter den Boden ab. Der Kellerboden war uneben. Sie fühlte Vertiefungen im Zement. Der Raum, in dem sie sich befand, musste der ehemalige Kohlenkeller sein. Sie stieß an eine Wand. Versuchte sich den Grundriss des Hauses vorzustellen. Diese alten Häuser hatten breite Türen aus dicken Brettern. Sie schob sich an der Wand entlang, spürte eine Öffnung, rutschte weiter. Tastete mit den Füßen den Gegenstand ab. Holz. Eine Tür. Weiße Pünktchen tanzten vor ihr. Sie riss die Augen auf. Als sie den Kopf in den Nacken legte, sah sie das kleine Rechteck des Kellerfensters. Also befand sie sich in dem Kellerraum zur Straßenseite. Ihre Kopfhaut juckte, ihre Kleidung kratzte, klebte am Körper. Auf einmal überlagerte eine unbändige Wut den Schmerz. Verdammt, warum kümmerte sich Maik nicht um sie? Dann fiel ihr ein, dass ihre Tasche mit ihrem Handy oben im Wohnzimmer lag. Maiks Nummer war als erste gespeichert. Panik stieg in ihr hoch.

Unschlüssig blieb Lilienthal stehen. Nachdem er Kalumet verabschiedet hatte, war er, einem plötzlichen Impuls folgend, zum Haus der Grothes gelaufen. Joachim hatte geöffnet, und Lilienthal hatte gefragt, ob seine Mutter heute gesprochen hätte, aber

Joachim hatte verneint und besorgt gefragt, ob alles in Ordnung wäre mit Frau von Lilienthal. »Natürlich ist alles in Ordnung«, hatte Maik geantwortet, und sein Ton war etwas schroffer ausgefallen als beabsichtigt. Er wusste, dass er eine komische Figur abgab. Nach der Mama forschen, als erwachsener Mann, irgendwie lächerlich. Es war ja nichts passiert. »Kann ich helfen?«, hatte Joachim gefragt und ihn dabei aus bittenden Hundeaugen angesehen. »Es wäre schrecklich, wenn Ihrer Mutter etwas zugestoßen wäre.« Lilienthal hatte sich bedankt und gemurmelt: »Wahrscheinlich ist sie bei einer Freundin«, und sich dann schnell von ihm verabschiedet. Langsam ging er die Straße zurück.

Aber die SMS, das war nicht ihre Art. Seine Mutter telefonierte lieber. Er schloss die Haustür auf, putzte sich vorher gründlich die Schuhe auf dem Abtreter ab, was er sonst gern vermied, schon weil seine Mutter sich darüber ärgerte, und ging hinein. Churchill hob den Kopf. Der Kater lag zusammengerollt auf Ennes Lieblingssessel. Als er Maik sah, mauzte er kläglich. Vom Schlüsselbrett nahm Maik den Garagenschlüssel. Die Garage lag versetzt hinter dem Haus. Er schloss die Seitentür auf. Der Golf seiner Mutter stand im vorderen Teil der Garage, dahinter stapelten sich Gartenmöbel. Sie hatte auf das Auto verzichtet, also musste sie in der Nähe sein. Er versuchte sich zu erinnern, mit wem sie in der Nachbarschaft befreundet war. Auf Anhieb fiel ihm niemand ein. Die meisten ihrer Freunde wohnten weiter entfernt. In seinem Kopf pochte es. Seine Mutter war über sechzig und nicht mehr kerngesund. Dabei fiel ihm ein, dass er es abgelehnt hatte, ihr im Garten zu helfen; schließlich hätte er einen aufreibenden Beruf, so hatte er argumentiert. Als sie heute Morgen im Präsidium mit schmerzverzerrtem Gesicht aus dem Stuhl aufgestanden war, da hatte er nicht mal ein Wort des Mitgefühls für sie übrig gehabt. Eine Welle der Scham überflutete ihn. Das Gespräch mit dem Neurologen Dr. Wellenstein schob sich in seine Überlegungen. Der hatte ein Wort benutzt. Was hatte der gesagt? Jetzt fiel es ihm wieder ein. Flashback, ausgelöst durch Wahrnehmungen, dabei hatte der Neurologe aufgezählt: Geräusche, Gerüche – und da war noch ein letzter Punkt? Sein Bein schmerzte, er verlangsamte seinen Schritt und fühlte ein diffuses Unbehagen. Verdammt, dachte er. Kannst du nicht mal eins und eins zusammenzählen, du Nulpe? Wie ein Trottel habe ich mich angestellt. Maik nahm sein Handy und versuchte Leo zu erreichen, aber dort ging nur die Mailbox an. Auf einmal fiel es ihm ein: Anweisungen, das war es. Menschen mit diesen Traumata können äußerst aggressiv auf Forderungen reagieren, das hatte der Neurologe noch erwähnt.

Seine Mutter hatte eine Zusammenfassung über Hoffmann erstellt. Sie konnte zu diesem Zeitpunkt noch nicht wissen, dass Hoffmann bereits verstorben war. Sie kannte nicht das Gespräch mit Dr. Wellenstein. Sie wusste auch nichts über die Ermittlungen in der Bank. Weder dass gegen Michael Grothe wegen Insiderwissen ermittelt wurde, noch dass Dietger Alsrath als Thomas Brender dort gearbeitet hatte. Und das Wichtigste: Ihr Mordopfer kannte Joachim und hatte einen heftigen Streit mit ihm gehabt. Auf der letzten Seite ihrer Notizen hatte Enne begonnen, alle Fakten über Joachim zusammenzustellen.

»Verdammt, verdammt, verdammt«, fluchte er. Sie war zu ihm gegangen. Sie mochte ihn. Maik kannte nur zu gut ihre Art. Wenn sie auf Missverständnisse stieß, dann sprach sie die Menschen direkt an. Hundert zu eins, sie war zu ihm gegangen und wollte von ihm persönlich wissen, warum er sich nach dem Einsatzplan erkundigt hatte. Unprofessionell, natürlich – aber ihre Empathie für Joachim, das war der ausschlaggebende Faktor; ihre berufliche Professionalität trat dabei in den Hintergrund. Flashbacks konnten durch starken Druck, zum Beispiel durch Anweisungen, ausgelöst werden. Wenn seine Mutter Joachim zur Rede gestellt hatte, dann empfand er es als Druck. Und er war auch noch hingerannt und hatte Joachim nach ihr gefragt. Ihm blieb keine Zeit. Er musste handeln. Sofort! Bis Leo hier war, konnte er nicht warten.

Er rannte los, ignorierte den stechenden Schmerz in seinem Bein, bog in die Parallelstraße ein, ein Grundstück grenzte an den Garten der Grothes. Es war verwildert und unbebaut und von der Straße nur durch dichte Büsche getrennt. Er quetschte sich hindurch. Zweige schlugen ihm ins Gesicht. Der Boden war glitschig. Vertrocknete Grasbüschel hatten sich über die Erde gelegt. Lilienthal rutschte, wäre beinahe gefallen, verfaultes Obst von einem knorrigen alten Apfelbaum bedeckte den Boden. Er spürte die Feuchtigkeit an den Knöcheln, lief bis zum hinteren Teil des Grundstücks. Das Grothe-Haus schimmerte durch die Büsche. Ein Fenster war erleuchtet, alle anderen dunkel. Der Zaun, der die beiden Gärten trennte, war alt und verrostet. Im Dunkeln hätte er beinahe die Öffnung übersehen, einen Durchgang, vor Jahren einmal angelegt. Er schlüpfte hindurch. Blieb stehen, orientierte sich. Im Garten standen Obstbäume, hinten Fichten und Kiefern, in der Mitte Rasen, eingegrenzt von Rabatten.

Im Schatten der Bäume pirschte Lilienthal sich bis zum Haus und schlich zu dem erleuchteten Fenster. Er spähte hinauf, konnte aber nur die Zimmerdecke erkennen. Er blickte sich um. Etwas entfernt, an einem knorrigen Baum, lehnte ein alter Gartenstuhl aus Kunststoff. Lilienthal lief hin und nahm ihn, dann schlich er zurück zum Fenster. Er stellte den Plastikstuhl hin und stieg darauf. Der Sitz ächzte unter seinem Gewicht. Er reckte sich auf die Zehenspitzen und spähte vorsichtig durch das Fenster. Joachim stand seitlich von ihm vor einem Tisch. Vor ihm lagen Papiere. Er hielt ein Blatt in der Hand und las. Plötzlich hob er den Kopf. Lilienthal duckte sich und verlor die Balance. Der Stuhl kippte, fiel um, und Lilienthal stürzte unsanft auf die feuchte Erde. Er kroch, so schnell er konnte, zu einem Gebüsch und verbarg sich dahinter. An seinen Händen klebte Erde. Vorsichtig bog er die Zweige auseinander und spähte hinüber zum Fenster. Im Haus blieb alles ruhig. Lilienthal wollte schon aufstehen, da sah er Joachim ans Fenster treten. Er hatte eine Hand an die Scheibe gelegt und starrte hinaus. Dann trat er zurück, und Lilienthal hörte ein Knistern. Die Lamellen der Jalousie liefen langsam am Fenster nach unten. Der Lichtschein wurde schwächer und verblasste ganz.

Lilienthal spurtete los. Lief am Haus vorbei zur anderen Seite des Grundstücks und verbarg sich hinter einem Schuppen. Er musste hinein. Musste sich Gewissheit verschaffen. Die Kellertür lag an der Rückseite. Er griff unter seine Jacke und zog seine Pistole hervor. Hechtete zu der Kellertreppe, die zum Hintereingang führte. Laute Musik erklang aus dem Inneren des Hauses. Techno, registrierte Lilienthal und sprang die wenigen Stufen hinunter. Mit einer Hand hielt er die Waffe, mit der anderen drückte er die Klinke. Verschlossen. Natürlich. Wer ließ schon in der heutigen Zeit seine

Kellertür offen? Die Tür sah einfach aus. Lilienthal fummelte seine Scheckkarte aus der Jackentasche und führte sie durch den Spalt, in der Höhe, wo sich das Schloss befand. Er drückte die Klinke hinunter. Die Tür klemmte. Mit beiden Händen hielt er die Pistole und stemmte sich mit vollem Gewicht gegen die Tür.

Der Schlag kam unerwartet. Aus weiter Ferne hörte er jemanden kichern. Dann fiel er in einen tiefen schwarzen Abgrund.

23

Das fahle Zwielicht der Straßenlaterne gab den Dingen ringsherum etwas Unheimliches. Enne versuchte das Unbehagen abzuschüt-teln, nicht an die Leiche zu denken, die nebenan verweste. Vor allem nicht an die Ratten. Schon der Gedanke jagte ihr einen Schauer über den Rücken. Vor ihr stapelte sich eine Pyramide von alten Koffern und Kisten. Gegenüber standen aufeinandergestellte Stühle. Dass so viele Leute sich nicht von ihrem alten Gerümpel trennen konnten, ging es ihr durch den Kopf. Sie versuchte sich mühsam an der Wand hochzuschieben. Wo hatten die Grothes ihre Werkzeuge? In jedem Keller befand sich so eine Ecke. Sie brauchte dringend ein Messer oder etwas in der Art, um sich von ihren Fesseln zu befreien. Unvermittelt schrie sie auf. Etwas hatte sich in ihr Gesäß gebohrt. Sie biss sich auf die Lippen und rollte zur Seite, dabei tastete sie mit den zusammengeklebten Fingern den Boden ab. Sie fühlte etwas metallisch Scharfes. Vorsichtig fuhr sie die Umrisse ab. Die alte Türzarge, die im Estrich eingelassen war, hatte sich verbogen. Ein Dorn ragte hoch, scharf und spitz wie ein Messer. Sie schob sich darüber, bis sie die scharfe Kante über ihren Handgelenken spürte. Enne presste die Knöchel dagegen und versuchte mit Auf- und Abwärtsbewegungen das Klebeband zu zerschneiden. Der Schweiß lief ihr in die Augen. Sie drückte, so fest sie konnte, auf die Handgelenke. Die staubige, trockene Luft reizte ihre Atemwege. Sie versuchte den Reiz zu unterdrücken und explodierte in einem Nies- und Hustenanfall. Entsetzt lauschte sie, aber alles war still.

Plötzlich ertönten donnernde Bässe von oben. Enne spannte die Hände, dehnte mit aller Kraft und zog mühsam eine Hand aus dem Klebeband. Dann riss sie mit der freien Hand an dem restlichen Band, bis auch die zweite Hand frei war. Sie lehnte sich gegen die Wand und rieb ihre zitternden Hände, um die Durchblutung in Gang zu bekommen. Durchhalten, du altes Schlachtross, dachte sie und biss sich auf die Lippen. Ein metallischer Geschmack von Blut mischte sich mit ihrem Speichel. Eine Tür knarrte. Sie hielt den Atem an und lauschte, hörte es rumpeln, als wenn etwas über den Boden gezerrt würde. Das musste von der hinteren Kellertür kommen. Ich muss zurück, dachte sie voller Panik. Wenn Joachim mich hier findet, dann habe ich meine einzige Chance vertan.

Joachim blickte zufrieden auf die Flasche aus dickem Glas, die ihm auch hier wieder gute Dienste geleistet hatte wie vor ein paar Tagen schon auf dem Friedhof. Hauptkommissar bei der Kripo, dachte er und kicherte. Auf den einfachsten Trick der Welt war dieser Trottel hereingefallen. Als er es draußen knacken hörte, war ihm sofort klar gewesen, das konnte nur der Bengel von der Alten sein. Der suchte sie. Er hatte die Jalousien geschlossen, die Musik laut aufgedreht und war zur Vordertür hinausgeschlichen. Verborgen im Schatten der Lebensbäume, die eine Hecke zum Nachbargrundstück bildeten, hatte er ihn beobachtet und gewartet, bis der Lilienthal mit der Kellertür beschäftigt war. »In der Ruhe liegt die Kraft«, flüsterte er und zerrte Lilienthal heftig an den Füßen in den Vorkeller. Im Regal neben dem Eingang lag noch eine Rolle Gartenbast. Er nahm sie und band Lilienthal die Hände auf dem Rücken zusammen. Das musste fürs Erste reichen. Er ging noch mal nach draußen und nahm die Pistole, die Lilienthal aus der Hand gefallen war. Er wog sie in der Hand. Das Schwein wollte ihn erschießen? Wut kochte in ihm hoch. Na warte, dachte er. Als er zurück in den Kellerraum ging, trat er Lilienthal mit voller Wucht in die Seite. Lilienthal stöhnte, seine Augenlider flatterten. Joachim steckte die Pistole in den Hosenbund und gluckste zufrieden. Wer weiß, wozu er das Ding noch mal gebrauchen konnte. Er fühlte sich groß und mächtig, unangreifbar. »Euch stecke ich allemal in die Tasche. Wie Puppen habt ihr getanzt. Nach meiner Pfeife«, murmelte er. Ein Glücksgefühl durchströmte ihn. Er hatte es in der Hand. Er entschied, was passierte. Und er wusste auch schon genau, was. Joachim lächelte, und seine Augen glänzten fiebrig. Gemächlich ging er hinaus zum Schuppen, wo das Klebeband lag.

Enne kroch zurück, so schnell sie konnte. Benutzte die Arme wie Ruder und versuchte ihre gefesselten Beine ohne Geräusch nachzuziehen. Die Angst verlieh ihr ungeahnte Kräfte. Wenig später war sie wieder an der alten Stelle und lehnte sich erschöpft gegen die Wand. Der faulige Geruch des verwesenden Fleisches aus dem Lattenverschlag verursachte ihr Übelkeit. Warum war Joachim durch den Hintereingang in den Keller gekommen? Was machte er dort? Sie konnte die Geräusche nicht zuordnen. Furcht kroch in ihr hoch.

»Überraschung«, hörte sie wenig später Joachims Stimme. Angestrengt starrte Enne ins Dunkle. Sie sah die Umrisse seiner dicklichen Gestalt. Kurz bevor er sie erreicht hatte, knipste er den Lichtschalter an. Grelles Neonlicht überflutete den Kellergang. Enne blinzelte, versuchte zu erkennen, was Joachim tat. Sie keuchte, als sie sah, was er mit den Füßen voran hinter sich herzerrte. Der Kopf ihres Sohnes rutschte über den Kellerboden.

»Hier ist das liebe Kind«, sagte Joachim freundlich, als er vor ihr stand. Ein Blutrinnsal rann Maik über die Stirn. Seine Augen waren geschlossen. Eisige Kälte kroch in ihr hoch. »Maik«, flüsterte sie und wusste sogleich, dass Joachim nur auf eine Reaktion von ihr wartete. Sie presste die Lippen aufeinander. Wie durch Watte hörte sie Joachim sagen: »Hat sich Sorgen gemacht, der Kleine.« Jedes Wort von ihm traf sie wie ein Schlag. »Passt rührend auf die alte Mama auf«, gluckste er. Plötzlich beugte er sich über sie: »Na, wie heißt das?« Enne senkte die Augen. »Du alte Hexe, das musst du doch wissen!«, keuchte er und trat auf ihren Fuß. Enne schrie auf. »Generationenvertrag, so nennt man das. Kapiert?«

Enne blickte ihn entsetzt an.

»Erst setzt ihr uns in die Welt, ob wir wollen oder nicht, und wenn wir uns endlich von euch befreit haben, dann dreht ihr raffiniert den Spieß um – markiert einen auf hilflos, und dann haben wir euch an der Backe.« Speichel rann ihm aus dem Mundwinkel. Angst kroch in ihr hoch. Angst vor diesem Verrückten, den sie nicht mehr einschätzen konnte. Aber ihr Leben lang war sie in Krisensituationen über sich hinausgewachsen. Nein, dachte sie. Das verbiete ich dir. Weder Maik noch mich bekommst du, und wenn ich dabei draufgehe. Plötzlich sagte Joachim mit hoher Stimme: »Ich will dir doch nur helfen.« Er imitierte wieder seine Mutter, ging es ihr durch den Kopf. Ihr Magen revoltierte. Joachim musterte sie, plötzlich drehte er sich um und verschwand aus ihrem

Blickfeld. Sie hörte Wasser rauschen. Er kam mit einem Eimer zurück und schüttete das Wasser über Maiks Kopf.

»Joachim, lass meinen Sohn in Ruhe«, sagte sie und versuchte ihrer Stimme Festigkeit zu verleihen. Maik stöhnte, versuchte den Kopf wegzudrehen, um dem Wasser zu entgehen.

»Na, du Bullenarsch«, schrie Joachim. »Hier ist die liebe Mama, jetzt seid ihr beide vereint. Wie im Leben, so im Tod.« Enne wagte kaum zu atmen.

»Viel Spaß miteinander, ihr habt euch bestimmt eine Menge zu erzählen«, flüsterte Joachim, drehte sich um und ging die Kellertreppe hoch.

»Maik«, flüsterte Enne. Er wandte stöhnend den Kopf.

»Mutter«, murmelte er, »warum hast du nicht einen anständigen Beruf gelernt, zur Kriminalistin taugst du nicht die Bohne.«

»Wie hast du mich gefunden?«, fragte sie kläglich.

»Churchill hat mir gesagt, wo du bist, und da dachte ich, ich komme zu dir, damit du nicht allein die Lorbeeren einheimst.«

Sie schniefte: »Ach Maik, ich bin so ein dämliches Schaf.«

»Das kannst du von mir schriftlich haben«, murmelte er.

Sie beugte sich zu ihm: »Joachim hat Michael umgebracht. Er liegt dadrinnen.« Sie deutete auf den Verschlag.

»Er hat dir die Leiche gezeigt?«, fragte er und war mit einem Mal hellwach.

»Ja, und die Genitalien hat er seinem Bruder abgetrennt.« Maik schloss die Augen, er atmete tief durch. »Ich verstehe nur nicht, warum«, flüsterte sie.

»Joachim war in psychiatrischer Behandlung, das habe ich aber erst heute erfahren«, murmelte er, »ich erzähl dir alles später.«

»Meinst du, es gibt ein Später?«, fragte Enne beklommen.

»So oder so«, antwortete Maik, »noch ist Polen nicht verloren.«

Sie musste wider Erwarten lächeln. Er benutzte einen ihrer Sprüche, den sie von ihrer Großmutter oft gehört hatte, die in einem Dorf bei Allenstein, in der Nähe von Königsberg, im damaligen Ostpreußen aufgewachsen war.

»Seine Mutter hat Joachim auch auf dem Gewissen«, flüsterte Enne.

Maik stöhnte. »Mutter, du und deine berühmte Menschenkenntnis.«

Enne wischte sich mit dem Ärmel über die Nase. »Wir sind die Nächsten, Maik.«

»Das werde ich ihm nicht gestatten«, murmelte er. Er wandte den Kopf. »Was machst du da?«

»Ich hab ein Tapetenmesser gefunden. Meine Füße sind noch verschnürt.«

»Schneid erst meine Fesseln durch«, flüsterte er. Von oben hörte man stereotypen Rap-Gesang. Maik wollte sich auf die Seite rollen, damit Enne an seine Hände herankam, erstarrte aber in der Bewegung.

»Na, habt ihr Spaß da unten?«, kreischte es von oben durch die aufgerissene Kellertür. Joachim polterte auf die erste Stufe. Enne hatte geistesgegenwärtig ihre Hände auf dem Rücken verschränkt. Sie würde das Messer sofort einsetzen, falls er Maik etwas zuleide tun sollte. Joachim hielt plötzlich inne, drehte sich um und schlug die Tür zu.

»Das war der Klingelton von meinem Handy«, flüsterte Maik.

Enne schnitt die Schnur, die seine Hände zusammenhielt, durch. Maik bewegte die Finger, damit das Blut wieder kreisen konnte, dann durchtrennte er seine Fußfesseln. Als er sich über Enne beugte, um ihre Beine zu befreien, wurde die Kellertür wieder aufgerissen. Decken und Kissen flogen herunter. »Macht es euch bequem«, schrie Joachim von oben und knallte die Tür ins Schloss. Enne zuckte zusammen.

»Das stinkt wie Petroleum«, flüsterte Maik. Jetzt roch sie es auch.

»Paraffin?«

»Grillanzünder, er hat die Kissen mit flüssigem Grillanzünder übergossen«, antwortete Maik.

»Er will uns ausräuchern?«, fragte Enne entsetzt.

»Ausräuchern? Das brennt wie Zunder. Der Flammpunkt liegt bei fünfundsechzig Grad.«

Von oben hörten sie es knallen, ein Krachen folgte. Durch die geöffnete Tür flogen brennende Zeitungen zu ihnen hinunter. Aus den Kissen puffte eine Stichflamme empor.

»Der steckt das ganze Haus an, Maik«, japste Enne. Maik durchtrennte das Klebeband und half ihr auf die Beine. Ihre Beine fühlten sich wie aus Gummi an. Sie schwankte, musste sich an die Wand lehnen. Maik riss sich seine Jacke herunter und schlug auf die Flammen ein, versuchte die Kissen von den anderen Sachen zu trennen. Enne humpelte in den Waschkeller, kam mit dem Eimer, den Joachim zuvor benutzt hatte, zurück und schüttete das Wasser über die Flammen. Es zischte, Qualm stieg auf. Maik lief zum Hinterausgang und versuchte die Tür zu öffnen. Sie hinkte hinterher, der Fuß tat so entsetzlich weh.

»Verdammt!« Er zeigte auf den Fußboden. Vor der Tür hatte Joachim einen Metallbolzen in den Fußboden geschraubt, sodass man weder von drinnen noch von draußen die Tür aufbekam. Maik lief die Kellertreppe hoch, rüttelte an der Tür. Es war ihm egal, ob der Irre auf der anderen Seite etwas bemerkte. Aber die Tür war verschlossen. Alarmiert sah er sich um. Ein Sirren wie von einem Schwarm Insekten drang herauf. Er rannte die Treppe hinunter und in den nächsten Kellerraum; riss ein Fenster auf, davor befand sich ein Mäusegitter.

»Hier kommen wir nicht raus«, rief Enne hinter ihm. »Vor den Fenstern sind dicke Metallstäbe eingesetzt.« Von oben vernahmen sie hintereinander mehrere Explosionen. Sie sahen sich an.

»Der hat sich aus dem Staub gemacht, dein Joachim«, knurrte Maik. In einem Regal entdeckte er einen Hammer, lief damit zur Kellertür und versuchte den Bolzen aus dem Boden zu schlagen. Enne hatte in allen Kellerräumen Licht gemacht. Etwas huschte an ihren Beinen vorbei.

»Maik!«, schrie sie. Als er um die Ecke bog, sah sie, wie aus der Wunde an seinem Kopf wieder Blut sickerte. »Ratten«, rief sie keuchend. »Das Vieh ist dahinten verschwunden. Hilf mir. Wir müssen das Regal zur Seite schieben.« Er sah sie verständnislos an.

»Joachim hat mir mal erzählt, dass sein Großvater als Erstes ein Sommerhäuschen baute, das später zur Garage umfunktioniert wurde. Das Haus wurde direkt neben die alte Garage gebaut. Die Ratte ist da durch. Vielleicht …?«, sie sah ihn an. Er nickte und fing sofort an, alles, was in dem Regal lag, herauszureißen. Gemeinsam zerrten sie das einfache Holzregal zur Seite. Er tastete die Wand ab.

»Du hast recht«, keuchte er. Circa dreißig Zentimeter oberhalb des Fußbodens befand sich eine große quadratische Sperrholzplatte, darunter rieselte aus einem Loch Mörtel.

»Hier muss die Ratte durchgekommen sein«, schnaufte Enne. Sie blickte sich um – ergriff einen Besenstiel, der an der Wand lehnte, und versuchte ihn als Hebel unter das Brett zu schieben. Maik lief zum Vorkeller und kam mit einem Spaten zurück. Wütend schlug er mit voller Wucht gegen das dünne Holz. Enne hustete. Qualm quoll aus dem angrenzenden Kellerraum.

»Das Zeug fängt wieder an zu brennen«, krächzte er.

Enne humpelte, so schnell sie konnte, in den Waschkeller, füllte den Eimer mit Wasser und schüttete es über den Brandherd. Es stank nach verbrannter Kunstfaser. Sie würgte, riss sich ihr Tuch vom Hals, tränkte den Schal mit Wasser und lief damit zu Maik: »Umbinden«, hustete sie und hielt ihm den nassen Schal hin. Er schlang ihn vor Mund und Nase und arbeitete weiter. Die Sperrholzplatte war mit Zement verschmiert. Alles, was er im Augenblick hasste, war diese alte Platte. Voller Wut brach er Stücke davon heraus. Enne presste einen alten Lumpen, den sie neben dem Ausguss entdeckt hatte, vors Gesicht. Es roch ekelhaft. Wieder hörten sie es von oben krachen. Furchtsam blickte Enne zur Kellerdecke. In diesen alten Häusern bestanden die Decken nur aus Ziegelsteinen mit Eisengeflecht. Maik schlug wie ein Berserker auf die Platte ein, bemerkte kaum, dass seine Finger aus mehreren Wunden bluteten. Splitter flogen um ihn herum. Den Rest von der Platte riss er von der Wand. In dem großen Loch hatten sich Schutt und Sand angesammelt.

»Der alte Vorratskeller von dem Sommerhäuschen«, keuchte Enne. Ihre Worte gingen in einem Hustenanfall unter.

Maik drehte sich um. »Womit heizen die hier?«, fragte er nervös.

Sie sah ihn mit aufgerissenen Augen an: »Gas?«

Er zwängte sich in das Loch. »Spaten«, hörte sie undeutlich seine Stimme und schob sofort das Werkzeug hinterher. Er rief etwas, was sie nicht verstand. Sie würgte. Ihre Glieder taten weh, sie war müde, so entsetzlich müde. Sie lehnte sich an die Wand, machte die Augen zu. Da riss eine Hand sie herum. Maik war aus dem Loch aufgetaucht, über und über mit Staub bedeckt. Er sagte etwas, aber sie verstand ihn nicht mehr, merkte nur, wie er sie in die Öffnung zog. »Los«, kommandierte er. »Kriechen.«

Enne sackte zusammen. »Ich kann nicht mehr«, flüsterte sie. Alles drehte sich vor ihren Augen.

»Nur ein kleines Stück noch. Komm, das schaffst du«, hörte sie seine Stimme. Aus weiter Ferne vernahm sie ein Martinshorn. Etwas zerbarst. Sie spürte Luft. Frische Luft. Die Benommenheit wich ein wenig. Sie riss sich zusammen. »Aufstehen«, hörte sie Maiks Stimme. Enne taumelte hoch, schwankte, fiel zurück, da rissen sie seine Arme in die Höhe und zerrten sie aus dem Loch. Jetzt waren die Sirenen deutlich zu hören. Sie vernahm Stimmen, laute Befehle.

»Komm, Mama«, hörte sie Maik sagen, dann spürte sie nichts mehr. Dunkelheit umfing sie.

Maik wankte nach vorn zum Garagentor. Er drückte die Klinke hinunter. Verschlossen. Er zog seine Mutter mit sich. Ihr Kopf lag schwer auf seiner Schulter. Draußen sind Leute, dachte er. Ihm war übel, der Boden schwankte, alles drehte sich. Langsam rutschte Enne aus seinen Armen, er hatte keine Kraft mehr. »Hilfe«, krächzte er und versuchte gegen die Tür zu schlagen. Plötzlich stand Isabell vor ihm und strich ihm über das Haar. Er lächelte.

24

Joachim stand in eine Decke gehüllt abseits neben einem Krankenwagen. Sein Gesicht war mit dunklen Punkten übersät. In der Hand hielt er einen Becher heißen Tee.

»Brandstiftung«, hatte er gestammelt. »Jemand hat unser Haus angezündet.« Der Feuerwehrmann hatte ihm beruhigend einen Arm um die Schultern gelegt. »Wir tun alles, was in unserer Macht steht«, hatte er zu ihm gesagt. Joachim hatte die Hände auf sein Gesicht gepresst und gewimmert. Sein Herz jubilierte vor Freude. Vorsorglich hatte er nicht nur im Keller, sondern auch in den beiden anderen Stockwerken einen Brandherd gelegt. Das Feuer sollte sich sofort ausbreiten. Die Feuerwehr sollte keine Chance zum Löschen haben. Er war gerade noch rechtzeitig aus dem Haus, durch den Garten, durch die Öffnung im Zaun zum Nachbargrundstück und zur übernächsten Parallelstraße gerannt. Dort war sein Auto abgestellt. Er war eingestiegen und hatte gewartet. Als er die Sirenen der Löschfahrzeuge hörte, hatte er auf die Uhr gesehen. Zehn Minuten später war er losgefahren. Als er in seiner Straße vor einem Nachbargrundstück hielt – vor seinem Haus war bereits alles abgesperrt –, war er ausgestiegen und zu dem Gebäude gerannt. Aus dem Dachstuhl stiegen schon meterhoch die Flammen in den Nachthimmel. »Mein Bruder ist noch im Haus!«, hatte er geschrien. Die Feuerwehrleute hatten versucht, ihn zurückzuhalten, aber er hatte um sich geschlagen, sich aufgeführt wie ein Verzweifelter. Nur mit Gewalt konnten sie ihn daran hindern, ins Haus zu gelangen.

Joachim fand seinen Auftritt ausgesprochen professionell. Sogar Tränen waren ihm dabei über die Wangen gelaufen. Rührend hatte sich anschließend ein Sanitäter um ihn gekümmert. Jetzt stand er versteckt hinter einem Einsatzwagen und beobachtete alles. Er wollte es genau sehen. Keine einzige Sekunde verpassen. Sie würden alle verbrennen. Michael, die alte Lilienthal und ihr arroganter Sohn. Sein Herz hüpfte vor Freude. Niemand wusste von den Kartons mit den alten Zelluloidfilmstreifen, die noch von seinem Großvater stammten, der ein begeisterter Amateurfilmer gewesen war. Sein Großvater hatte in den dreißiger Jahren die Welt bereist und alles gefilmt, was ihm vor die Linse gekommen war. Joachims Augen glitzerten, als er an die Chemiestunde dachte, in der sein Lehrer ihnen erzählt hatte, dass er seinerzeit aus dem Filmmuseum Zelluloidfilmspulen zur Uni abholen wollte und man ihm nicht gestattete, die Spulen im Bus oder in der Straßenbahn zu transportieren. Filme mit Zellulosenitrat als Träger verbrennen genau wie Schießbaumwolle, augenblicklich, explosionsartig, wenn sie mit Hitzequellen in Kontakt kommen, hatte sein Lehrer referiert, und das hatte Joachim nicht vergessen. Vorher hatte er die Filmrollen unter dem Körper von Michael gestapelt. Dieses omnipotente Schwein.

Aber sein Glanzstück war Brender. Darauf war er richtig stolz. Diese perfekte Inszenierung auf dem Friedhof. Und die alte Lilienthal hatte wie von einem Drehbuch vorgegeben mitgespielt. Allein der Gedanke daran verursachte ein lustvolles Kribbeln in seinem Körper. Eigentlich hatte er damals nur eine Stelle zum Vergraben von Michael gesucht, den er kurz zuvor für immer zum Schweigen gebracht hatte. Endlich. Das war notwendig geworden. Micha hatte ihn in der letzten Zeit nur noch grinsend mit »Impotenz, dein Name ist Joachim« begrüßt. Sie hatten sich nur noch gestritten. Aber an dem Tag war er nicht gedemütigt hinausgeschlichen – nein, an dem Tag nicht. Er hatte zugeschlagen. Die dickbauchige Flasche stand auf dem Tisch, als ob sie dort auf ihren Einsatz warten würde. Als Micha, das Schwein, vor ihm lag, hatte er in einem plötzlichen Impuls all das abgeschnitten, womit er sich immer gebrüstet hatte. Wie das geblutet hatte, so eine Sauerei, aber Strafe musste sein.

Und dann war er zum Friedhof gelaufen. Brender kam um die Ecke. Genau im richtigen Augenblick. Der hatte, kaum dass er ihn sah, wieder angefangen zu lachen und dabei blöde mit dem erhobenen Finger gedroht. Joachim war einfach auf ihn zugegangen, ruhig und freundlich lächelnd, und hatte zugeschlagen. Mit der Flasche, die er immer noch in der Hand hielt. Danach war eine große Ruhe über ihn gekommen. Und als Brender vor ihm lag und röchelte, war ihm dieser wunderbare Gedanke gekommen.

Brender sollte leiden, so wie er in den Tagen zuvor gelitten hatte. Lebendig vergraben. Joachim gluckste vor Vergnügen. Das hatten die Menschen schon im Altertum gemacht. In der Nacht war ihm dann der Gedanke gekommen, das Ganze zu perfektionieren, und er hatte Michas Gemächt mitgenommen und Brender wieder ausgebuddelt. Und die ganze Sauerei und Arbeit hatten sich gelohnt. Lilienthal und die Alte? Zur falschen Zeit am falschen Ort. Selbst schuld, diese Schnüffler, dachte er und lehnte sich gegen das Einsatzfahrzeug. Jetzt würde niemand mehr etwas entdecken. Und bald war er unabhängig und konnte tun und lassen, was ihm gefiel. Alle hatten nach seiner Pfeife getanzt, und er hatte Regie geführt. Er ganz allein.

Kalumet hielt dem Feuerwehrmann seinen Ausweis vor die Nase. »Kripo Potsdam, Mordkommission. Im Haus müssen noch zwei Menschen sein«, schrie er. »Ich muss da rein.« Der Feuerwehrmann sah ihn mitleidig an: »Jeder, der da noch drinnen ist, ist inzwischen erstickt oder verbrannt. Gehen Sie hinter die Absperrung. Das Ganze kann jeden Moment in die Luft fliegen.«

Kalumet drängte sich vorbei und rannte auf das Haus zu. »Sind Sie verrückt geworden?«, hörte er den Feuerwehrmann brüllen. Er spurtete um das Haus herum. Himmel hilf, dachte er, lass es nicht zu spät sein. Er hatte zurückgerufen, nachdem er Maiks Nachricht auf dem Anrufbeantworter abgehört hatte. Maik hatte gesagt, er sei beinahe sicher, dass seine Mutter zu Joachim gegangen wäre. Er wolle sofort hingehen, um sich zu überzeugen, und den jungen Grothe festnehmen. »Gefahr im Verzug, Leo. Komm sofort her.«

Kalumet hatte mit Heike gegessen und erst danach sein Handy im Flur entdeckt, das eine Nachricht anzeigte. Er war geradewegs losgefahren, aber der Teufel steckte im Detail. Auf der Nuthe-Schnellstraße blinkte das rote Licht der Benzinanzeige, und er konnte nur noch auf dem Standstreifen ausrollen. Als er versuchte, Maik zu erreichen, sprang immer nur die Mailbox an. Zum Glück war eine Tankstelle in der Nähe. Er war hingerannt und hatte mit einem Ersatzkanister den Tank notdürftig gefüllt. Aber als er am Haus der Lilienthals ankam, öffnete niemand mehr. Natürlich, Maik war ja bereits unterwegs, nur hatte Maik ihm nicht die Adresse von dem Grothe gesagt. Dann hatte er die Sirene der Feuerwehr gehört und war dorthin gefahren. Es war das Haus der Grothes, das da brannte. Das konnte kein Zufall sein.

Die Feuerwehrleute hatten gerade ein C-Rohr angeschlossen, und das Wasser schoss mit dickem Strahl auf die brennende Hauswand. »Was macht der denn hier?«, hörte er jemanden rufen. »Gehen Sie weg, Sie Idiot«, brüllte ein anderer. Kalumet rannte zur anderen Seite. Neben der Garage führte ein schmaler Gang am Zaun entlang zur Straße zurück. Er quetschte sich an der Garagenwand vorbei, plötzlich blieb er abrupt stehen. Da war es wieder. Ein schwaches Klopfen. Es kam aus der Garage. Kalumet versuchte das Tor zu öffnen, hämmerte mit der Faust dagegen. »Maik!«, brüllte er. »Bist du dadrinnen?«

Unsanft wurde er zurückgerissen. »Verschwinden Sie, aber dalli«, brüllte der Feuerwehrmann. Er winkte den Kollegen. Mit einem Brecheisen öffneten sie das Schloss. Irgendetwas versperrte den Weg. Sie stießen den zweiten Torflügel auf. Kalumet drängte sich vorbei. Vor ihm lag Maik, daneben seine Mutter. Unsanft wurde er zur Seite gestoßen. Ein hagerer Arzt kniete sich nieder und fühlte Frau von Lilienthal den Puls. Sanitäter kamen mit Tragen und hoben beide darauf. Der Arzt presste ihnen Sauerstoffmasken auf Mund und Nase. »Raus«, befahl er und blickte Kalumet aus überanstrengten, dunkel umrandeten Augen genervt an. Kalumet trat zur Seite.

Der Arzt untersuchte konzentriert Enne. Seine Miene ließ nichts Gutes ahnen. Er winkte den beiden Sanitätern, und sie trugen Lilienthal und Enne zum Ambulanzfahrzeug. »Kommen sie durch?«, fragte Kalumet. Der Arzt sah ihn ernst an und folgte den Sanitätern zur Ambulanz.

Kalumet ging zurück zur Straße. Warum hatte er sein Handy nicht wie sonst bei sich getragen, sondern draußen im Flur gelassen? Er wagte den Gedanken nicht zu Ende zu denken. Aber wo war der Grothe? Kalumet ging zu einem der Feuerwehrleute: »War sonst noch jemand im Haus?« Der Feuerwerker schüttelte den Kopf. Maik und seine Mutter waren da gewesen, also musste es vorher zu einer Konfrontation mit Joachim gekommen sein. Aber wo war er?

Eine Windbö jagte durch den Dachstuhl. Das Holz ächzte in einem letzten Aufbäumen, und mit Getöse stürzte alles zusammen. Kalumet blickte hinüber zum Krankenwagen. Der eine Pfleger versorgte Enne. Der Arzt legte eine Braunüle und schloss sie an den Infusionsschlauch an, dabei sprach er leise mit dem Sanitäter. Undeutlich bemerkte Kalumet, dass der Sanitäter an der Infusionsflasche hantierte, und hörte, wie der Arzt zum Sanitäter etwas sagte. Der Sani sprang aus dem Wagen und lief zum zweiten Ambulanzfahrzeug. Der Arzt hielt Ennes Handgelenk, schüttelte den Kopf; dann wandte er Kalumet den Rücken zu, sodass er nicht mehr sehen konnte, was der Arzt machte. Der Sanitäter war noch nicht zurück. Der Arzt blickte nach draußen, dann deckte er Enne mit einer Wolldecke zu und trat an die Tür. Eine steile Falte hatte sich über seiner Nasenwurzel gebildet. Er sah hinaus. Plötzlich sprang er aus dem Wagen und lief zum anderen Fahrzeug. Kalumet zog sein Handy aus der Tasche. Im diffusen Licht suchte er Heikes Kurzwahl auf dem Display, dabei hörte er, dass der Arzt aufgebracht mit jemandem telefonierte. Er blickte hoch. Etwas war anders. Die Tür des Ambulanzfahrzeuges war jetzt geschlossen. Kalumet spurtete los, riss die Tür des Fahrzeugs auf. Joachim hielt eine Pistole an Maiks Schläfe. Kalumet sprang. In seinen Ohren gellte der Schuss.

25

Kriminalrat Dr. Körner blickte wohlwollend auf Kalumet.»Das hätte ins Auge gehen können, Herr Kollege.«

Kalumet grinste gequält. Er trug den linken Arm in der Schlinge.»Restrisiko, Herr Dr. Körner«, sagte er.»Zum Glück nur ein Streifschuss.«

»Herr und Frau von Lilienthal verdanken Ihnen ihr Leben.«

»Na ja ...«, murmelte Kalumet verlegen.

»Der hätte uns erschossen, wenn du ihm nicht mit deinem Kung-Fu-Griff die Pistole entwendet hättest.«

Kalumet wurde rot wie ein Mädchen.»Hättest du doch auch getan.«

Maik schürzte die Lippen und wiegte den Kopf:»Mensch, Leo, dit weeß ick jetzt aber wirklich nich.«

»Warum gerade Sie beide?«, fragte Körner Lilienthal.

»Seine Handlungen waren nicht mehr rational. Er musste jeden aus dem Weg räumen, der sich ihm entgegenstellte«, erwiderte Lilienthal.

»Ich denke, Joachim fühlte sich uns überlegen«, erwiderte Enne leise,»und er war ein guter Schauspieler.« Sie seufzte und meinte dann mit schiefem Lächeln:»Oder ich eine schlechte Analytikerin.« Enne wirkte immer noch angegriffen. Die dunklen Schatten unter den Augen ließen ihr Gesicht noch schmaler erscheinen. Ihr Fuß steckte in einem Gipsverband. Mehrere Knöchel waren bei dem Fußtritt von Joachim gebrochen.

»Ennekin«, Körner räusperte sich verlegen, weil ihm der Kosename herausgerutscht war.»Liebe Frau von Lilienthal«, schob er nach,»Sie haben Ihr Bestes getan.« Er legte seine Hand auf die ihre. Verlegen zog Enne ihre Hand weg.

»Das hat eine lange Vorgeschichte, Herr Dr. Körner«, murmelte sie.»Jahrelange Frustration und Enttäuschungen gingen dem voraus. Es sind immer die Ungeliebten – dort nimmt alles Unglück seinen Anfang«, fügte sie leise hinzu.

»Hildegard Grothe hatte Joachim adoptiert. Aber das rettete

ihre Ehe nicht«, fuhr Lilienthal fort. »Ihr Mann verließ sie, und sie musste sich allein mit den zwei Jungen durchs Leben schlagen. Für alles Leid machte sie Joachim verantwortlich. Aus Gründen, die wir nicht mehr erfahren werden, verschwieg Hildegard Grothe ihm die Adoption. Der einzige Mensch auf der Welt, den sie wirklich liebte, war ihr Sohn Michael. Vor diesem Hintergrund macht auch ihr Testament Sinn. Als beide Brüder älter wurden, spitzte sich die Situation zu. Michael hatte einen Hang zum Sadismus, das wissen wir inzwischen aus den Protokollen des Neurologen. Der Vorfall im Bordell wurde für Joachim zur Zäsur. Und den größten Schmerz fügte ihm sein Bruder zu, als er ihm seine erste Liebe ausspannte. Von da an hasste Joachim Michael. Als seine Mutter das Grundstück in Bad Homburg erbte, glaubte Joachim an eine Chance, unabhängig zu werden. Michael sollte die Mutter dazu bringen, das Grundstück zu verkaufen und sie beide auszuzahlen. Aber wir wissen, es kam anders. Michael verhöhnte ihn in aller Öffentlichkeit, und Brender, in seiner überheblich arroganten Art, setzte noch eins drauf.«

»Selbstbestimmt leben oder untergehen – Joachim musste sich befreien, eine Alternative gab es nicht für ihn«, ergänzte Enne.

»Brender geht zum Friedhof. Es ist der Todestag seiner Mutter. Er will zurück nach Frankfurt am Main. Seinen Versetzungsantrag hat er bereits geschrieben. Brender war nach Berlin gekommen, um das Haus, in dem er aufgewachsen war, zu kaufen. Aber die jetzigen Eigentümer verkauften nicht. Brender trifft Joachim, und man kann davon ausgehen, dass er ihn wieder provoziert. Joachim schlägt ihn nieder. Aber Brender lebt noch, ist nur bewusstlos, und Joachim fängt an, alles wie in einem Theaterstück zu inszenieren. Legt Brender auf eine Plane, die er mitgenommen hat, und schneidet ihm die Zunge heraus. Denn Brender hat gelogen. Um in der alten Terminologie zu bleiben: mit gespaltener Zunge gesprochen. Joachim verscharrt ihn und lässt ihn ersticken. Nachts kommt er zurück, gräbt den Toten aus und bringt ihn zum alten Familiengrab vom Maiblatt, denn er weiß, wo in den nächsten Tagen der Förderverein arbeiten wird. Dort hebt er eine Grube aus und vergräbt den Leichnam, aber so, dass man den Toten finden muss. Zuvor aber trennt er ihm mit einem alten Rasiermesser den

Kopf ab. Das haben wir in seinem Auto gefunden. Joachim hat auch einmal mehrere Semester Medizin studiert.«

»Und er biegt die Finger zum Schwur«, vollendete Enne. »Brender hatte ihm geschworen, dass die Anlagen der Bank absolut sicher wären. Und eine kleine Eigenheit des Thomas Brender war, das haben wir später von seinen Kollegen erfahren, dass er, um einer Sache Nachdruck zu verleihen, häufig den englischen Ausdruck ›I swear‹ gebrauchte. Und um das Ganze noch dramatischer zu gestalten, deponiert Joachim den Kopf neben dem Grab des Polizeirats Gennat.«

»Und das Gedicht?«, fragte Körner.

»Hildegard Grothe hat mir erzählt, dass sie Lyrik liebte. So kann man davon ausgehen, dass sie ihren beiden Jungen, als sie klein waren, auch Gedichte vorlas. Und in Joachims Inszenierung passten wunderbar ›Des Sängers Fluch‹ von Ludwig Uhland und die ›Kindertotenlieder‹ von Friedrich Rückert. Dabei darf man nicht außer Acht lassen, dass Joachim seinen großen Bruder trotz allem bewunderte und in dieser Ambivalenz auch um ihn trauerte.«

»Ist Joachim Grothe noch in U-Haft?«

»Nicht mehr, er ist bereits in der Psychiatrie«, antwortete Heike.

»Danke, Kollegen. Der Fall ist abgeschlossen.« Dr. Körner lehnte sich zufrieden zurück. »Ach übrigens, Frau von Lilienthal, bevor ich es vergesse, seit gestern bin ich Mitglied im Förderverein des Südwestkirchhofs.«

»Willkommen im Club. Unter den wohlhabenden Potsdamern gibt es eine ganze Reihe von Mäzenen«, lächelte ihn Enne an.

»Na, na«, brummte Körner, »ich bin zwar inzwischen bekennender Potsdamer, aber vom Mäzenatentum meilenweit entfernt, da fehlen mir die Mittel.«

Enne zwinkerte ihm zu: »Was nicht ist, kann ja noch werden.« Körner blickte Enne erstaunt an. »Die Katze lässt das Mausen nicht«, flötete Enne und hob einen Lottoschein vom Boden auf, der neben Körners Stuhl lag. »Nach Golde drängt, am Golde hängt doch alles«, zitierte sie dabei.

Körner nahm den Lottoschein, stopfte ihn in seine Jackentasche und erhob sich: »Weitermachen«, sagte er, klopfte auf die Tischplatte und ging hinaus.

»Na, wie wäre es mit einem kleinen Absacker?«, fragte Maik die anderen.

»Mitgefangen, mitgehangen«, erwiderte Enne und erhob sich zusammen mit Leo und Heike.

Der Südwestkirchhof – eine Rückblende

Ende des 19. Jahrhunderts. Berlin, die neue Hauptstadt des Deutschen Reiches, zieht Jahr für Jahr neue Bürger an. Die Stadt wächst, dehnt sich aus. Jedes Jahr werden um die fünfzigtausend Tote unter die Erde gebracht. Mehr als einhundert Leichen Tag für Tag. Der Berliner Stadtsynodalverband entschließt sich, einen zentralen Begräbnisplatz zu erwerben. Im Jahr 1902 werden einhundertsechsundfünfzig Hektar Wald-, Heide- und Ackerflächen im Südwesten Berlins südlich des Teltowkanals von der Stahnsdorfer Terraingesellschaft zum Gesamtpreis von 1.044.000 Mark erworben. Der Begräbnisplatz erhält den Namen Südwestkirchhof. Geplant ist, dass der Kirchhof in einigen Jahrzehnten in etwa sechshunderttausend Einwohnern dienen soll, die aus einundzwanzig Kirchengemeinden hervorgehen. Der Leichentransport soll mit der Staatseisenbahn erfolgen. Der Haupteingang muss zwingend in der Nähe des Bahnhofs liegen. Beauftragt mit der Ausarbeitung und Gestaltung wird der Gartenbauingenieur Louis Meyer. In den Jahren 1911 und 1912 werden der Bahnhofsvorplatz und die Wohnhäuser für die Beamten fertiggestellt, und am 28. März 1909 wird der Südwestkirchhof geweiht.

Bis 1934 werden mehr als fünfunddreißigtausend Tote bestattet. Am 30. Januar 1937 erklärt Adolf Hitler vor dem Reichstag: »... dass der Ausbau Berlins zu einer wirklichen und wahren Hauptstadt des Deutschen Reiches an der Spitze der städtebaulichen Äußerungen unserer Zeit stehen soll.« Mit einem Erlass wird Albert Speer zum »Generalbauinspektor für die Neugestaltung der Reichshauptstadt« ernannt und für Planung und Ausführung bevollmächtigt. Die zukünftige Zehn-Millionen-Metropole »Germania« soll durch eine Ost-West-Achse von fünfzig Kilometern Länge und eine vierzig Kilometer lange Nord–Süd-Achse gegliedert werden. Von diesen Plänen sind die historisch bedeutsamen Schöneberger Begräbnisstätten »Alter St. Matthäus Kirchhof« und der »Kirchhof der Zwölf-Apostel-Gemeinde« betroffen. Monumentale Wandgräber,

Mausoleen aus der Gründerzeit, glanzvolle Einzelgrabstätten und Urnenanlagen werden abgebaut. Bis Kriegsbeginn ist die Umbettungsaktion nahezu abgeschlossen. Insgesamt werden in etwa dreiunddreißigtausend Särge, Urnen und Gebeine, Grabmale und Mausoleen nach Stahnsdorf verfrachtet, darunter die Gräber des Reichstagspräsidenten Kaempf, des Lebensmittelhändlers Reichelt, des Geografen von Richthofen, des Verlegers Langenscheid und vieler anderer mit bekannten und berühmten Namen. Auch Theodor Fontane, der zweite Sohn des märkischen Dichters, findet 1933 auf dem Stahnsdorfer Südwestkirchhof seine letzte Ruhestätte.

In den Jahren nach 1945 sind Friedhöfe und Krematorien außerhalb der Westsektoren kaum noch zugänglich. Ab 1952 kann der Südwestkirchhof nur noch mit Genehmigung der DDR-Behörden besucht werden. Bis zum Mauerbau gibt es noch Bestattungen in nennenswertem Umfang, dann fällt der Eiserne Vorhang. Der Berliner Platz in Brandenburg verliert seine Bedeutung und wird mit den Jahren langsam vergessen.

Wer erzählt noch von den Menschen, die dort zu Grabe getragen wurden: Siemens, Langenscheidt, Humperdinck, Zille, Corinth, Ullstein, die bekannten Namen, aber ohne Adolf Bastian kein Völkerkundemuseum, ohne Hugo Conwentz keine Naturschutzbewegung, ohne Gustav Kadelburg kein »Weißes Rößl«, ohne Heinrich Nicklisch keine Betriebswirtschaft, ohne Carl Ludwig Schleich keine Lokalanästhesie, ohne Ralph Arthur Roberts keine »Reeperbahn nachts um halb eins«, ohne Siegfried Jacobsohn keine »Weltbühne« und ohne Elisabeth von Ardenne keine »Effi Briest«.
(Mit Auszügen aus »Südwestkirchhof Stahnsdorf« von Peter Hahn)

Quellenverzeichnis/Literatur

»Südwestkirchhof Stahnsdorf« von Peter Hahn
»Mordmethoden« von Mark Benecke
»Von Arsen bis Zielfahndung« von Wolfgang Büttner, Christine Lehmann
»Dem Tod auf der Spur« von Michael Tsokos
»Todesart: nicht natürlich« von Nicole Drawer
»AWMF« (Arbeitsgemeinschaft der Wissenschaftlichen Medizinischen Fachgesellschaften), Leitlinien der Deutschen Gesellschaft für Rechtsmedizin
»Abschlussbericht über die Auflösung der HV A (Hauptverwaltung Aufklärung) sowie über die Rosenholzdatei (Auslandsspione der DDR)«
»Des Sängers Fluch« von Ludwig Uhland
»Kindertotenlieder« von Friedrich Rückert